ein Ullstein Buch

ein Ullstein Buch
Nr. 20410
im Verlag Ullstein GmbH,
Frankfurt/M – Berlin – Wien
Amerikanischer Originaltitel:
One Hundred Dollar Misunderstanding


Ungekürzte Ausgabe

Umschlagentwurf:
Brian Bagnall

Taschenbuchausgabe mit Genehmigung
der Rowohlt Verlag GmbH,
Reinbek bei Hamburg

Printed in Germany 1984
Druck und Verarbeitung:
Clausen & Bosse, Leck
ISBN 3 548 20410 4

April 1984

CIP-Kurztitelaufnahme
der Deutschen Bibliothek

**Gover, Robert:**
Ein Hundertdollar-Mißverständnis:
Roman/Robert Gover.
Dt. von Hans Wollschläger. –
Taschenbuchausg., ungekürzte Ausg. –
Frankfurt/M; Berlin; Wien:
Ullstein, 1984.
(Ullstein-Buch; Nr. 20410)
Einheitssacht.: One hundred dollar
misunderstanding ⟨dt.⟩
ISBN 3-548-20410-4

NE: GT

Robert Gover

# Ein Hundertdollar-Mißverständnis

Roman

Deutsch von
Hans Wollschläger

ein Ullstein Buch

*Vorbemerkung des Autors* Die Charaktere dieser Geschichte (Karikaturen, wie man sehen wird) entstammen nicht der Wirklichkeit, weder einer früheren noch der gegenwärtigen. Auch wenn der Leser sie aus typoalphabetischen Symbolen in Gestalten seiner Phantasie umzuwandeln vermag, gewinnen sie dadurch nicht an Wirklichkeit, es sei denn als Gestalten eben seiner Phantasie. Gleicherweise trifft dies für die Begebnisse zu, die diese Geschichte ausmachen: weder jetzt noch früher haben sie sich wirklich ereignet. Wer immer unter den Lesern sie sich als Ereignisse vorstellt, ist aufgefordert, sich freundlichst zu erinnern, daß er damit nicht mehr und nicht weniger vollzieht als – eben eine Vorstellung, einen Akt der Phantasie. Mit anderen Worten: hier wird eine erfundene, ganz unwahre Geschichte erzählt.

# 1

Bevor ich unverzüglich zur Sache komme, klipp und klar heraus, hier und jetzt und ohne weitere Umstände, möchte ich darauf hinweisen, daß die Ereignisse, die mir an jenem verhängnisvollen Wochenende widerfuhren, zum großen Teil im Druck ganz unmöglich wiederzugeben sind, weil sie mit einer (farbigen!) Dame von übler Reputation in Zusammenhang stehen. Somit kann ich nur all denjenigen, welche auf Pornographie kapriziert sind, von diesbezüglicher Suche abraten; sie wäre vergeblich. Ich wünsche diesen Punkt völlig klargestellt zu sehen, bevor ich des weiteren zu berichten fortfahre.

(Vornehmlich seit Paps in unserer Stadt Vorsitzender des Vereins zur Bekämpfung unzüchtigen Schrifttums ist, besitzt er einen guten Einblick in das Problem an sich und hat auch mir die Augen geöffnet für die ernsten Gefahren, mit denen unzüchtige Schriftwerke unsere große Nation bedrohen.) (Nicht daß ich etwa prüde wäre. Weit gefehlt! Aber ebensowenig finde ich Gefallen an der literarischen Vermittlung unzüchtiger Bilder und am Gebrauch gewisser vierbuchstabiger Worte, ganz zu schweigen von der etwaigen Verletzung postalischer Zensurbestimmungen.)

Ich meine, ich gedenke den Bericht dieser unwahrscheinlichen Vorkommnisse auf möglichst hoher literarischer Ebene abzustatten, wiewohl ich meine Eignung zu einem solchen Unternehmen nicht überschätzen darf. Schließlich bin ich ja eben erst aufs College gekommen und kein wohldotierter Schriftsteller von Beruf. Sie werden mich vielleicht fragen, warum ich dann nicht meine Erfahrungen einem (wohldotierten) berufsmäßigen Ghostwriter mitgeteilt habe, um ihn mit der Niederschrift zu betrauen. Nun, das hat seinen guten Grund. Ich meine, daß ich davon Abstand genommen habe. Sehen Sie, ich wünsche nämlich anonym zu bleiben, aus Erwägungen, die sich dem Leser vielleicht – oder vielleicht auch nicht – erschließen werden, für mich jedenfalls außer aller Frage stehen. Lediglich meine authentischen Initialen werden Verwendung finden, aber da ungezählte andere die gleichen ihr eigen nennen, wird sich meine Spur in ihrer Menge verlieren.

Wohlan – um mit dem Anfang zu beginnen, wie man so sagt, lassen Sie mich denn berichten ...

Schön, als erstes wäre zu sagen, daß wir letzten Freitag unsere Zwischenzeugnisse bekamen und ich feststellen mußte, daß ich in drei – ich wiederhole: drei – Fächern durchgefallen war (Biologie, Psychologie, Französisch); für die zweite Semesterhälfte stand mir demnach die schierste Büffelei bevor.

Zum zweiten rief mich Barbara an, meine feste Freundin, um mir mitzuteilen, sie habe gerade ein Telegramm erhalten, daß ihre Großmutter gestorben sei, und müsse sofort nach Hause fahren. Was sich bald als ausgesprochene Koinzidenz erwies.

Sehen Sie, ich bekam nämlich ebenfalls einen Brief von meiner Großmutter und fand darin einen Scheck über 100 (in Worten einhundert) Dollar – ein kleines Geburtstagspräsent. Ein bißchen spät, das wohl, aber lieber spät als gar nicht, sagt man ja.

Drittens schließlich läutete Paps an, er wäre nicht in der Lage, mir wie vereinbart den Chevro fürs Wochenende zu lassen, da er genötigt sei, für die Krankenhausverwaltung eine Tagung oder Klinik oder dergleichen in Cleveland oder irgend so einer gottverlassenen Gegend zu besuchen; und den Familienbus hatte Mama mit Beschlag belegt für den Besuch des diesjährigen Bridge-Turniers in Boston, den sie schon seit zwei Monaten geplant hat; blieb also nur noch der Caddy, aber der ist für ganz besondere Gelegenheiten reserviert, und es wäre völlig aussichtslos gewesen, ihn zu Hause loseisen zu wollen.

Kein Wagen, kein Mädchen und dazu die tröstliche Aussicht auf die zweite Semesterhälfte! Ich war in einer ganz armseligen Lage, das kann ich Ihnen flüstern. Ich meine, ich war regelrecht niedergeschlagen – psychologisch deprimiert!

Überdies – sehen Sie, das habe ich vollkommen vergessen zu erwähnen – fiel auf dieses Wochenende auch noch der große Studentenkommers. Es handelte sich also um *das* Wochenende schlechthin. Und in diesem Jahr – ach du liebes Christkindchen! – in diesem Jahr sollte der Kommers im Sheldon Country Club stattfinden, an keinem geringeren Orte – und einen fescheren gibt's gar nicht in der Stadt.

Einige Kommilitonen versuchten mich aufzuheitern, sagten, sie könnten mir unschwer was verschaffen, eine vom neuen Semester, und fahren könnte ich bestimmt mit Hank, das ist mein Zimmergenosse, in seinem Wagen. Aber... dazu mangelte mir denn doch jegliche Stimmung. Ich meine, hin und wieder vermag ein Mann ja einem kleinen Mißgeschick die Stirn zu bieten, aber derlei gleich in dreifacher Ausfertigung – nein, das war psychologisch viel zu deprimierend. Dazu war ich nicht aufgelegt.

Ich meine, es war diese psychologische Depression – da lag der Haken. Das zuletzt hat mir dann all die Mißlichkeiten eingebrockt. Das und all das Zeug, was ich mir hatte anhören müssen.

Die Sache ist die, daß ich in jenen Fächern durchaus nicht hätte versagen müssen. Ich meine, ich bin nicht blöde, darauf können Sie Gift nehmen. Und was die beiden anderen Nackenschläge betrifft, so... nun, ich war schlicht und einfach ein Opfer der Umstände.

Wie dem aber auch sei, um neun Uhr an jenem Abend fand ich mich, und vollkommen allein, im Studentenheim sitzen. Jedermann sonst war entweder zu dem großen Fest oder schon nach Hause. Da saß ich denn also, hockte vorm Fernseher im Gemeinschaftsraum, ganz und gar allein. Und das (ich meine, daß ich allein war) veranlaßte mich zu gründlichem Nachdenken.

Schuld daran war mutmaßlich Hank, der immerfort

danach trachtet, mir den Kopf mit schlüpfrigem Gedankengut zu füllen, und mir in einer Tour seine schmutzigen Obszönitäten einhämmert. (Ich habe nie darum ersucht, ihn als Zimmergenossen zu bekommen. Ich kannte ihn kaum, bevor ich einzog. Sie wiesen mir einfach einen Raum zu, und da war er.) Dieser Hank also rennt konstant mit einem Haufen Kommilitonen zu einem Negerhaus von üblem Ruf, sagt – und ich gebe diese geringe Probe seiner zotigen Redensarten lediglich wieder, um darzutun, mit welcher Sorte Burschen ich zu leben gezwungen bin –, also er sagt, sie «gehn sich bloß 'n bißchen den Müll abkutschiern lassen». Das soll heißen, sie ziehen los, um gegen Bezahlung mit irgendeiner Negerin in Liebe zu machen (oder, ich sollte den Ausdruck nicht scheuen, rumzuhuren). Sie finden den kleinen Satz, mit dem sie diese Tätigkeit bezeichnen, überaus spaßig. Eines Nachts haben sie mal eine geschlagene Stunde beisammengehockt und über nichts weiter gekakelt. Als über diesen Satz, meine ich. Ein Kommilitone (ein ausgesprochenes Patentekel) gab von sich, seiner Meinung nach handle es sich dabei doch direkt um eine Art Poesie. (Du meine Güte!)

Was ich deutlich zu machen versuche: derlei Redensarten bin ich andauernd ausgeliefert. Andauernd werden sie mir in die Ohren gehämmert und gerammt. Und Hank (der mich «Platonickel» nennt und sich wunders was einbildet auf diesen beklagenswerten Scherz) (ganz zu schweigen davon, daß er es bislang stets unterließ, dessen Berechtigung mit harten nackten Fakten nachzuweisen) – Hank also liegt mir ewig in den Ohren, ich soll doch auch mal losgehn und mir den «Müll abkutschiern» lassen.

Schön, nachdem ich eine beträchtliche Anstrengung unternommen hatte, so kurz und beherrscht wie möglich jener unreinlichen Zumutung zu begegnen, gab ich's auf und bedeutete ihm lediglich noch, warum dergleichen für mich nicht in Frage käme.

Und es gibt dafür gleich zwei gewichtige Gründe. Einer ist, ich habe es wohl schon erwähnt, daß Paps Mitglied des Vereins zur Bekämpfung unzüchtigen Schrifttums ist. Vorsitzender, nichts Geringeres. Und würde ihm je zu Ohren kommen, ich hätte dergleichen getan – oder auch nur erwogen, dergleichen zu tun, dann... also ich bin gar nicht sicher, was dann passieren würde, aber bestimmt wäre es nichts Gutes.

Der andere Grund ist, daß ich – im Gegensatz zur herrschenden Ansicht unter den Kommilitonen – durchaus nicht prüde bin und zu Hause selber über ein paar ausgezeichneter nicht-professioneller Damen verfüge (von gleichwohl recht entgegenkommendem Wesen – aber das hat sich zum Glück noch nicht herumgesprochen, haha). Doch als ich schließlich dazu kam, Hank von ihnen zu erzählen, lachte er nur und sagte, nie würde ich ein Mann sein, solange ich nicht... nun, ich möchte seine Rede doch nicht wörtlich wiedergeben. Dem Sinn nach meinte er, ich müßte Rassenschande treiben, bevor ich mich selber erst richtig achten könne. Was ja nun, ich muß es nicht näher erläutern, vollkommen phantastisch ist, eine schauderhafte Vorstellung und schlechthin lächerlich, ganz ohne Basis harter nackter Fakten, von nicht geringster Stichhaltigkeit – Weibergewäsch, Gott helfe mir! Nicht daß ich was gegen «Weiber» hätte. Ich meine nur, das Ganze ist wieder bloß so eine Obszönität wie das erwähnte Müll-Kutschieren. Und mit so was kann er mir natürlich nicht kommen. Was nun meine Männlichkeit anbetrifft, so wies ich Hank darauf hin, daß meine Brust außerordentlich behaart ist, während die seine nicht ein Haar aufweisen kann – nicht ein einziges! Gegen diese unwiderlegliche Tatsache suchte er sich mit erneutem Lachen (seinem bekannten possenhaften Gelächter) zu wehren, und überdies einfach dadurch, daß er verbohrt bei seiner albernen Theorie von der Rassenvermischung als einem Kriterium beharrte.

So vergegenwärtigen Sie sich denn, geneigter Leser, dieses Bild: Hier sitze ich, vor dem Fernseher, völlig allein in dem leeren Studentenheim, ohne Mädchen, ohne Wagen, durchgefallen in drei Fächern – Biologie, Psychologie, Französisch –, förmlich gestrandet in dieser gottverlassenen Stadt, Meilen von Hause entfernt, mit nichts als einer kleinen Extra-Barschaft versehen, in extremer psychologischer Depression. Ich meine, dies Bild vor Augen zu haben, ist äußerst bedeutsam.

Dies – und dazu eben noch Hanks dauerndes Gerede. Ich meine, er redet nämlich auch immer so, als sei der Neger dem Weißen in sexueller Hinsicht überlegen, um Gottes willen! Zugleich aber wieder sucht er mir einzureden, er meine es ganzganz anders! Ich meine, wenn ich da mal den Finger drauf lege – wenn ich ihm zu verstehen gebe, daß seine Offenbarungen effektiv auf nichts anderes hinauslaufen –, dann streitet er's ab. Ich lasse freilich nicht nach, ihm vor Augen zu halten, wie hanebüchen seine Idee ist, aber er beharrt darauf, er meine nicht *überlegen*, und ich beharre darauf, daß mit dem Begriff «überlegen» seine ganze Konzeption hinfällig wird, und er läßt nicht ab, das zu bestreiten, und so kommen wir nie vom Fleck.

Und was dem Ganzen die Krone aufsetzt: Hank hat damit – wiewohl er auch dies nicht einräumen würde – selber den schon psychopathischen Grad von Verworrenheit demonstriert, die sich seiner und anderer Kommilitonen bemächtigt hat, wenn sie gelegentlich behaupten, wir lebten – und ich zitiere jetzt wörtlich – in einem Hurenstaat; Zitat zu Ende. Dies, ich merkte es auch unverzüglich an, war wiederum nichts als der billige Versuch, mit abstraktem Gerede die Tatsache zu beschönigen, daß er andauernd die Einrichtungen jenes Gewerbes in Anspruch nimmt, das in nicht-weißen Häusern von üblem Ruf betrieben wird.

Aber – wie Max Shulman in jener geschickten Zigarettenreklame – ich schweife ab.

Schlag neun Uhr hatte ich folgenden Gedanken: Ach du liebes Christkindchen, James Cartwright Holland! (Ein angenommener Name, wie bereits erwähnt, wiewohl J. C., es läßt sich nicht leugnen, meine authentischen Initialen sind.) (Bisweilen überkommt mich ein etwas grauslicher Kitzel – hinsichtlich der wirklichen Bedeutung dieser beiden Initialen, wie der gewitzte Leser wohl füglich erraten mag, aber ich kann es nicht ändern, es sind nun einmal ganz legal die meinen.) Aber zurück zu meinem Gedanken; er lautete: Ist die Lage nicht schon schlecht genug, auch ohne daß ich hier herumsitze und darüber nachgrüble?

Ja, und nach all den Geschichten, die meine Ohren hatten erdulden müssen, über dieses Negerhaus von üblem Ruf (es lag, zusammen mit anderen Häusern, von denen manche – Gott sei's geklagt – sogar weiße Mädchen beschäftigten, im sogenannten Vergnügungsviertel), nach all diesen Geschichten also erlahmte meine Widerstandskraft, und ich beschloß, die Sache selbst einmal in Augenschein zu nehmen.

Ich meine, selbstverständlich war es niemals meine Absicht, mit irgendeiner Gewerbsmäßigen, gleich welcher Rasse, gegen Bezahlung Unzucht zu treiben; ich gedachte lediglich zu meiner eigenen Information einen kurzen Einblick zu nehmen. Ich dachte: wenn ich von dieser Exkursion zurückkehre, werde ich eine viel klarere Vorstellung von dem haben, über das ich spreche, so daß ich bei der nächsten Diskussion, die Hank mit mir anfängt, weitaus besser präpariert sein werde.

(Wie sich dann wirklich herausstellte, erfuhren meine Kenntnisse in der Tat eine intensive Vertiefung.)

So zählte ich denn meine Barschaft (135 Dollar insgesamt) und machte mich auf die Socken, um mir eine Nacht in der Stadt zu genehmigen. Was mir hierbei vorschwebte, war ein Gang zu jener Bar, welche die Kommilitonen dauernd aufsuchen, wenn sie nichts Besseres zu tun haben – wo auch diese Jazz-Combo ist, von der jedermann behauptet, sie sei ausgezeichnet, und wo es schließlich auch käufliche professionelle Damen von übler Reputation gibt, die dort naja so herumstreichen;

die Bar liegt nämlich haargenau in der Mitte des besagten Vergnügungsviertels. Also auf ging's. Ich zog los. Ich nahm ein Taxi und fuhr hin.

Die betreffende Lokalität – sinnigerweise hieß sie Black-n-Tan – war... nun, ich weiß nicht, wie ich sie beschreiben soll. Ich wollte, ich wäre Schriftsteller, so daß ich ihr Gerechtigkeit widerfahren lassen könnte. (Ich meine, ein wohldotierter Schriftsteller von Beruf, versteht sich, haha.) Um wenigstens zu beginnen – es war proppenvoll. Eine geschlagene halbe Stunde hatte ich zu tun, mir einen Weg zur Bar zu bahnen, und dann hatte ich Glück und konnte einen Hocker erwischen, den eben ein anderer Bursche freimachte. Es schienen dort eine Menge Studenten zu sein, aber ich erblickte niemanden, den ich gekannt hätte, und so ließ meine Anspannung nach einer Weile doch nach, und ich widmete mich einer gründlichen Inspektion des Lokals. Ich saß einfach da und lauschte und luchste herum.

Von Jazz verstehe ich nicht viel. Ich will's zugeben – wirklich nicht viel. So kann ich kaum mehr darüber aussagen, als daß es in dieser Minute sehr laut war und in der nächsten wieder nicht. Und es war auch nicht die Art Jazz, die man so im Radio hört. Überdies schienen sich die (farbigen) Musiker vollkommen in ihr Spiel verloren zu haben, was – unter uns – nicht weiter wundernehmen konnte. Ich vermochte nicht festzustellen, wo was endete und was begann. Klar wurde mir lediglich das eine: Normal war diese Art Jazz bestimmt nicht.

Aber die Leute dort, die Leute! Teufelteufel! So was von gemischter Gesellschaft hatte ich noch nie gesehen!

Gleichzeitig am gleichen Ort, meine ich. Es gab da Schwarz und Weiß – und dazwischen jede nur denkbare Schattierung. Sogar zwei chinesische Studenten sah ich, mit einem Chinesenmädchen. Und ach du liebes Christkindchen! Am Ende der Bar saßen diese beiden Puppen – und wenn ich Puppen sage, so meine ich das wörtlich –, die zwar nicht-weiß waren, aber dessenungeachtet recht reizvoll. Eine hatte Gott bewahre gar blondes Haar! Zweifellos färbte sie es – natürlich! Und bei diesen beiden Mädchen befand sich dieser Kerl (daß er zu ihnen gehörte, konnte man an der Art sehen, wie er sich herüberbeugte und mit ihnen sprach), ein großer Bursche, der typische Neger; er trug die Kleidung der Leichtathletik-Liga und saß da und blickte herum, als halte er nach jemandem Ausschau, als erwarte er jemand zu sehen, den er kannte. Und es ist Tatsache – einmal begegneten sich zufällig unsere Blicke, während ich jene Mädchen einer eingehenden Musterung unterzog, und ich mußte die Augen niederschlagen. Nicht nur das, sondern als ich das nächste Mal hinüberblickte, starrte er mich schon wieder an. Ach du liebes Christkindchen! Mir wurde ganz schwummrig. Nicht als ob er sich mit mir anlegen wollte, das meine ich nicht; ich meine, er glotzte dauernd so, als hätten wir uns schon einmal getroffen und er hätte mich plötzlich wiedererkannt. *Mich*, um Gottes willen!

Ich konnte nicht umhin, den Schluß zu ziehen, daß es sich bei den farbigen Mädchen um käufliche Professionelle handeln müsse und er wohl so etwas wie ihr Sachwalter war, sozusagen. (Daß es für seine Tätigkeit auch noch eine andere Bezeichnung gibt, verhehle ich mir nicht, doch versuche ich ja, bei meiner Berichterstattung ein möglichst hohes Niveau zu wahren.)

Gleichwohl bereitet dies letztere mir Mühe, angesichts dessen, was mir als allernächstes widerfuhr: jemand klopfte mir auf die Schulter, und als ich mich umdrehte, stand vor mir ein (farbiges) Individuum mit richtiggehenden Knopfaugen und starrte mich an. Und sagte (Sie werden es nicht für möglich halten, aber er sagte es wirklich): «Na, 'n bißchen Gesellschaft gefällig?»

«Selbstverständlich nicht!» war meine unverzügliche Antwort. (Um die Wahrheit zu gestehen, ich war, in diesem Moment, durchaus nicht sicher, was genau er meinte, und war fast schon versucht, ihn – wofern nötig – mit meiner Faust bekanntzumachen.)

Da sagte er: «Hab da 'n paar feine Puppen, gleich um die Ecke.»

Was die Lage klärte. Wenigstens einigermaßen.

Aber ich antwortete: «Nein. Nein, besten Dank.»

Darauf er: «Bloß so 'n bißchen umsehen, was?»

Und ich gab zurück: «Nun... ja. Sie sagen es, ich will mich hier bloß so 'n bißchen umsehen.» Was denn ja auch der Wahrheit entsprach.

«In Ordnung», versetzte er und schob ab. Er bahnte sich direkt mit Stößen einen Weg durch die Menge, hinter den Barhockern entlang. Eine Zeitlang beobachtete ich ihn noch, und dabei dachte ich: Na, James Cartwright Holland, der war aber garantiert echt! Das ist amtlich. (Und ich würde mir gern verschweigen, was – aber meine Wahrnehmungen fanden Bestätigung, als er ein paar Schemel weiter wiederum stehenblieb und einem anderen Burschen, der aussah wie ein Uni-Student, auf die Schulter klopfte.)

Tja, so geht das also vor sich. Genug davon.

Ich wandte mich erneut meiner vorangegangenen Beschäftigung zu, das heißt, ich lauschte und luchste, aber weit kam ich nicht damit, denn jenes knopfäugige Individuum kehrte zurück. Diesmal tippte er mich nur eben so an, und als ich mich herumschwang, lag ein komisches Grinsen auf seinem Gesicht. Da dachte ich: Schließlich und endlich bin ich hierorts völlig unbekannt, und überdies obliegt es mir ja noch, das Innere eines dieser Häuser von üblem Ruf zu besichtigen. Ach was, nicht lange gefackelt. Frage: Wem nützt es? Antwort: Mir!

So sprach ich denn: «Wo befinden sich Ihre Mädchen?»

Und er nuschelte drauflos, Wegbeschreibungen, die ich nicht eher begriff, als bis ich sie ihn hatte wiederholen lassen. Ich sollte nach draußen gehen, mich rechts wenden, dann um die Ecke und wieder rechts, und die dritte Tür aufwärts rechter Hand war dann diejenige welche.

Das Ganze schien aber auch zu phantastisch. Ich meine, es ist mir nicht unbekannt, daß dergleichen Dinge sonstwo statthaben. Aber Amerika! Ich hatte doch stets gedacht, Amerika sei ein so anständiges Land! Aber freilich, selbst im alleranständigsten Lande ist die Gefahr moralischen Krebses, wie Paps es so treffend nennt, allgegenwärtig. Und verstehen Sie mich nicht falsch! Ich habe mich, der Himmel bewahre, nicht etwa angesteckt! Ich war lediglich auf Befriedigung meiner Wißbegierde aus. Ich meine, ich schuldete diese kleine Exkursion ja sozusagen meiner Erziehung.

So zog ich denn los, mit einem Gefühl, wie es Paps haben muß, wenn er genötigt ist, unanständige Angelegenheiten oder Örtlichkeiten zu inspizieren. Ich meine, ich fühlte mich wie ein Detektiv. Das ist die richtige Bezeichnung. Ich machte mir einfach einen sehr wissenschaftlich objektiven Gesichtspunkt bei der ganzen Angelegenheit zu eigen und zog los. Und mein detektivisches Gefühl wurde noch ganz schön bestärkt, als ich wahrnahm, daß ich zwei anderen Uni-Studenten hart auf den Fersen war.

Aber hui! Welch eine Umgebung! Ich meine, ich befand mich tief im Herzen der Slums, mit all ihren unzulänglichen Behausungen und so. Ich meine, sie zeigen im Fernsehen ja manchmal Filme von verkommenen Vierteln und erklären, wie sie doch noch viel mehr Geld brauchen, um die Slums zu säubern und die Struktur der Stadt zu erneuern – aber mein Gott! Die Geräusche und Gerüche, die können sie einem im Fernsehen nicht vermitteln.

Versuche ich es wenigstens. (Ich füge hinzu, daß ich sehr gemächlich ging – an ein paar ziemlich widerlich aussehenden Negermännern vorbei, Nichtstuern, die da nur so herumlungerten –, sehr gemächlich, damit mir jene beiden anderen Studenten voranblieben.) Und ohne weitere Umschweife: sobald ich meine Schritte von der Avenue der Seitenstraße zulenkte – Peng!

Keine Beleuchtung!

In der Tat, es gab lediglich eine einzige Straßenlaterne für die gesamte Blocklänge – ein himmelschreiender Zustand! Sie beleuchtete, trübe genug, ein unbebautes

Gelände auf der anderen Straßenseite, gerade gegenüber der Stelle, wo ich stand (an der Ecke).

Also, ich war ja schon nahe daran, umzudrehen und mir ein Taxi zu winken und wieder ins Studentenheim zurückzukehren – da nahm ich plötzlich einen Lichtstrahl wahr und sah, wie jene beiden College-Burschen in einen Hausflur traten – von dem, natürlich, das Licht kam. Da dachte ich: Kommkomm, J. C., du wirst dich doch nicht von der Dunkelheit abschrecken lassen, um Gottes willen! Oder?

Und eben hier, zu diesem Zeitpunkt, hätte ich beinahe einen Herzanfall bekommen! Dort, genau in der Mitte des unbebauten Geländes, stand die Gestalt eines Mannes! Er beugte sich nieder und richtete sich wieder auf und tat einen Schritt oder zwei und beugte sich wieder nieder. Ich hatte ihn zuvor nicht bemerkt, aber da war er, daran gab's nichts zu rütteln. Ein Lumpensammler oder etwas Derartiges. Ganz bestimmt eine Person, vor der man auf der Hut zu sein hatte. Und ich kann Ihnen sagen, das war ich auch, trotz meines wissenschaftlichen Gesichtspunktes: auf der Hut.

Dermaßen auf der Hut, daß ich mir voller Verwirrung die Frage stellte, welches nun eigentlich die richtige Tür zu dem verrufenen Hause sei. Ich dachte: Ach du liebes Christkindchen, J. C.! Stell dir vor, du klopfst bei der falschen Tür an! Guter Gott, in dieser Gegend – nicht auszudenken, was passieren könnte!

Aber ich riß mich los von dem Anblick der dunklen und elenden Gestalt jenes Landstreichers, der weiter auf dem unbebauten Gelände herumsuchte (man hätte die

Polizei verständigen müssen, ich weiß es), und ging beherzten Schrittes vorwärts. Ich dachte: J. C., mein Freund, immerhin – du wirst das Innere eines Hauses von üblem Ruf sehen, auch wenn dies die letzte deiner irdischen Verrichtungen sein sollte. Und wo du nun einmal schon so weit gekommen bist, kannst du ebensogut auch noch deinen Mut zusammennehmen und weitergehen.

Dies tat ich. Horchte die ganze Zeit, die ich kühnen Ganges dahinschritt, auf das unheimlichste Bellen von Hunden, das ich je vernommen. Ich meine, Hunde bellten hier, dort, überall. Lediglich da nicht, wo ich mich befand, um genau zu sein. Aber auch gar nicht weit entfernt von mir. Das heißt, ich vermochte nicht sicher zu sagen, wo – meine ich.

Und dann waren da noch, ich bezog mich bereits darauf, die Gerüche. Gerüche, wie man sie selbst in den hartgesottenen Informationsprogrammen des Fernsehens nicht serviert bekommt. Und das ist auch gut so, denn diese Gerüche waren gar nicht heiter. Es roch – wie sage ich gleich – etwas feucht. Wie ein Gemisch aus nasser Erde und fauligem Holz. Es machte mich schaudern, das kann ich Ihnen sagen. Die ganze Örtlichkeit – diese ganze Gegend – ließ mich zutiefst erschauern.

Dennoch fuhr ich fort, zügig voranzuschreiten. Ich marschierte. Ich sagte zu mir selbst: Links zwei drei vier, links zwei drei vier, und marschierte! So rüstig schritt ich aus, daß ich schließlich an die dritte Tür, von der Ecke gerechnet, gelangte, die morsche Holztreppe emporstieg (marschierte) und – Peng!

# 2

Da bin ich also, sitz in dem großn Sessel, und rein komm dieser Kunde ganz von alleine. Is n Kollitsch-Heini. Die erkenn ich auf Anstich.

So n Scheiß! Der wakkel da lang wie ohne Zehen. Bibberich? Kührijeminee, is der bibberich!

Jackie un Carmie sind obn mit swei annern Kundn, wo grad ne Minute vor dem da gekomm. Sin jetz bloß noch swei da von den Halbbluts, Flow un Francine, un denk mir, der Sack da geht wohl mit Flow rauf.

Francine, das Stück, hat mir wieder keine Ruh gelassn, sitzt in einer Tuhr aufer Lehne von dem großn Sessel un macht an mir rum.

Madam sach dem bibberign Weißjung, wir sind alle Kätzn, wo im Moment dasind, un wart jede bloß drauf, daß er sich eine rauspickt. Aber der steh da bloß so rum und kuckt, wie wenn er denk, da komm noch Görls ausn Wändn raus. Sach ich zu mirselbs, Görl, sach ich, is Freitach nacht, wird sowieso Zeit, daß dir wer n Bücksndekkel wechmontiert, kanns du ehmsogut jetz probiern un dir diesen bibbrign Heini anlachn. Lechel ich also.

Er kuck dämlich, merkt ich lechel, un lechelt zurück. Bloß so n klein blödichtes Lecheln, wie wenn er bang is, er verbeult sich die Fassade, aber immerhin, er lechelt.

Also lechel ich wieder und versuch, schön niggerniedlich hübsch auszusehn, un er lechelt auch wieder.

Madam sieht ihn lecheln, tatscht n aufn Rückn, gibt ihm n Schubs.

Aber jetz, Jeh-sus! Steh doch Francine auf. Sie bild sich die ganze Zeit ein, der Knabe da lechelt ihr zu! Sie denkt, er will mit ihr hoch! Ja-ah! Er is so baumelbammel bibbrich, daß sie denkt, sie kricht seine Kanohne rein, ohne groß was machn müssn. Sie mag so ne kribbligen Kundn, weil die immer so ficks schlappmachn, un denn kann sie melkn un so rumbuttern, währnd daß wir annern Kätzn uns weiter plackn müssn.

Aber ich steh auch auf. Ja-ah-woll! Und er nickt nach mir. Sach ich, komm mit, Kleiner, wir gehn rauf.

Er kommt. Er is in Ordnung. Is in Schale, wie wenn er ganz schön Pulver hätte. Sach ich zu mirselbs, Görl, vielleicht gefälls du dem Kundn da gut genuch, daß er n Extrascheinchen losmacht. Ja-ah! Is in Schale, wie wenn er da das Zeuch für hätte.

Ich sach hier lang, Schätzchen.

Vor daß ich raufmach, kuck ich rum nach Francine, un sie kuckt richtich gemein. Piss auf Francine! Ich sach zu mirselbs, ich sach, kneif dir die Bückse zu, Francine, dein Aasch krichs du heut noch früh genuch poliert. Keine Bange nich, Freitach nacht is große Tuhr, massich Geschäft für alle, Freitach nacht.

So n Scheiß! Francine, die facks da rum, wie wenn sie

mit meim Kundn los will, wo er doch mit mir. Warum muß die mir bloß immer reinpfuschn? Piss auf Francine!

Ich schaukel aaschtreppauf, und mein Kunde kommt hinter mir lang. Manche Kollitscher, die begrapschn mir immer die Backn, wenn ich so schaukel, aber der hier, der is da zu kribblich zu. Is n Wunder, daß er überhaup die Treppe schafft.

Ich nehm n mit auf das Zimmer, wo Francine immer von sacht, es is ihrs. Ja-ah-woll! Verdammich, diese Francine! Gibt sons keine n blassn Furz, welches Zimmer, bloß man immer sie, un sacht sie, is ihr Zimmer, weil das Bett nämlich nich soviel Krach macht.

Aber ich nehm mir mein kribblign Kundn jetz grad auf das Zimmer. Ja-woll! Wie Francine so rumnölt, brauch sie überhaup kein Zimmer nich!

Die stilln Bibberer, da gibs manchmal Ärger mit. Der Kacker da, ich krich n mir mit ins Zimmer, un da stakt er rum un kuck dämlich.

Sach ich hallo Bebi Süßer, was denks du?

Er sach kein Wort.

Sach ich he Liebchen, wie isses nu mit uns?

Un er kuck bloß dämlich.

Sach ich huhu Schätzchen, wills n bischn Französisch? Bischn Halbunhalb? Oder bloß so ein versteckn? Ich sach, swanzig Kugeln, un du kanns mal in Muttis Aasch die Welt von inn kennlern.

Un da kuckt er mich an, wie wenn er bei wär, sich die Hosn vollzupinkeln! Tatzächlich! Ja-ah-woll! Ich sach in Muttis Aasch, un er kricht fast zuviel.

Nu hat uns Madam ja immer gesacht, red ihr Kätzen

bloß nie von Muttis Aasch, wenn richtich weiße Kundn dasind, aber Kührijeminee! Hat ja nich mal das ihn n bischn wacher gemacht. Steht man bloß da un kuckt rum un is am träumen. Ganz dösich und dammich.

Sach ich he Bebi, dies n Kätznhaus, kapiert? Dösn kanns du woanners. Ich sach, Kätznhaus is für Spaaß da, Süßer. Also wolln wir n bischen Spaaß machn?

Aber er kuck bloß weiter dammlich rum. Jeh-sus! Ich weiß verflicks nich, was der eintlich glaubt, wo er is. Ich kann doch nich die ganze Nacht für n lappign Fümfer hier rumkalschn, so fang ich denn an, n bischen mit seinm komischn klein Specht zu spieln. Ich bin am spieln, er kuck rum, wie wenn er schon wech wär, un wir komm voran wie siebn Läuse in eim dustern Hintern.

Aber dann siehts aus, als käm er langsam zu sich, un macht er n Mund auf un will was sagn, aber dann klappt er n wieder zu.

Kührijeminee! Der is vielleich bloß aus Versehn hier rein. Was n Knallkopp! Fang ich noch mal von vorn an. Sach he Bebi, wie isses, wills du nich n bischen Spaaß ham?

Sacht er ja-ah!

Sach ich zu mirselbs, ja nu leck mich doch eins am Aasch! Der Vogel kann redn!

Dann tu ich ihm ausnanderklamüsern, wieviel hier was macht. Tatzache, ich red an ihm rauf un red an ihm runter, un er kuck bloß dammlich. Ja-woll! Ich red mich fusslich, er steh da, den Bimsmich auf Halbmast, un kuck bloß richtich dummrich um sich rum. Jeh-sus! Wie blöd kann son Weißjung eintlich noch wern?

Ich sach Kührijeminee Zuckerchen! Ich kanns nich noch klarer machn. Has du denn kein Moos?

Sacht er äh?

Ich sach, has du denn keine Grünen? Keine Möpse?

Sacht er äh?

Ich sach Mann, has du kein Zwirn, kein Draht? Kein Glaspapier? Kein Kies un Kesch zum Kittn, gar nischt, nein?

Sacht er waaaa?

Ich sach Mann, du bis in n Kätznhaus. Du komms, und denn denkn wir Kätzn doch, du wills ne Schraube drehn. Un vor daß du dir ne Schraube drehs, muß du blechn.

Un da setz sich doch eins glatt auf sein klein schwatzen Niggeraasch – kaum sach ich das, da zieh dieser Knallkopp doch ficks den dickstn Packn Grünflügel raus, wo ich mein lieben Lebtach lang je un je hier in dem leckmichn Kätznhaus gesehn hab. Heilige Minna! Oh-ooh-oooh! Das fropft mir doch glatt n Auspuff zu! Jawoll! Das haut mich reinwech um! Der is ja derart dick versorcht, daß er kaum die fickrign Finger um die Lappn kricht! Weioweih!, hat der aber getankt!

Ich hock still auf mein Backn. Ich sach zu mirselbs Görl, sach ich, dies süße Weißjung hat n klein Schlach wech, das is sicher, aber laß du ihn bloß machn, wie er will. Ich sach Görl, du bis jetz so nett zu ihm wie nur was. Soviel Miezn, wie der dafür kricht, die gibs gaanich.

Oder vielleich sach ich ihm, halt die Luft an, Mann, ich mach hier Schluß, un wir stelln n bischen die Stadt aufn Kopp! Weil mit dem Zaster da könn wir uns durchfiggern von hier bis zum Mond un zurück. Ja-woll!

Bloß, er steh da, un sein Weißgesicht verrunzelt sich wie Oma ihre Tülle, aber dann fingert er wieder so an dem goldign Packn da rum, daß es glattwech zum Küssn is! Wie er da so fingert, da weiß ich strippstrappstrullmich gut genuch, die Lappn un er, die sin mir jetz schon vielviel näher gekomm.

Is ja kein Wunder, daß er so dammlich is. Soviel Asche im Kastn, da kann er Dunst im Kopp ham, soviel er will.

Aber dann fäng die ganze lausige Welt an rückwärts zu laufn. Ja-ah-woll! Dieser Vogel, der steh da un macht mit sein Grünflügel rum un sacht, was wills *du* denn machn?

Ja-woll! Das sacht er! Fracht mich, was *ich* will!

Ich mach mich noch voll! Kührijeminee! Bin verdammich nah dran, ihn mal beim Ohr zu nehm un zu sagn, du liebes süßes Zuckerhäschn, was *ich* machn will? Ich will wech hier, flucks ficks fliegn will ich! Will wech aus dem Kätznhaus! Ich will dich nach Hause bring, zu Mutti. Ich will dich unter meim Bettchen versteckn!

Aber ich krich kein Wort raus. Mir wird so schwiemlich schwummrich, wie mich der Packn Lappn da ankuckt, daß ich dasitz und bloß noch blinzeln kann.

Sacht er, was meins du, was wills du am liebstn? Sacht, was war das, was du über Muttis Aasch gesacht hast? Sacht, un was heiß das, die Welt von inn?

Inzwischn bin ich schon so durchnander gekomm vonwegn den Lappen, daß ich zu mirselbs sach Görl, sach ich, jetz heißt es ficks schaltn. Der Kollitsch-Heini da, der is gut ausstaffiert – un n Kribbel hat er auch.

Jackie sacht immer Görl, paß auf, eines Tages stöß du miter Nase noch mittn in n dickes Dauergeschäft.

Sieht so aus, als wär ich schon am Stoßn! Verflucht, was soll ich bloß machn?

Jackie sach, zu so n Kundn muß du gansgans lieb sein, un dann frächt er dich deine Tellefonnummer, un denn bis du drin im Dauergeschäft. Ja-woll!

Wenn ich bloß rauskrich, was *er* eintlich will, dann kann ich ja gansgans lieb zu ihm sein, aber er sacht rein nix. Fracht mich, was *ich* machn will. Kührijeminee! Un denn fracht er noch wegn die Welt von inn un is in einer Tuhr so zippzuppzapplich, daß ers wohl nichmal bis zur Ecke schafft!

So n Scheiß!

Sach ich denn Häschen, vergiß das miter Welt. Is jetz nich dran. Was du machn wills, du wills doch die ganze Nacht in Muttis Aa – – äh, hierbleiben?

Sacht er nee. Sach, das will er gaanich. Sacht, ihm gefäll die Aussicht hier drin nich.

Was verflickst hat denn die Aussicht damit zu tun? Weioweih! Ich muß doch wohl noch fickser schaltn.

Dann sach ich, will dir was sagn, Süßer. Wie isses mit m klein Halbunhalb, gleich jetz? Mal probiern, obs dir gefällt. Ja?

Er sacht, wenn *ichs* sach, isses okeh.

Jeh-sus!

Ich sach okeh Mann, dann sach ichs halt.

Sacht er, fein.

Da setz sich doch eins auf sein schwatzes Niggeraasch.

Dann sacht er, wieviel?

Oh-ooh-oooh heilige Minna du! Was n Wort! Jetz krich ich am Ende doch noch n Trinkgeld Englisch!

Ich sach zehn.

Sacht er zehn Dollahs?

Was solln bloß die Facksn wieder! Vielleich zehn Erdnüsse?

Sach ich ja-ah Mann, zehn Dollahs.

Nämlich ich schalte, Dauergeschäft oder nich, der Süße hat so ne Stange Lakritzn dabei, daß er ganz gut auch drei Scheibchen für mich abschneidn kann.

Halbunhalb kost nämlich bloß siebn. Ach Kwatsch, der wird nich arm, wenn er dreie mehr ausm Packn ziehn muß. Neenee, der nich. Vielleich gibt er mir n Fümfer un fümf Einer. Dann kann ich mir dreie behaltn. Ja-ah-woll! Das is Trinkgeld Englisch.

Bloß, wenn er mir nu n Zehner gib, dann isses nicks mit den drein für mich. Dann muß ich die drei inne Trinkgeldkasse tun un mit n annern Kätzn teiln, wenn er mir n Zehner gibt. Ich hab ja nicks gegen teiln, aber so dreie könnt ich auch ganz gut mal für mich alleine gebrauchn. Ja-woll!

Aber Kührijeminee! Er machts. Er gibt mir n Zehner, un damit hat sichs.

Frach ich ihn, has dus denn nich klein, Mann?

Sacht er, nee. Sacht, tut ihm leid.

Hat sich also was mit Trinkgeld Englisch. Ich steck mir den Zehner zwischn die Pietzchen un schaukel aaschtreppab ins Paterr. Ich blech die siebn und krich dreie raus un tu die drei in n Trinkgeldkastn, un denn geh ich nach Seife un Wasser.

# 3

Mein erster Gedanke war: ich kann doch meinen Ohren nicht trauen! Diese Sprache! Und noch dazu im Munde eines Mädchens! Ich meine, selbst wenn sie von nicht-weißer Hautfarbe – eine solche Profanität! (Selbstredend ist es mir völlig unmöglich, ihre Ausdrucksweise hier wiederzugeben; aber nehmen Sie mein Wort darauf, daß dieselbe einfach durch und durch verderbt, schmutzig und über alle Beschreibung geschmacklos war.)

Und dieses Zimmer! Ich war platterdings verblüfft! (Ich meine das Zimmer, in welches diese Frau von üblem Ruf mich führte. Welches im folgenden noch beschrieben werden soll.)

Auch das ganze Erdgeschoß! (Des übelverrufenen Hauses.) (Das ich fürchte unmöglich beschreiben zu können, ohne das hohe literarische Niveau zu untergraben, dessen Behauptung ich mir angelegen sein lasse.)

Und dann erst die Stiege! Sie war praktisch so geräumig wie ein Wäscheschacht und Stück für Stück so steil wie eine Leiter. (Ich wage jede Wette, daß des Hauses Alter gute hundert Jahre betrug!) Und dies Mädchen (tja, wie Sie jetzt bereits wohl argwöhnen mochten, gestattete ich meinem mißlichem Geschicke freien Lauf) (oder vielmehr meiner Studienexkursion; ein Ausdruck, dem ich in meinen Gedanken den Vorzug gebe.) (Schließlich aber lautete meine Überlegung: J. C., jetzt oder nie!) – dies Mädchen also (ich meine, diese professionelle Prostituierte) war von keineswegs so üblem Aussehen, wie ich erwartet hatte. Sie war Negerin, das ja, und sie hatte dichtes wolliges Haar, und sie – nun, sie wies nicht die geringsten weißen Merkmale auf. Ich meine, ich gewahrte dortselbst auch noch eine Mischblütige, die auf der Lehne des Sessels saß, in welchem sich jene, die ich mir aussuchte, befand, aber ich überlegte mir, solange ich war, wo ich war, als ich dawar, ich könnte doch ebenso gut gleich eine ganz schwarze nehmen. Sie trug eine schwarze Bluse und einen engen roten Rock und sah gar nicht alt aus. In der Tat, sie schien mir annähernd in meinem Alter zu sein. (Neunzehn.) Doch ach du liebes Christkindchen! Während wir die erwähnte schmale Stiege hinaufschritten, bin ich andauernd fast mit der Nase an ihr Hinterteil gestoßen, so dunkel war es. Ich meine, es war nicht so dunkel, daß ich ihr Hinterteil nun absolut nicht hätte wahrnehmen können (denn fürwahr, es ragte weit genug hervor) (für ein so kleines Persönchen, meine ich) (in dem engen Rock und so) (der mir zwei glänzende Flecke präsentierte, um Gottes willen!), aber dies war denn auch schon alles, was mich vor entsprechenden Anstößen bewahrte. Ein wahres Glück, daß wir lediglich eine Treppe hoch mußten. Sonst hätte mich die Art, wie sie ihr Hinterteil schwenkte, am Ende gar noch regelrecht hypnotisiert. (Ich meine, wie man ja vom Anblick eines Pendels, der permanent hin und her schwingt, sehr wohl hypnotisiert werden kann.)

Und der erste Stock war just ein langer Korridor mit lauter Türen zu beiden Seiten, und von der Decke hing eine einzige nackte Glühbirne, zum Leuchten. (Natürlich.) (Aber sie gab nicht viel her, meine ich.) Aber ohne fürdere Umschweife – das nächste, was mir zu Bewußtsein kam, war dies: wir befanden uns in dem erwähnten winzig kleinen Zimmer, und sie redete auf mich ein.

Womit das große Ungemach erst richtig begann. Ich meine, ich vermochte nicht ein Wort von dem zu verstehen, was sie sagte. Jedenfalls zuerst. Nach und nach dann gewöhnte ich mich allerdings an ihren Dialekt, und da begann ich die wildesten, schier undruckbarsten Obszönitäten zu vernehmen, die ich je gehört zu haben vermeine – und das will etwas sagen, denn ich bin ja einigermaßen herumgekommen. Herum auch bei Frauen, denen das Fluchen nicht fremd war – aber niemals erreichten Äußerungen dieser Art mein Ohr. Ich könnte nun, geneigter Leser, an dieser Stelle durchaus ein paar Kostproben oder so von unserem Dialog wiedergeben, wäre auch wohl geneigt dazu, doch war die Sprache, deren sie sich bediente, so entschieden unanständig, daß sie von Grund auf hätte zensiert werden müssen, bevor sie nur einigermaßen gesetzlich zulässig wäre. Und ich bin strikt gegen Zensur! Somit nehme ich denn von direkten Zitaten Abstand. Ich meine, selbst ein Schmutz- und Schundschriftsteller von hohen Graden könnte niemals eine solche Person wortwörtlich zitieren und sodann erwarten, damit auch nur bei den unteren Gerichtsstellen durchzukommen. Ihr gesamter Wortschatz, wie er sich mir offenbarte, schien schlechterdings nur aus pornographischem Slang und verlogenen Zärtlichkeiten zusammengesetzt zu sein.

Aber schließlich war ich so weit, daß ich genug verstand, um unsere geschäftlichen Vereinbarungen treffen zu können – sozusagen.

Aber das Zimmer schmiß mich doch glatt um. Wiederum wünsche ich dringlich, ich wäre wohldotierter Schriftsteller von Beruf, so daß ich es Ihnen angemessen beschreiben könnte. Aber ich bin's nun einmal nicht, und so muß es mit dem Versuch sein Bewenden haben.

Da gab es eine Glühbirne. Ich meine, diese eine nackte Glühbirne, und das war alles. Und dann stand da ein Bett. Oder vielmehr fast so etwas wie ein Bett. Aufrichtig gesagt, es war bloß ein alter Bettrahmen mit einer alten Matratze darauf und einer alten Bettdecke auf dieser alten Matratze. Und wenn ich sage «alt», so meine ich das auch, mit allem Nachdruck! Und dann die Wände, gutergott die Wände! Die Tapete sah aus, als hielte sie das ganze Gebäude aufrecht. Und man konnte keineswegs sicher sein, wie lange ihm diese Stütze noch genügen würde! Denn die Tapete war bereits im Begriff, sich – nun, sich in ihre Bestandteile aufzulösen. Sie desintegrierte sich schon, löste sich ab – und man konnte förmlich zusehen, wie sie von den Wänden kam! Unter der Tapete waren dünne Latten aus morschem Holz sichtbar, weiter nichts. Hinfällig? Das ist gar kein Ausdruck! Hinter diesen Latten – an welchen aller Vermutung nach die Tapete befestigt war – befand sich nichts als eine sehr zweifelhafte Fläche, in welcher die Innenseite der Außenseite der Holzverschalung des Bauwerks zu erraten ich nicht umhin konnte – wenn der Ausdruck Bauwerk hier überhaupt statthaft sein sollte.

Wie dem jedoch auch sei: dies Zimmer. Der Vorwand von einem Bett befand sich just rechterhand hinter der Tür, zwischen dieser und der rechten Wand. Und damit war das Zimmer auch schon zu Ende. Die linke Wand bestand aus der erwähnten abblätternden Tapete, und die rechte war eine scheidewandähnliche Angelegenheit von beträchtlich provisorischem Aussehen – aber möglicherweise würde gar diese sich länger noch aufrechtzuerhalten vermögen als die andere. Denn sie war neueren Datums, meine ich. Die Wand gegenüber (ebenfalls nur noch ein Schatten ihrer selbst) wies ein rundes Loch auf, welches – ich konnte mich diesem Verdachte nicht verschließen – vermutlich als Fenster diente. Und vorn in der rechten Ecke stand diese Anrichte. Oder vielmehr das, was dermaleinst eine Anrichte gewesen war. Längst hatte sie keine Schubfächer mehr, nur leere Öffnungen deuteten noch an, wo sich solche dereinst vermutlich befunden hatten. Und oben darauf, wirklich völlig fehl am Platze, stand diese Vase! Mit Blumen darin! Stellen Sie sich das vor! Blumen in diesem Zimmer!

Der Fußboden war aus altem Holz und nackt. So nackt, wie überhaupt nur etwas sein kann. Platterdings gar nichts konnte nackter sein als dieser hölzerne Fußboden.

Und ob Sie es glauben oder nicht: dies war denn auch

schon alles, was sich in dem winzigen Zimmer feststellen ließ. Ich weiß, es klingt phantastisch, aber es ist die ungeschminkte Wahrheit. Just eben dies Bett, das Skelett von einer Anrichte, und damit hatte sich's.

Aber das Mädchen (verabsäumte ich, sie zu beschreiben?), das Mädchen war nicht schlecht. Ich meine, natürlich, im Aussehen. Für eine Nicht-Weiße. Ich meine, sie hatte, wie man wohl sagt, haha, ganz schön Holz vor der Tür! Was ich denn ja nicht gerade erwartet hatte. Doch verstehen Sie mich nicht falsch – ich bin nicht etwa voreingenommen. Weit gefehlt! Sie hatte ein sehr kindliches Gesicht. Ebenfalls völlig schwarz. Und große wässrige Augen mit herabhängenden Lidern, unter welchen sie einen (mich) nie gerade anzusehen schien. Und ihre Stimme war winzig und hoch wie die eines kleinen Mädchens. Obgleich ich mir natürlich darüber im klaren bin, daß sie mindestens in meinem Alter sein mußte – mindestens –, um überhaupt hierorts beschäftigt sein zu können.

Aber sie bewegte sich, als wäre sie sechzig. Ich meine, sie bewegte sich träge und gemächlich – sehr gemächlich. (Beim Treppensteigen, ich meine, als wir die Treppe emporstiegen, schwenkte sie sogar ihr Hinterteil mit einer gewissen Trägheit, ganz unähnlich den Gepflogenheiten der meisten Mädchen, von denen ich Kenntnis habe.) (Die natürlich weiß sind, und denen – wenn überhaupt – eine geschwinde und nervöse Art des Dahinschwänzelns eignet.) (Eichhörnchenhaft, eine eichhörnchenhafte Art, wenn Sie verstehen, was ich meine.)

Aber es ist um des Himmels willen nicht meine Absicht, ungebührlich bei physischen Details zu verweilen. So will ich von der Beschreibung gewisser Tätigkeiten, die sie sich angelegen sein ließ, absehen und ebenso gewisse Redensarten stillschweigend übergehen, die sie während der oberwähnten Tätigkeiten von sich gab.

Und ehe wir sodann zur Besiegelung unserer geschäftlichen Transaktion (wenn ich es einmal so nennen darf) gelangten, schien sie in höchstem Maße, ja vollkommen teilnahmslos. Ich meine geistesabwesend, im wissenschaftlichen Sinne! Ich meine, ein solcher Grad von Geistesabwesenheit (wie sie ihn aufwies) sollte allenfalls Wissenschaftlern wohl anstehen! Ja, und es ist ein hartes nacktes Faktum, daß es diese ihre Teilnahmslosigkeit war, die mich aufreizte. Ich weiß nicht, was ich erwartet hatte, aber dies, der Himmel sei mein Zeuge, dies bestimmt nicht!

Ein paar Worte noch zu ihrem Kauderwelsch. Oder vielmehr soviel, wie ich davon mitbekam. Unter anderem murmelte sie einmal etwas von Französisch. Was mich sogleich an meine (nicht bestandenen) Fächer denken ließ – Biologie, Psychologie, Französisch –, ja für den Bruchteil einer Sekunde dachte ich gar, sie wünsche mit mir Zeugnisse und andere Aspekte des Universitätslebens zu diskutieren, wenngleich ich keine Ahnung hatte, wie eine solche Diskussion hätte vor sich gehen sollen. Zwischen ihr und mir, meine ich. Gleichwohl stellte sich dies als eine irrige Annahme meinerseits heraus. (Wie ich später erkennen lernte, bedeutete «Französisch» in ihrem Dialekt ein vollkommen – nunja, Anderes, was ebenso undruckbar ist wie neun Zehntel ihres Jargons überhaupt.)

Schließlich sank sie gewissermaßen auf das Bett und hockte da und sah leicht erschüttert aus, wenngleich ich, und hätt es mein Leben gegolten, nicht zu erfahren vermochte, was ihres Verdrusses Ursache war. Es konnte nicht mein Wunsch sein, grob und ungebildet zu erscheinen (vor mir sollen alle Menschen gleich sein, ohne Ansehen ihrer Rasse, Farbe oder ihres Glaubens!), und so fragte ich sie denn – wohlgemerkt, mit dem ausschließlichen Zweck, sie ihrer plötzlichen mysteriösen Depression zu entreißen –, in welcher Weise es ihr angenehm sein würde, unsere Zeit gemeinsam zu gestalten. (Und ich wünsche ausdrücklich festzustellen, daß ich – wenigstens zu diesem Zeitpunkt – noch in keinerlei konkrete Überlegungen oder dergleichen eingetreten war. Hatte ich mich schließlich doch noch nie zuvor in Häusern von üblem Ruf befunden und war, Gott behüte, mit deren Gepflogenheiten keineswegs vertraut.) (Ich meine, wenn Sie mich fragen, ich wollte zwei Fliegen mit einer Klappe schlagen. Einmal trachtete ich ihre Teilnahmslosigkeit zu brechen, ihr Interesse auf mich als Persönlichkeit, sozusagen, zu lenken, und – zweitens – war es mein Anliegen, ihr zu zeigen, daß ich überdies hochherzig genug war, auf ihre Gefühle bei der in Rede stehenden Angelegenheit Rücksicht zu nehmen, selbst wenn sie eine käufliche Professionelle von anderer Farbe war.) Und offenbar war dieses mein zwiefaches Bestreben von Erfolg gekrönt, denn sie blickte, nach einem Moment der Depression, mit erneutem Interesse zu mir auf. (Kein Zweifel, daß solche Personen ihre eigene Sorte Kummer haben.) Und wir kamen zum Abschluß unseres Geschäfts.

Ich meine, es stellte sich heraus, daß man im voraus zahlt, und so zahlte ich.

Ich muß hier die Bemerkung einflechten, daß ich mich ein bißchen unbehaglich fühlte, mein ganzes Geld an diesem Ort und zu dieser Zeit, bei mir zu tragen, in Anbetracht der sonderbaren Umgebung, in der ich mich befand, und so. Ich meine, man kann ja nie wissen. So viele Leute wohnten im Bereich dieser Örtlichkeit, die kaum den Glauben zu erwecken geeignet sind, es sei ihr ehrlicher Wunsch, hinaus in die Welt zu gehn und sich einen guten Job zu suchen und sich damit voranzubringen – und eine so geartete Einstellung ist kommunistisch und zeugt Verbrechen. Aber was sie betraf, so zollte sie meinem Geld nicht die geringste Aufmerksamkeit (welches ich lose in der Hosentasche trug, nachdem ich bereits beim ersten Hause – angesichts der Gegend, welche ich betrat – auf den glücklichen Gedanken verfallen war, meine Brieftasche wegzustecken). (Ich meine falls wirklich jemand zu Werke ging, mich auszurauben, waren wenigstens meine Wertpapiere seinem Zugriff entzogen.) So legte sich mir der Schluß nahe, daß sie wohl zu verwirrt war, durch irgendein persönliches Problem, um an meinem Geld interessiert zu sein. Doch wie sich herausstellte, war dies der erste einer ganzen Reihe von Fehlschlüssen meinerseits, der später zu einem ausgiebigen Mißverständnis führte.

Aber – wiederum wie in jener geschickten Zigarettenreklame – ich schweife ab.

Schließlich wurde sie während unserer kleinen einleitenden Unterhaltung (oder vielmehr Nicht-Unterhaltung) zunehmend freundlicher und fing an, nicht mehr so gänzlich verlogen und unaufrichtig zu tönen. Ich meine, sie schien ihre falsche Aufrichtigkeit fallenzulassen, als ich ihr demonstrierte, daß ich alles andere denn grob und ungehobelt zu sein wünschte, und wurde – nun, ihre Verhaltensweise mir gegenüber änderte sich gründlich.

Ich mußte denken: Schließlich und endlich, J. C., hast du etwas an dir, was die Damen anzieht. Und selbst wenn sie nur eine käufliche professionelle Dame von übler Reputation ist, so ist sie wiederum doch auch nur ein Mensch. Mama sagt, das liegt daran, daß du der geborene Geschäftsmann bist. Warum sich dagegen sträuben?

Dann aber, schon in der nächsten Sekunde, das nächste, was ich überhaupt zur Kenntnis nahm – Peng!

Weg. Raus war sie zur Tür, ließ mich einfach allein in jenem mißlichen Gemach zurück. Sagte nicht ein Wort, wohin sie ginge oder wann sie zurückzukehren gedenke; einfach raus und weg!

Nun, an diesem Punkt nehme ich keinen Anstand, einzuräumen, daß ich durchaus ein wenig bestürzt war. Ich wußte nicht, sollte ich nun hinter ihr her oder sollte ich geduldig warten, was weiter geschehen würde. Aber ich behielt meinen klaren Kopf und wartete. (Welche Verhaltensweise, so will mir scheinen, mit Fug eine billige genannt werden kann. Im Sinne von recht und billig, meine ich.) Und wie sich herausstellte: was nun als nächstes geschah, stand wirklich nicht auf der Speisekarte

# 4

Da bin ich wieder, ich komm zurück. Sacht er mir, n anneres Kätz war da. Frach ich, wer denn?

Er sacht, er weiß nich wer. Sacht, er ist das erstemal in eim Kätznhaus, wie soll er denn wissen, wer da wer is.

Ich bin dammich nah dran, ihm das zu glaubn, daß er das erstemal in eim Kätznhaus is. Fehlt nich viel, un ich glaub, er is direkt vom Mond. Der Vogel kann mir glatt alles erzähln, un ich glaubs.

Erzählt mir, das annere Kätz hat n blaues Kleid angehabt. Er sacht, Kocktehlkleid!

Ja-woll! Das sacht er! Hihi!

Bloß eine Mieze in dem Kätznhaus hat n blaues Kleid, un das is Francine. Sach ich zu ihm, vergisses.

Aber ich muß doch lachn. Hat sich Francine in Schale geworfn, daß sie sich an mein dickn fettn Packn ranmachn kann. Bild sich ein, er will mit ihr. Hat sich aber was. Hat sich klein niggerniedlich Schwatzaasch rausgepickt. Ja-ah! Mein Kunde isses. Mag mich leidn. Mag mich noch so leidn, daß er mich nach meine Tellefonnummer frächt. Ätsch!

Piss auf Francine!

Aber denn – ich bin ja so durchnander gekomm vonwegn dem dickn Packn – ich hab ja noch nich mal gemerkt, daß er noch immer angezogn is. Steht da mit all seim Zeuch an. Wie komm das bloß, daß er nich schon ausgepellt ist, daß s gleich losgehn kann, wenn ich zurückbin?

So n Scheiß! Bei dem Tempo brauchn wir für n einzign klein Halbunhalb noch bis morgn früh.

Jacki sacht immer, Dauergeschäft – das is Gib un Nimm, Gib un Nimm.

Aber Madam sacht immer bloß, für euch Kätzn heißt es Nimm un Nimm. Ihr schiebt n Aasch die Treppe rauf un fertich die Kunden ab un schiebt n Aasch wieder runter. Komm gaanich in Frage, ne ganze dammliche Nacht für so n dämlichn fümfdollerign Kollitsch-Heini zu verpelzn. Sie sacht, die mit ihrm bischen Moos, da plackt euch man ja nich groß wegn ab.

Jawoll! Das sacht Madam!

Kührijeminee! Da kann ich ihr aber jetz was erzähln!

Bloß – vor ich ihr das in die Ohrn tute, muß ichs doch noch richtich anfang, daß er mich meine Tellefonnummer frächt un ich mein Dauergeschäft krich. Wenn ich ersmal auf Gib un Nimm mach un fein auf Dauergeschäft, dann kann ich Madam immer noch erzähln. Ersmal, vor daß ich dammich zu was annerm komm, muß ich den Heini rankriegn, daß er sich auszieht.

Sach ich Bebischätzchen, du bis noch nich ausgepellt? Wie komm das?

Sacht er äh?

Jeh-sus!

Ich sach zu mirselbs Görl, er kann nich verstehn, was du reds, da gibs bloß eins, machs ihm vor. Das tu ich denn. Tu s direkt unterer Lampe, daß er wirklich gute Aussicht auf mich hat. Er filmt. Also n fleißiges Auge hat er ja. Aber dann steh ich da un wart, un er is immer noch am Kucksn und Lucksn. Kuckt dämlich un immer dämlicher.

Sach ich Bebi, du wills dein Zeuch anbehaltn?

Sacht er nee! Sacht, klar will er sein Zeuch nich anbehaltn.

Weioweih!

Ich sach, wenns du s nich anbehaltn wills, Süßer, dann mußtes wohl ausziehn.

Sacht er ja-ah klaa, ja-ah! Un fängt an.

Un er brauch da aber lange zu. Kührijeminee!

Aber sach ich zu mirselbs Görl, sach ich, kneif die Backn zusamm. Dieser Knallkopp kann so dammlich sein, wie er will, wo er doch so ne Menge Pulver hat.

Er tut sein Zeuch ganz sorchfältich übern Stuhl. Is mir doch glatt, als träum ich, wie er das macht. Der is ja so doof, der glaubt am Ende noch, ich will ihm die Taschn abkiesn. Jedenfalls macht er so rum, als wär er n klein bischen mißtrauisch. So macht er, un ich mach, wie wenn ich das dümmelichste Pickaninchen wär, was s überhaup gibt.

Muß lange wartn, bis er mit m Auspelln zurande is – Mann, hat der was an!

Denn wasch ich ihn ganz lieb un nett, weil er doch so furchbaa kitzelich is an seim Dingeldinks, un geh anne Arbeit. Aber wie ich so losmach, komm mir ne Menge kümmerige Gedankn, daß ich kaum aufe Technick achten kann. Aabeitn und Schaltn, un auch noch Staunen, ob daß dieser Bleichfratz denn gar nich weiß, was er mit dem Dingerich bei seim Teil von dem Halbunhalb anfang soll – da merk ich doch, ich hab verdammich schon zuviel geschaltet.

Un da bin ich noch nich eine Minute an ihm dran, un flutsch, raus gehts ihm. Futsch.

Kührijeminee!

Un dann – ich steh auf un geh rüber nacher Waschschüssel – da sitz das Weißjung wie n Ochs vorm Tor un glotzt mich an, wie wenn ich was verkehrt mach.

Jeh-sus! Was ich auch alles mit dem Heini zusamm mach, nicks geht richtich, wo er so facksich doof is. Kommt hier rein, hat n Pulversack randvoll, un da komm ich nichmal zu, ihm zu zeign, wie gut ich kann. Da hat mir die Natur aber auch grad im dümmstn Moment reingepfuscht.

Un er glotzt noch immer, Jeh-sus!

Denn sacht er, das is alles?

Ja-ah-woll! Das sacht er! Sach das, wie wenn er denkt, ich muß ihm jetz noch n Tänzchen vorführn. Kührijeminee!

Ich sach, ja-woll, das is alles. Und das is n Jammer.

Sacht er ja-ah, n Jammer isses. Un denn sacht er, eimal is nie genuch für ihn!

Am liebstn würd ich ihm jetz sagn, Schätzchen, wie dir das da rausgeflutscht is, muß du dir das einemal verdammich dein Lebtach lang aufgespart ham. Bloß wenns du mich meine Tellefonnummer frächs, dann versorch ich dich, wenn du willst, tachtächlich. Wenns du mich meine Tellefonnummer frächs, denn bis du nie wieder so lange ohne Pussi, daß du gleich losballern mußt.

Aber ich tu nicks sagn, un er frächt mich auch nich meine Tellefonnummer. Kann man ihm ja nich übelnehm. Ich krich ebn keine Schangse, mein Zeuch zu zeign. So n Scheiß! Geschäft im Eimer.

Fang ich an, mich wieder anzuziehn, fühl mich ganz mies un mau, un er liecht immer noch da un glotzt un glotzt, wie wenn ichs nich richtich mach.

Sach ich los Bebi, wir müssn hier raus.

Sacht er, machn wir noch eins.

Sach ich, geht nich. Is nich erlaubt, Mann. Du mußt –

Un denn halt ich die Luft an un fang an, mir das alles nochmal zu überlegn. Er hat n Zehner bezahlt für n Halbunhalb un nichmal ne Hälfte davon gekricht. Kührijeminee! Aber wir sin jetz schon dimsverdammsich derart lang hier oben, daß Madam noch nacher Feuerwehr schick, wenn wir n Aasch nich bald untn sehn lassn. Ich sach zu mirselbs Jeh-sus, Görl! Du kanns doch nicht einfach aufe Hausordnung feifn, un schon gar nich wegn so m Kundn, der wo zu blöd is, daß er dich deine Tellefonnummer frächt und sich hintnrum noch n bischn von deim Aasch organisiert.

Aber ich musses nochmal mitm annern Köder probiern. Sach ich Bebi, has du denn gar kein süßes kleines Hühnchen für dein hübschen Hahn da?

Scheiß auch! Kann anscheind bei diesem behämmertn Vogel mit nicks richtich landn. Wird er schon wieder sauer un will mir doch erzähln, er hätte jede Menge.

Also jetzt bin ich bald so weit un geb auf. Ich sach zu mirselbs, dieser Piepmatz is so doof, der kommt mir jetzt noch annersrum. Ja-ah! Der will den Spieß umdrehn. Klingt so, als will er mir eins verpassn, jetz soll ich wohl noch schuld sein.

Da läßt er sein kwarkiges Gekwatsche sein un sacht, los komm, machn wir noch schnell n ficksn.

n ficksn, sacht er. Hihi! Sein komischer kleiner General is schon wieder obenauf un kuckt munter inne Gegend. Madam sacht, wenn n Kunde nochmal will, dann hat er sofort zu zahln, sons muß er nochmal ganz von untn anfang. Aber dieser arme Scheißer hat doch n Halbunhalb berappt un bloß die Hälfte gekricht, un mein dickes fettes Dauergeschäft is flötn. Jeh-sus! Das is nich recht!

So sach ich, jetz gleich?

Sacht er, jawoll, jetz gleich. Ganz ficks, ganz ficks.

Letzmal, wie ich wegn eim Kundn nich nacher Hausordnung gemacht hab, da hat er nochmal gezahlt, un denn hat er, auch ganz ficks mal, so lange gebraucht, bis s klappte, daß er mir dammich fast den Aasch wechgeputzt hat. Aber das war doch was anners. Der Knallkopp, auf den war ich überhaup nich scharf. Aber der hier, in dem steck das dickste Dauergeschäft, was ich je in unserm Kätznhaus gesehn hab. Dämlich is er, das ja! Aber Scheiß drauf, da kann er ja nicks für!

Sach ich zu mirselbs, Görl, sach ich, wär gaanich gut, wenns du ihn jetz nach untn gehn ließt; dann pickt er sich womöglich n neues Kätz raus un gibt ihr ne Schangse, n Dauergeschäft zu machn, wo doch ich ihn jetz grad so schön hier obn bei mir hab.

Piss auf Madam un ihr Nimm un Nimm!

Ich sach Bebi, versprichs du auch, daß du gansgans ficks machs un nie keim Mensch erzähls, das ichs tu?

Sacht er ja-doch, ja-ah, ja-ah!

Sach ich, kanns du denn auch bestimmt schon wieder so ficks?

Sacht er, aber ja-doch, bestimmt, klar.

Ich nehm n noch n bischn hoch. Sach, un du wirst auch bestimmt keim was erzähln?

Sacht er, neineinein, er red bestimmt nich drüber.

Sach ich, aber Süßer, vielleich lieber doch nich. Sach, wir sin schon viel zu lange hier obn. Sach, los, mach raus. Krich dir n anneres Görl.

Da kuckt er ganz traurich, wie ich das sach. Kuckt, wie wenn er tatzächlich losziehn will un sich n anneres Görl suchn!

Jeh-sus! Geht bei mir denn heute nacht alles schief?

Ich sach – ganz ficks sach ich –, sachte Bebi. Ich lach. Ich sach, ich zieh n ja bloß auf.

Un ich wieder raus aus meim Zeuch un aufs Bett, so ficks, daß er kaum mitkricht, wo obn un untn is. Ich sach, rutsch rüber, Schatz. Sach, Katerchn, mach Platz fürs Kätz!

Macht er.

Aber kaum is er im Sattel un sin wir grad so weit, uns richtich anzuheizn, da –

Jehsuskührijeminee! Da platz doch diese dammichte Francine rein. Ja-woll! So laut wie n Furz inner leern Blechbückse.

Sie sacht Kitten, das is *mein* Zimmer.

Sach ich Francine, mach daß du mit deim dreckign Aasch hier rauskomms!

Ich seh, wie mein Kunde schon wieder am ganzn Leib bibbert.

Francine, die sacht kanns wohl nich kapiern, daß das hier *mein* Zimmer is?

Un ich merk, daß sein komischer Soldat schon wieder schlappmacht.

Ich sach los Bebi, laß doch, die hat se nich alle.

Aber er is einfach zu erschrockn. Weil Francine doch da is.

Ich sach Francine, besorch dir n Rasnmäher un schaff verdamm dein schmieriges Haar hier raus.

Un sie sacht Görl, was denks du eintlich, mit wem daß du reds?

Un ich sach, mit dir, du miese Nippe du!

Un sie sacht, komm mir bloß nich so, du kleine Sau, oder es soll dir schlecht bekomm!

Un ich sach Francine, kanns du nich sehn, daß ich beier Aabeit bin? Warum schers du dich nich raus?

Un sie sacht nein. Sacht, ich soll hier raus, soll mir n anneres Zimmer suchn.

Sach ich Francine, du has wohl ne Macke! Aufer Stelle machs du, daß du rauskomms, oder ich ruf Madam.

Sacht sie, n Dreck wirs du tun. Sacht, sie wird Madam rufn, wenn ich nich rausmach. Sacht, ich geh sofort nach untn un sach Madam, daß du in meim Zimmer bis un für n lausign Kundn die ganze Nacht rumfackst.

Sach ich denn okeh, Francine, los, geh un sachs Madam.

Nich ein Wort wird sie Madam erzähln. Wenn sie was sacht, setz Madam ihr n Aasch vore Tür! Francine, die gehört überhaupt in kein Kätznhaus nich. Die kommt ja fast mit keinem längs. Die tut, wie wenn ihr Dings nich stinken täte. Tut es aber doch.

Wie sie dann endlich ihrn fotzign Aasch rausgeschobn hat, is mein armer kleiner komischer Kollitscher so zusammengeschrumpelt, wie wenn ihm wer n Ballon angepiekst hätte, un ich muß die ganze Schoose von vorn anfang. Kührijeminee!

Ich bin ja nie für Streit un so gewesn, aber Jeh-sus! Wenn ich bloß n bischn größer wär, denn glaub ich würd ich glatt mein klein schwatzaasch niggerniedlich Köppchen verliern un Francine so verdreschn, daß ihrs langt.

Muß jetz aber wirklich ficks aabeitn. Wir warn ja schon viel zu spät dran, un inzwischn sin wir ja auch nich grad vorangekomm.

Ich fang an zu spieln, so nett wie ich bloß kann unter den Umständn, aber muß ich wieder ganz von vorne. Kührijeminee! Ich schwätz so nett un spiel so lieb, wie ich nur kann, un er kommt auch richtich in Fahrt.

Aber dann, Jeh-sus! Da gehts schon wieder los!

Bremst der Dusselkopp doch auf einmal wieder un kuckt ganz traurich auf mich runter – gansgans traurich – un fängt auch an, auf traurich zu kwatschen. Statt wieder in n Sattel un los, kommt er jetz mit der ölijen Tuhr un allem möglichn Sumsgesüßel. Macht Facksn, wie wenn er hier n Film drehn sollte. Ja-ah-woll! Er kwatert traurich un kuckt mich an, wie wenn ich jetz auch traurich spieln sollte.

Un weioweih! – wech is er.

Ich weiß nich mehr, was ich machn soll. Ich denk an den Kies, wo er hat, un wie lang daß wir schon hier obn sind, un hör schon, wie untn immer mehr Kundn durch die verflickste Haustür strammeln, un weiß genau, Madam wird sich schon wundern, was n Teufel bloß mit mir los is.

Sach ich Zuckerhäschen, wir ham keine Zeit für sowas jetz! Sach, du has mir doch versprochn, du wills ficks machn. Un jetz trödels du hier rum, wie wenn du glaubs, ich kann die ganze Nacht so rumnölen. Ich sach Jeh-sus Bebi, Madam denk noch, du frißt mein Aasch statt –

Gottverdammich Bebi, los! Dreh auf!

Ich sach das alles so lieb, wie ich bloß kann, un bring ihn zum Lecheln. Un wie er das tut, krich ich doch gleich wieder Hoffnung, er kommt vielleicht doch noch auf die Ideh un frächt mich meine Tellefonnummer. Aber kein Gedanke nich. Nee!

Un dann – wir sin grad so richtich wieder in Fahrt, un ich beweech mich okeh, un ich bin selbs so fein wieder in Gang wie immer, un ich schnapp mir sein Wipper un polier ihm n bischn die Äppel, un frach ich mich dabei, ob mein Dauergeschäft wohl je noch zustande kommt un er mich mein Tellefon frächt – un ich roll n Aasch nach Ost un roll n Aasch nach West un brech mir fast mein aam klein niggerniedlichn Rückn für den doofn Vogel –, da kricht er schon wieder eine von sein dudeldidummen Idehn, un vor daß ich merk, was er eintlich anstelln will, hat ers schon geschafft, daß mir der Aasch ausm Bett raushängt! Ja-woll!

Sach ich, nu mach mal n Punkt, Bebi! Was solln denn die Facksn?

So n Scheiß! Ich mach bloß mal mein großn Mund auf, un gleich mach dieses Bockskalb wieder schlapp, plups, un liecht da wie Blei. Es is aber auch wie verheckst; was ich auch mach, geht mir schief. Un ich hol mir nicks wie Ärger un Ärger un Ärger.

Er sacht, er weiß gar nich, was los is. Sacht, sieht so aus, er mach hier alle Aabeit alleine.

Ja-ah! Er sacht, *er* mach die Aabeit alleine!

Da kann man doch die Wände hochgehn. Ich sach Jehsus, Süßer! Un versuch mein bestes, ganz lieb zu redn. Ich sach, du bis gut, *ich* mach die Aabeit. Himmelaasch, was glaubs du? Ich sach, *ich* bin doch die Kätz, un du bis der Kunde! Kapiert? Ich sach, nu komm schon, Schatz, dreh nochmal feste auf, un dann wolln wir machn, daß wir hier wechkomm. Ich versuch dir ja andauernd beizubring, daß wir jetzt keine Zeit mehr ham – zum kwatschn.

Ich sach – un versuch die ganze Zeit, dasses lieb klingt –, ich sach, nu hiev dein süßes tapsiges Dickaaschchen nochmal hoch, bitte!

Aber so n Scheiß! Er fängt nochmal an, das ja! Bloß, diesmal hat er schon wieder so n fanntastischn Einfall un fängt an, bockspflocks auf mich einzuhackn, wie wenn er am Steinekloppn wär. Ja-woll! Er is so am grunzn un stemm und ramm, wie als hätt er auf die ganze verfickte Welt die Wut gekricht.

Jetz halt ich aber lieber meine große Klappe. Ich versuch weiter mein Zeuch, so gut wie ich man bloß kann unter den neuen Umständn, aber leicht isses nich.

Inzwischen denk ich, machn wir das hier ersmal ab, dann könn ihm keine blödn Idehn mehr komm – un da kommt ihm schon wieder eine! Ja-ah-woll! Schon wieder eine!

Jeh-sus! Ich versteh das nich, wie so n einziges blödichtes Weißjung so massich gemein sein kann! Diesmal krüllt er mir mein Schwatzaasch kreuz un krumm un pflock drauflos, wie wenn er mich auf mein aam kleines Niggerköppchen stelln will un mich kopprunter inne Hölle bumpsn!

Ja-ah! Das macht er! Ich weiß nich, was er da eintlich mit erreichn will, aber nach fragn is mir nich mehr.

Das einzige, was ich jetz noch versuch, ich versuch noch n klein englischn Andersrum. Ich sach, so isses richtich, Bebi! Jetz den Treffer, Schatz! Kommkommkomm!

Un er kommt! Un kann jetz endlich seine fickse facksige dammich diddeldidämliche Zehn-Dollah-Kanohne abfeuern. Endlich!

Ich ausm Bett un tempotempo gewaschn un wieder rein ins Zeuch! Ich vergeß sogar die ganze Sache vonwegn Dauergeschäft un so, weil ich n Bammel hab, ich krieg den Aasch voll, wenn ich runterkomm.

Ich sach, he Schatz, was machs du bloß für Sachn! Denks du, Pussi is aus Stahl?

Ich lach, wie ich das sach. Is nich leicht, aber ich tus.

Un er – lacht auch, scheiß drauf.

Is bloß gut, daß ich noch lachn kann.

# 5

Wiewohl ich diesen Bericht auf hohem literarischen Niveau zu halten bestrebt bin, fühle ich an diesem Punkt nun doch die Verpflichtung, dem Gegenstand meiner früheren Erfahrung mit Frauen einige nähere Zeilen zu widmen. Und zwar aus Gründen, welche dem intelligenten Leser, des bin ich sicher, alsbald klar sein werden.

Wie ich bereits im früheren erwähnte, gibt es da diese beiden *nicht*-professionellen Damen (von gleichwohl lokkeren Sitten), welche ich daheim zufällig kenne. Die eine ist Margie, die andere Susie. Trotz ihres bereits ruinierten Rufes widersteht es mir, ihre Nachnamen zu nennen. Wie ich mich denn überhaupt, Gott sei's gedankt, einer zarten Herzensbildung erfreue (neben der rein geistigen, versteht sich). Andererseits bin ich keineswegs prüde (ich sagte es wohl schon). Das heißt, ich will zum Ausdruck bringen, daß ich ein ganz normaler Bursch von neunzehn Jahren bin, mit normalem Appetit und so, und an diesen letzteren sind die erwähnten Mädchen (daheim) eine stetige Herausforderung. Verstehn Sie mich recht – ich «gehe» selbstverständlich mit keiner von ihnen. Wie zuvor bereits dargetan, ist Barbara mein Mädchen, und sie ist ein wahrlich hochgesinntes Wesen. Nicht anrühren würde ich sie. Dafür bin ich nicht der Typ. Tatsache ist, daß wir eines Tages wohl heiraten werden. Aber Heirat liegt für mich, und desgleichen für Barbara, noch in weiter Zukunft, und so sind da eben, wie erwähnt, daheim diese beiden Mädchen, mit denen ich mich gelegentlich denn verabrede. Ich meine, ich gehe mit ihnen aus. Als richtige Freundinnen kann ich sie, Gott behüte, natürlich nicht ansehen.

Aber worauf ich hinauswill: Beide Damen betrachten mich als den unbestreitbar besten Liebhaber der Stadt. Ich will mich gewiß nicht ungebührlich rühmen, aber so ist es nun einmal. Sie geben mir bei jeder Gelegenheit zu verstehen, wie erfreulich meine diesbezüglichen Vorzüge seien, und dieses tun sie nun bereits seit beträchtlicher Zeit. Und ich blicke gefaßt der Tatsache ins Auge, daß der Grund für diese ihre Gefühle – welche sie freilich nicht hindern, zugleich mit einer ganzen Anzahl Burschen ihres eigenen Schlages zu verkehren – darin liegt, daß mir nichts weniger eignet als etwa körperliche Unbegabtheit. Auch weiß ich mich im Rücksitz unseres Familien-Chevro sehr wohl angemessen zu verhalten. Dennoch, muß ich wiederum ausdrücklich versichern, suche ich nicht etwa zu prahlen. Ich konstatiere lediglich Tatsachen, harte nackte Fakten. Und was nun die Freiheiten betrifft, die ich mir mit diesen beiden Damen erlaube, so muß ich dazu mitteilen, daß es nicht meine Absicht ist, gänzlich ahnungslos hinsichtlich so wichtiger Angelegenheiten wie der Techniken der Liebe in den Ehestand zu treten, schon gar nicht mit einem so erlesenen Wesen wie Barbara.

Genug davon. Von diesem Aspekt, meine ich. Ich wünsche wirklich nicht beständig bei solchen Dingen zu verweilen. Ich habe das Obige lediglich ausgeführt, um keinen Zweifel zu lassen, was für ein Bursch ich bin.

Des weiteren sodann auch zur Vorbereitung einer Erläuterung meiner Erfahrung in jenem übelberüchtigten Hause. Welche namentlich aus folgendem besteht: Sehr zu meiner Überraschung fand ich, daß in gewisser Hinsicht Hank nahezu im Recht war. Ich meine, er ist sich dessen natürlich nicht bewußt. Er hat halb recht, ohne es zu wissen. Recht insofern, als farbige Mädchen tatsächlich ein Fall für sich sind. Das heißt, dieses farbige Mädchen, bei dem ich mich befand, war weder mit Margie noch mit Susie zu vergleichen. Und zwar in verschiedentlicher Hinsicht.

Nicht daß ich bereit wäre, Hanks Einfall Berechtigung zuzusprechen, daß Negermädchen irgendwie, in irgendeiner mysteriösen Weise, weißen Mädchen *überlegen* seien (und ich bestehe darauf, daß *überlegen* genau das war, was er meinte, selbst wenn er es noch so eifernd von sich wies). Nein, darin hat er natürlich unrecht, und ich mochte nun wollen oder nicht, der Schluß drängte sich mir einfach auf, daß ich sogar noch weit mehr im Recht war, als ich geahnt hatte.

Aber ein Fall für sich – das ist mein Standpunkt. Zum Beispiel (und dies wird schwierig zu formulieren sein, ohne obszön zu werden), zum Beispiel hatte diese farbige professionelle Prostituierte die gleichen Neigungen wie Margie auch, nur daß sie ihnen – schön, also sie richtete ihr tatsächliches Verhalten weit mehr danach ein, als es Margie je getan hat. Ich meine, sie führte sich just so auf, als sei das ganz so natürlich, wie es – in Anbetracht ihrer Lage – vermutlich ja auch war. Gleichwohl fand ich ihre Manieren der Annäherung schon mehr als nur leicht beunruhigend. Ich meine, sie waren so professionell, so undramatisch, und ermangelten jeglicher notwendigen Präliminarien. Es war bestürzend, ja fast Abscheu erregend, Gott sei's geklagt!

Trotzdem möchte ich, da nie zuvor in einem Haus von üblem Ruf gewesen, doch annehmen, daß meine Vorstellungen vom Benehmen solcher Frauen in gewisser Weise irrig waren, ganz einfach aufgrund meiner natürlichen normalen Erfahrungen. Erfahrungen, versteht sich, für die ich nicht hatte zahlen müssen.

In der Tat war ich derart überrascht von ihrer Methodik der Annäherung (wie auch von dem zweimaligen unwahrscheinlichen Eindringen eines der andern professionellen farbigen Mädchen, das beständig die Tür öffnete und den Kopf hereinsteckte, zuerst während das meine gerade draußen weilte, und dann noch, als – nun, dann noch einmal) – derart überrascht, sagte ich, daß ich meine erste Klimax (wenn Sie den Ausdruck verzeihen) ein bißchen zu hastig erreichte. (Ich sollte auch hinzufügen, daß die Umgebung, in der ich mich befand, auf letzteres nicht ohne Einfluß war.)

Dann aber mußte ich erfahren, daß es, helf mir Gott, lediglich eine Klimax pro Kunden gibt! Eine einzige, und man ist abgefertigt. Schön, wiederum will ich keineswegs aufschneiden, aber wenn ich mit Margie oder Susie ausgehe, ist einmal bei weitem nicht genug! Auf jeden Fall nicht für mich. Wie ich denn also erfuhr, daß ich, nach jenem einen Mal, von diesem farbigen Mädchen als erledigt betrachtet wurde, begehrte ich auf. Darauf gab sie mir zu verstehen, es sei dies so die Regel, und ich hätte zu gehen.

Jedoch, unzufrieden mit meiner unzufriedenstellenden Erfahrung und überwältigt von der Einsicht, daß ich über diese Phase des realen Lebens (käufliche Prostitution) noch viel zu lernen hatte, bevor ich mich selbst wirklich aufrichtig als einen Mann von Welt betrachten konnte, bot ich den ganzen Charm meines kaufmännischen Talentes auf (es war doch bereits davon die Rede?) und überredete diese Professionelle, sie möge doch dies eine Mal die Hausordnung durchbrechen. Was sie denn auch tat, wodurch ein weiteresmal augenfällig wurde, daß ich nach ihrem Geschmack war.

Und an diesem Punkt möchte ich, da nun einmal im Besitz des analytischen Geistes, der mir eignet, noch folgendes hinzusetzen: Ich habe die Neigung, von Zeit zu Zeit meine Methodik, wie ich einen Gegenstand intellektuell angehe, zu variieren, und zuweilen denke ich in Gleichnissen und Symbolen. In der Tat begann ich auch jetzt in Gleichnissen zu denken, als sich dieses Mädchen mir zum erstenmal in der bisher beschriebenen Weise näherte. Ich dachte nämlich: Armes Ding! Sproß südstaatlicher Sklaverei! Und hier ist sie nun (im Gleichnis gedacht) einmal mehr in Sklaverei. (Ich meine, wenn sie die Sache auf die perverse Tour machte.) Und hier bin ich, der weiße Master, liege faul auf dem Rücken, während sie für nichts und wieder nichts arbeitet – ganz wie irgendein ekelhafter weißer Sklavenhalter auf seiner Veranda gesessen haben mag, Pfefferminzjulep schlürfend, während ein Trupp Sklaven ihm seine Baumwolle pflückte.

Dann aber wurde diese meine Meditation unterbrochen, und erst später, nachdem ich das Mädchen zur Übertretung der Hausordnung hatte bewegen können, wandte ich mich meinen gleichnishaften Gedanken wieder zu, und ich dachte: Vom Sklaven zum Arbeitnehmer! Wahrlich, das nenn ich mir Emanzipation! Und nun arbeitet sie unter mir, Bestandteil eines aktiv verpflichteten Gesellschaftsteams – Arbeitgeber und Arbeitnehmer. Woraus sich die Frage des Ausgleichs ergibt: Ist dieser Ausgleich ihrer Arbeitsleistung wirklich auch angemessen?

(Und genau an dieser Stelle geschah es, daß wir von jener anderen Prostituierten unterbrochen wurden, die ihren Kopf zur Tür hereinsteckte – eine höchst verwirrende Verhaltensweise, möchte ich sagen. Es schien an diesem Ort absolut keine private Sphäre zu geben. Und sie und mein Mädchen verwickelten sich in einen Wortwechsel, welcher der Klärung der Frage dienen sollte, wessen Eigentum das Zimmer sei, in dem wir uns befanden, und beide warfen sich die garstigsten Invektiven an den Kopf, bis die Andere dann wieder verschwand, und ich mich erneut dem Denken zuwandte):

Wird sie angemessen entschädigt? Das ist die Frage. Alles in allem mag sie mich, und alles in allem bin ich hier, um Ermittlungen anzustellen, um einen Abschnitt des realen Lebens kennenzulernen, mit dem ich zuvor noch nie in Berührung gekommen war. Warum, J. C., mein Freund, dachte ich, bist du nicht ein guter Arbeitgeber und schwingst dich zu einer Lohnerhöhung auf? (Im Gleichnis gedacht, versteht sich.) Warum zeigst du ihr, erstens, nicht, daß du alles andere denn ein Weißer mit Vorurteilen bist, und zweitens, daß du dich im Bett mit einer Frau schon zu benehmen weißt, ganz gleich, welcher Hautfarbe sie auch sei?

Was ich sagen will: selbst wenn sie zu jenem Zeitpunkt (für mein gleichnishaftes Denken) meine Angestellte war, so tat sie doch alle Arbeit allein. Da drängte sich mir denn doch der Gedanke auf: Gütiger Himmel, J. C., das geht nicht an. Schließlich bist doch du es, dessen Füße (wiederum im Gleichnis gedacht) am Ball bleiben sollten, sozusagen. Denn du bist die männliche Komponente.

So tat ich's denn. Ich meine, ich schritt zur Tat und zeigte ihr, daß ich schließlich mit einer Frau schon umgehn konnte. Ich dachte: Jetzt ist der Moment, wo sie gemerkt hat, daß, wenn sie auch meine Angestellte ist (gleichnishaft gedacht), ich ihr doch zu verstehen geben will, daß ich bei dieser Art Geschäft ganz und gar ebenso gut bin wie sie, und indem ich sie dies spüren lasse, werde ich ihren Lohn erhöhen und ihren Arbeitsaufwand mindern und dadurch einen merklichen Anstieg der Betriebsleistung erwirken.

Ich meine, haha, auch dies ist natürlich wiederum nur eine Art Gleichnis – Sie verstehen mich.

Aber siehmalan, da hatte ich offenbar schon wieder

eine Hausregel verletzt, denn ich mußte erfahren, daß sie nicht erwartet hatte, daß ich die Initiative übernahm in unserm – nunja, Sie wissen, was ich meine.

Aber nachdem ich nun einmal eine Hausregel bereits gebrochen hatte, um das gegenwärtige Stadium zu erreichen, beschloß ich, die zweite ebenso zu ignorieren und im Sinne meiner ursprünglichen gleichnishaften Überlegung fortzufahren. Was ich nun auch tat. Sie kriegte ihr Teil. Ich meine, ich zeigte männliche Initiative – der Art, wie ich sie vornehmlich bei Susie in Anwendung bringe – und zeigte diesem farbigen Mädchen von üblem Ruf so ein Ding oder zwei. Ich meine, ich bewies ihr handgreiflich, daß sie einen *Mann* bei sich hatte. Ich ließ ihr hinsichtlich dieses Punktes keinerlei Zweifel.

Dann...

Aber ich habe verabsäumt, einen wichtigen Aspekt zu erwähnen. Nämlich eine offenbar weitere Hausregel, die bedingte, daß sie es fürchterlich eilig zu haben schien, wieder nach unten zu kommen. Ich meine, es schien, als verbringe sie jeweils nur soundsoviel Zeit mit jedem Kunden und dränge ihn sodann hinaus, und als sei sie mit mir bereits über der Zeit. (Haha.) So verfuhr sie mit einigem Ungestüm und schlüpfte wieder in ihre Sachen (Bluse und Rock; das einzige, was sie anhatte, um Gott!) und eilte zur Tür hinaus, als ich einen Einfall hatte, den ich zu jenem Zeitpunkt als äußerst brillant empfand, der sich jedoch später höllischerweise als Beginn meines Mißgeschicks herausstellte, welches – ob es schon meine Erfahrung bereicherte – dann doch ziemlich erschreckende Weiterungen zeitigte.

Mein Denken war zu dieser Zeit aufs äußerste verwickelt, scharfsinnig und zudem von rapidester Schnelligkeit. Zuerst einmal lachte ich insgeheim bei dem Gedanken, wie überrascht doch Hank sein würde, wenn er je herausfand, wie ich eine professionelle farbige Prostituierte hatte beeindrucken können, in ihrem eigenen Haus von üblem Ruf, um Gott! Zweitens dachte ich, wenn ich es vermocht hatte, mittels sorgfältig angelegter sachlicher Planungen und Aktionen, sie bis zu diesem Punkt zu überreden, dann könnte ich ganz gut auch in dieser Richtung fortfahren und meinem außerfahrplanmäßigen Erziehungsgang noch ein paar weitere Möglichkeiten eröffnen. Ich könnte gar mehr noch über farbige professionelle Damen erlernen, wenn ich sie so weit brachte, sich mit mir zu anderer Zeit und an anderem Orte zu treffen.

Ich lag da und fragte mich gerade, wie dies alles wohl ausgehen werde, als mich diese Idee förmlich überwältigte. Und das meine ich wörtlich! Sie kam wie ein Blitz aus heiterem Himmel über mich – ganz so, wie Prof. McGillicuty immer sagt, daß hochintellektuelle dichterische Ideen über einen kommen.

Meine Idee war in nuce diese: Angesichts der Tatsache, erstens, wie ungeistig und ungebildet sie war, und zweitens, welch tiefgründigen Eindruck Ihr sehr ergebener J. C. auf sie gemacht, haha, und drittens, wie leicht ich sie noch wenige Augenblicke zuvor hatte entzücken können – angesichts dessen also beschloß ich –

– ihr zu erzählen, ich sei meines Zeichens ein Einbrecher, von der Polizei gesucht, und verzweifelt hinter einer Örtlichkeit her, wo ich mich verstecken könnte, bis die größte Hitze vorüber sei.

Phantastisch, ich weiß. Aber das war meine (überwältigende) Idee. Und sieheda, sie wirkte! Ehrlich! Ich erzählte ihr, ich hätte diverse Wohnhäuser im Mount Woodstock Distrikt ausgenommen, und durch meine Fingerabdrücke sei mir die Polizei auf die Spur geraten. Die Wirkung dieser meiner kleinen Fabel war bemerkenswert. Sie glaubte mir nicht nur, sondern gelangte offenbar zu der Überzeugung, daß ich ihren eigenen Kreisen zugehörig sei – ihren eigenen Unterweltskreisen. Ich meine, als sie nun fand, daß ich nach ihren Begriffen ein authentischer Krimineller sei, Gott helf mir, da betrachtete sie mich gleich als eine Art Freund. Ja sogar als mehr denn nur einen Freund, wie sich herausstellte. Nach einigem Hin und Her machte sie fest mit mir aus, daß wir uns andernorts treffen würden, und zwar bald schon treffen würden, und daß ich dort auch ein Versteck finden könne. Und in der Tat (ich weiß, es klingt einfach zu phantastisch, aber nichtsdestotrotz ist es ein hartes nacktes Faktum) – sie gab mir den Schlüssel zu ihrer Wohnung!

# 6

Ich sach ihm bis dann, un fliech grad aaschwechs außer Tür, da grabscht er mein Arm!

Ja-ah! Nich viel, un s hätt mir den verflickstn Arm glatt ausgerissn, vor daß ich zum Stehn komm. Dann pack ich ersmal dick Luft zwischn die Backn un will diesem dämlichn Dudelkopp mal gründlich die Meinung steckn – da lech der los und sacht, halt, halt doch mal, bloß ne Sekunde!

Un dann brabbelt er so n dammlichn Mist, wie daß er n Einbrecher wär, Kührijemineenochmal!

Sach ich ersmal, in Ordnung, du bis n Einbrecher, ich bin ne Bummelhummel, aber im Augenblick gibs bei mir nicks zu brechn, Mister Einbrecher. Ich hab verflickst nichmal mehr Zeit für dich. Hab überhaup kein Zeit mehr, klaa? Okeh?

Aber er hängt mir am Arm un drängt un druckst un sacht, er braucht sich n Versteck. Ja-woll! Das sacht er!

Jeh-sus! Bin nah dran, ihm mal Bescheid zu sagn: n Versteck werd ich bald nötiger brauchn als wie du, wenns du mein Arm nich losläßt. Aber dann schalt ich, so blitzficks wie noch nie in mein aam Pickaninchenlebn, un sach, Mann, du wills dich versteckn?

Un sacht er ja-ah! Das will er.

Ich schalt un schalt un versteh nich, wieso daß er mich eintlich nich mein Tellefon frächt, aber er hats nu mal nich gemacht, und machts auch jetz nich. Seh bloß, er hat kein Mumm. Überhaup kein Mumm! So massich viel Moos – un kein Mumm nich. Weioweioweih! Da muß ich doch was unternehm. Madam tritt mir n Aasch bis rauf auf n Mond, wenn ich jetz nich sofort runtermach!

Sach ich zu mirselbs, ich sach, er will n Versteck un hat da ja auch zu, was man braucht. Is ja ne dämliche Tuhr, n Wiekend aufzuziehn, aber hab ich noch nie n Wiekendkundn gehabt, und hat er ja auch genuch, um so dumm sein zu könn, wie er will. Ja-ah-woll! Hat wohl minstens n ganzn Hunnerter dabei, un er un so ne Hunnerter, die treffn sich wohl öfters. Bloß Traute hat er nich. Massich Moos un müder Mumm!

Sach ich zu mirselbs Görl, für so n jumbichn Jakob kanns du verdammt alles schluckn, was das dumme Weißjung dir weismachn will.

Sach ich denn okeh, Einbrecher, unten is oben. Gehn wir auf n Mond. Du wills n Versteck – du krichst es.

Un ich sach ihm, wo ich wohn.

Kührijeminee! Ich sach zu mirselbs, dir steckt ja Madams Nimm un Nimm derart im Aasch, daß du vor lauter Tempo noch an so m dickn Zasterhasn vorbeirenns. Jeh-sus! Du bist doch schon vierzehn, da machs du jetz mal schön langsam un fängs an, n bischn Gib zu inwestiern.

Er sacht, er weiß nich, wo das is, wo ich wohn. Sach ich ihm die Nummer und sach, nimm dir n Taxi, Mann, nimm dir n Taxi. Ich komm morgn früh nach. Ja-ah! Dann bleib ich das ganze Wiekend. Ich sach, ich geh jetz wieder runter un öl da so n bischn rum, bis daß du fertich bis mit Anziehn un auch runterkomms, und denn komm ich bei dir bei un hab mein Paatmentschlüssel inner Hand. Das mach ich, un du dussels auch n bischn so rum un machs, wie wenns du n klein Knall hätts – wird dir ja nich schwerfalln, was? Also dann komms du von hintn an mich ran, paß auf – so, un grapsch n bischen an mir rum. Du lehns dich über mich un tus die Arme um mich rum, un dann kann ich dir mein Schlüssel steckn. Verstanden? Okeh? Kapiert?

Er glotzt ganz schön doof, sacht aber okeh.

Ich schieb ab, damit daß er sich wieder all sein Zeuch anpelln kann.

Weioweih! Is so doch man besser als wie aufs Tellefon wartn. Jetz hab ich noch die ganze fette Freitachnacht, un denn morgns schnell heim, wo mein honichsüßes Dauerhäschen sitzt.

Häschen? Vonwegn! Das is schon n Osterhase! Jawoll! Wenn da alles mit klappt – dann is aber was fällich!

Ich also runter, un der Salong is dick voll Kundn, aber ich kann jetz nich mit rauf. Nee!

Saus ich durch zur Gadrobe, wie wenn ich Feuer am Aasch hätt, un tu so, wie wenn ich mich n bischn zurechtmachn will. Madam sieht mich verschwindn, hat aber massich zu tun. Wimmelt bloß so von Kundn.

Ich krich mir mein Schlüssel ausm Täschchen un lucks durch n Vorhang un wart auf mein Zuckerhasn. Der braucht scheints wieder die ganze Nacht.

Aber er schaffts dann doch. Ich seh ihn dastehn, er glotz dumm, un ich saus wieder in n Salong rein, un er macht alles, wie ichs ihm gesacht hab. Führt sich richtich dammlich auf un fängt an, er will nochmal rauf mit mir, un währnd daß wir so rumdadern, schieb ich ihm n Schlüssel zu.

Ich sach nächsesmal, Schatz.

Sacht er okeh, nächs-täß-maal.

Un schiebt ab, zur Tür raus.

Puh! Is nich leicht, sich so n Dauergeschäft anlachn!

Einbrecher? Kührijeminee!

Ärger! Je-sus! Natürlich hat er Ärger. Mit dem Kastn Asche, natürlich hat er da nicks wie Ärger mit.

Un wie ich denn wieder bei bin, schwingaasch schwups treppauf mit m annern Kollitsch-Heini, sach ich mirselbs, Einbrecher, sach ich, geh du man nur zu mir nach Haus und versteck dich hübsch kuschlich. Geh bloß nich ers noch woanners hin, Mann. Ich komm bald nach, wir bekalschn ersmal n richtich süßes Wiekendgeschäftchen, un dann gehts los auf Dauer. Un wer weiß, was da noch bei rauskommt!

Kührijeminee! Wie komm das bloß, daß n Kätz so ficks n fidehln Aasch kriegn kann? Wie er da so die Lappn begrappelt hat – da hab ich gleich gewußt, das wird n langer Lenz!

# 7

Wieder außerhalb des übelverrufenen Hauses, diesmal mit ihrem Schlüssel in der Tasche, verhielt ich einen Moment, um einem harten, kühnen, analytischen Gedanken Raum zu geben. Er lautete: Guter Gott, J. C.! Bist du etwa, in welchem Betracht auch immer, und wann es auch hätte sein können – zwischen neun Uhr und jetzt, der Versuchung einer Handlungsweise erlegen, die vor deinem vernunftsmäßigen Denken wider dich würde zeugen müssen?

Aber die Antwort war, es versteht sich, ein allernachdrücklichstes Nein! Ehrlich betrachtet, schuldete ich diese kleine Eskapade ja schließlich meiner Erziehung. Ich meine, die herkömmliche Schulbildung ist ein wichtig Ding, aber darüberhinaus gibt es ja denn doch noch einige Dinge zwischen Himmel und Erde, von welchen sich unsere Schulmeister nichts träumen lassen. Und die gründliche und objektive Inspektion von (professionellem) Milieu und (professioneller) Tätigkeit einer farbigen Dame von üblem Ruf war ja etwas, dessen Resultat mir im späteren Leben durchaus zustatten kommen würde. Ich bin auch, nebenbei, geneigt zu vermuten, daß Paps einmal eine ähnliche Erfahrung hat machen müssen, als er noch jung war – wie könnte er sonst so überlegen und wohlinformiert den Außendienst unseres Sittlichkeitsvereins wahrnehmen? (Außendienst – das heißt natürlich die Betreuung der auswärtigen Büros und Hospitäler).

Wenn man hierzu noch die Tatsache rechnet, daß sie meiner phantastischen Einbrecher-Geschichte Glauben geschenkt, mir den Schlüssel zu ihrer Wohnung ausgehändigt und mir bedeutet hatte, dort Zuflucht und Versteck zu suchen (ohne Zweifel auf der Basis unerlaubten Zusammenlebens mit ihr), und daß dergleichen Umstände sich nicht eben häufig ergeben (haha) – dann mußte ich mich ja praktisch verpflichtet fühlen, der Sache freien Lauf zu lassen.

Und dabei zu eruieren, soviel ich nur vermochte. Was bis zum gegenwärtigen Augenblick ja bereits eine beträchtliche Menge ausgemacht hatte. In Hinsicht des Problems solch käuflicher professioneller Damen, meine ich, und in Sonderheit der Frage, in exakt welchem Betracht sie ein Fall für sich sind (Sie erinnern sich meiner Diagnose) – und ein moralisches Krebsgeschwür.

Die große unmittelbare Gefahr bestand, versteht sich, in einer möglichen Ansteckung. Aber sogar Paps hat mir versichert, daß professionelle Prostituierte in dieser Hinsicht sehr vorsichtig sind, und Hank hat mir ja dauernd damit in den Ohren gelegen, wie doch die farbigen Mädchen, die in Häusern von üblem Ruf tätig sind, jeden Kunden genau untersuchten und seine betreffenden unaussprechlichen (und folglich auch im Druck nicht wiederzugebenden) Körperteile einer gründlichen Waschung unterzögen; auch suchten sie regelmäßig den Arzt auf. (Welch letztere Behauptung Hanks ich allerdings anzweifeln möchte, so wahr mir Gott helfe. Ich vermag mir ein Wartezimmer voll solcher Damen einfach nicht vorzustellen. Aber mir gegenüber hatte sie jedenfalls, das will ich nicht verschweigen, die peinlichste Vorsicht an den Tag gelegt [vor einem «Souterrain-Schnupfen», wie ihr unsäglicher Ausdruck lautete] und mich untersucht). (Aufs peinlichst genaueste). So beschloß ich, beherzt bei der Stange zu bleiben und in meinem Tun fortzufahren. Schließlich, ich habe bereits darauf gewiesen, kommt es nicht jeden Tag vor, daß einem Studenten die günstige Gelegenheit geboten wird, außerhalb der Hörsäle, und aus erster Hand, einen Blick der Analyse auf die Schattenseiten des realen Lebens zu werfen. (Wobei ich mir freilich nicht verhehle, daß es in meinem Fall weniger eine günstige Gelegenheit war als vielmehr das Ergebnis meiner schnellen Entschlußfähigkeit und überhaupt meiner reichen Naturanlagen, daß ich zu meiner gegenwärtigen Lage gelangt war.)

So ging es denn, links zwei drei vier, links zwei drei vier, wieder die düstere Straße hinan, vorüber an einer lärmenden Rotte von Burschen, vermutlich Studenten, welche – zu Fuß gekommen und Kraftfahrzeugen entstiegen – allesamt der Richtung zustrebten, aus der ich kam. Bis ich sodann wieder bei der Avenue auftauchte. Um dort sogleich erneut einen kurzen Moment lang zu verhalten – schwankend erneut am Rand der Unschlüssigkeit.

Ich dachte: Solltest du, James Cartwright Holland, wirklich und wahrhaftig deinen Weg fortsetzen? Oder wäre es nicht vielmehr doch besser, diese ungewisse (wenn auch erzieherisch wertvolle) Gelegenheit in den Wind zu schlagen und in den Schoß des Wohnheims, sozusagen, zurückzukehren?

Aber dann kam ein Taxi auf mich zu; ich winkte es herbei und dachte: Nein, J. C., jetzt nicht gewichen; bleibe standhaft! Bis Montag morgen hast du absolut nichts zu tun. Warum eine soziologische Gelegenheit nicht nützen, welche dich in jedem Betracht weiser und gereifter entlassen wird? Und schließlich bist du ja auch ein männlich-menschliches Wesen mit normalen Bedürfnissen, und lange mag es währen, bis du wieder einmal heimkommen und Margie oder Susie besuchen kannst.

Allerdings gedachte ich auch meiner nicht bestandenen Fächer – Biologie, Psychologie, Französisch – und daran, wie ungehalten Paps sein würde, wenn er hiervon erfuhr. Und durfte ich schließlich außer acht lassen, welch strapaziöse zweite Semesterhälfte mir noch bevorstand?

Guter Gott! Ich hatte gewiß nie aufgehört, den Ernst der Situation zu betrachten – die Möglichkeit eines Ausschlusses vom College, meine ich, aufgrund mangelnder Leistung. Erschauernd dachte ich: Halt dir vor Augen, J. C., du fliegst raus – verleugnet von Freunden und Familie – ein trauriger Versager – ja ein Lump, ein richtiger Lump – ein Ausgestoßener – ein Durchschleicher öder Gefilde wie jenes Individuum, dessen Anblick dir warnend in den Weg trat – ein Makel der menschlichen Gesellschaft, der sich Nahrung aus den

Mülltonnen suchen muß, um schließlich elend und tragisch irgendwo in der Gosse zu enden ... Ach du liebes Christkindchen!

Also: ein Entschluß tut not! Dies eine große abenteuerliche unwahrscheinliche Wochenende (zum Zweck des Geländestudiums, sozusagen – oder wenn Ihnen das besser klingt: des kulturellen Austausches) mit einer käuflichen professionellen (farbigen) Dame – – und dann aber zurück zu den Büchern, und zwar diesmal ernsthaft!

Schön, jedenfalls hielt das Taxi an, und ich sprang hinein und gab die Adresse, die ich von ihr erfahren hatte. Los ging's. Und ich will es wirklich gern zugeben – ich war froh, in einem Taxi zu sitzen und im Begriff zu stehen (bzw. ebenfalls zu sitzen), dieser Gegend den Rücken zu kehren. Als wir am Black-n-Tan vorüberfuhren, standen dort noch immer jene nichtstuerischen Negerburschen herum. Die einzige feststellbare Beschäftigung war diesmal, daß mir einige von ihnen nachstarrten – mir, um Gottes willen! Der bloße Anblick dieser Bummelanten ließ mich erschauern. Ich will nicht sagen, daß ich Vorurteile hätte, doch verstehe ich nicht, wie man so dastehn kann und dastehn und absolut nichts tun, Minute um Minute, Stunde um Stunde. Vermutlich ist das einfach rassisch bedingt. Ich meine, welche andere Auslegung könnte solchem Verhalten gerecht werden? Bezeichnenderweise berichtete just am folgenden Tag ein Kommilitone von seinen Erfahrungen in der Armee, und er besteht darauf, daß die überwiegende Anzahl Neger äußerst armselige Soldaten abgäben; im

Großen Krieg hätten sie sich wie die Jammerlappen und Schlappschwänze verhalten, und überhaupt ließen sie es an zackigem Gehorsam und rechter Einstellung zu Unserm Heer fehlen. Ich vermute demnach, man darf den Verdacht nicht von der Hand weisen, daß dergleichen eben rassisch bedingt ist. Daß sie da so nichtstuerisch herumstanden, meine ich.

Aber ich hatte freundlicheren Gedanken nachzuhängen, denn das Taxi schlug die Richtung zur Universität ein – zurück zu dem einzigen Teil dieser bedauerlichen Stadt, in dem ich mich einigermaßen zurechtfinde. Nicht daß er mir vollkommen vertraut wäre, aber immerhin ist er zivilisiert. Wohl mag er sich nicht sonderlich freundlich ausnehmen, wie etwa meine eigene Heimatstadt, aber: er ist zivilisiert. Der Ausdruck trifft wohl zu. Und je mehr wir uns jenem Stadtteil näherten, desto besser ergo fühlte ich mich bei der ganzen Sache. Bis – Peng!

Wir fuhren fuhren haargenau mitten hinein! Und da wurde mir denn doch ein bißchen sonderbar. Ich dachte: Unmöglich! Hier kann sie doch nicht Wohnung genommen haben, oder? Vielleicht in einem Junggesellinnenheim (haha) oder dergleichen? Ach du liebes Christkindchen!

Doch wie sich herausstellte, hatte ich mir umsonst Gedanken gemacht. Wenigstens in dieser Angelegenheit. Denn wir durchfuhren das Universitätsviertel ohne Anhalten und erreichten nunmehr einen Teil der Stadt, den ich nie zuvor gesehen. Sodann drehten wir ein paar schneidige Kurven und Zickzacks, die meine Orientierung völlig verwirrten – eine Straße rauf, einen Block links, dann zwei Blöcke rechts, und wieder links, und so fort, bis – nochmals Peng!

Ein riesiges Apartment-Haus lag vor uns, mit einem Baldachin, der – helf mir Gott – über den ganzen Bürgersteig reichte! Ach du liebes Christkindchen! Ach du liebes Christkindchen! Ich meine, so ganz neu war das Haus, genaugenommen, nun natürlich auch wieder nicht, und bestimmt war es nicht so schick wie – sagen wir – eine Adresse in der Park Avenue oder ähnlichwo, aber es war doch himmelweit entfernt von dem, was ich erwartet hatte. (Wenngleich ich kaum sagen könnte, was ich eigentlich erwartet hatte, denn eine spezifische Erwartung hegte ich überhaupt nicht.) Fest steht jedenfalls: auf dies hier war ich nicht gefaßt gewesen!

Schön, ich entlohnte den Fahrer, reichte ihm – wohlüberlegt in diesem Falle – ein Trinkgeld und schlenderte hinein, in einer Haltung, die keinerlei Unsicherheit bezüglich meines Vorhabens verriet. (Haha.) Glücklicherweise war keine Menschenseele in Sicht. Was meinen Augen begegnete, war vielmehr eine Vorhalle, ja ein wahrer Kardinalfall von einer Vorhalle, mit gepolsterten Sesseln und diesem hier und jenem dort, ein ungeheuerlicher langer Holztisch und darüber der riesigste Wandspiegel, den ich überhaupt je erblickte. Und erst der Teppich! Wau! Ich mußte sogleich denken: Ach du liebes Christkindchen, J. C.! Bevor du nur den Fahrstuhl erreichst, bist du förmlich in Plüsch ertrunken, meingott!

Aber ich schaffte es.

Überflüssig zu sagen, mag sein. Der springende Punkt

ist nur... Schön, ich kann's ja wohl zugeben. Also was ich sagen wollte: Genau hier, bedingt durch eine geringfügige Unterlassung, wurde ich mit einemmal von Panik erfaßt! Ich drückte auf den Fahrstuhlknopf – und erschrak. Lieber Himmel, dachte ich, zu welchem Apartment willst du denn eigentlich? Sehn Sie, ich wußte ja nicht einmal ihren Namen, geschweige denn ihre Zimmernummer.

Was machen, was machen...

Der Gedanke kam mir, den Portier aufzutreiben und ihm eine Beschreibung von ihr zu geben; vielleicht bestand Aussicht, daß mir durch ihn ein Hinweis zuteil wurde. Aber – ich meine, der Fall lag ja hier doch etwas anders, als wenn ich etwa einen kürzlich umgezogenen alten Freund hätte besuchen wollen. Sie war nicht-weiß, folglich würde mit Bestimmtheit auch der Portier der weißen Hautfarbe entbehren. Hierzu gesellte sich überdies noch ihr übler Ruf. Und wenn auch die Örtlichkeit ganz leidlich aussah (ich meine, sie war zumindest nicht baufällig) – wer konnte, alles erwogen, wissen, was mir in Gestalt des Portiers eventuell begegnen würde?

(An eben dieser Stelle sollte ich noch hinzufügen, daß mich die beschriebene Örtlichkeit doch ziemlich umschmiß! Ich meine, ich hatte irgendwie immer in der Vorstellung gelebt, daß Prostitution und Slums zueinander gehören wie Hand und Handschuh, daß also Prostituierte eben auch in Slums leben. Tja, man lernt nicht aus.)

Aber derweilen – was zum Kuckuck sollte ich tun? Der Fahrstuhl hielt vor mir an, und ich stand da und blickte ihn an, dann wandte ich mich ab. Ich dachte: Lieber Gott, J. C., solltest du etwa den ganzen Weg noch einmal machen, zurück zu jenem Haus von üblem Ruf, und sie nach ihrem Namen fragen und ihrer Zimmernummer? Aber verflixt, das Taxi hatte mich bereits zwei Dollar fünfzig gekostet, das Trinkgeld eingerechnet. Fünf Scheine wären also dahin. Nein, sogar siebenfünfzig, bis ich endgültig wieder hier war. Ich meine, es ging ja nur um Geld, aber –!

Natürlich hatte all dies Ungemach nur eine geringfügige Unterlassung meinerseits zur Ursache. Ich hatte nämlich verabsäumt, einen Blick auf den Schlüssel zu werfen, den sie mir gegeben hatte. Dies holte ich jetzt nach, und da hatten meine Leiden ein Ende. Denn da stand: «Apt. 404.»

Zu dumm, was so kleine Unterlassungen alles anrichten können.

Ich fuhr also nun hinauf in den vierten Stock, verließ den Fahrstuhl und fand Zimmer 404. Ich meine, Apt. 404. Und – ja, der Schlüssel öffnete die Tür. Ich fand den Lichtschalter und – Peng!

Welch eine Stätte! Wau! Ich meine, ach du liebes Christkindchen!

Man kam herein, und gleich hinter der Tür lag diese ungeheure Matte, von jener Art, wie sie in Japan gebräuchlich. Und linkerhand davon befand sich eine Art Garderobe (erkenntlich daran, daß Schuhe am Boden standen und Mäntel an der Wand hingen). Eine Gelegenheit, die ich unverzüglich wahrnahm, indem ich meine Schuhe auszog und dort zurückließ. In solchen Dingen pflege ich schnell zu reagieren. Außerdem hätte man schon ziemlich stumpfsinnig sein müssen, um noch einen Schritt weiter Schuhe zu tragen, denn jener Matte folgte ein Teppich – Wau! Was für ein Exemplar! Er war – erlauben Sie mir den groben unzulänglichen Ausdruck – weiß. Ich meine, WEISS! Von allerweißestem Weiße! Hollywood-Weiß! Tatsache, die gesamte Anlage machte den Eindruck, als sei sie direkt von Hollywood importiert. Der große weiße Teppich, von Wand zu Wand reichend (er fühlte sich an, als sei er aus Federn), dann diese Wände – himmelblau –, daran Werke der Malkunst, die – Gott steh mir bei – mexikanisch anmuteten, und an der hinteren Wand der ungeheure große Vorhang, von der Decke bis zum Boden, von der einen Wand bis zur andern. (Wie ich alsbald erkennen sollte, verhüllte er ein gewaltiges Panoramenfenster.) Was sodann das Mobiliar betrifft, so gab es da diese niedrigen Kaffeetische. Und wenn ich niedrig sage, dann meine ich das wörtlich! Groß waren sie außerdem. Von dunkler Purpurfarbe. Irgendwie so. Und dann erst die Couch! So groß wie ein Bett sah sie aus. Tatsache, sie sah mehr wie ein Bett aus denn wie eine Couch, nur daß sie eine Rückenlehne hatte und Armstützen und lose Kissenpolster und so.

Aber das war noch längst nicht alles. Die ganze Einrichtung war einfach phantastisch! (Oh, ich weiß natürlich, man durfte ihr nicht allzu viel Geschmack zusprechen, aber ich meine, sie war doch anders, als ich erwartet hatte. Und schick war sie schon, das muß ich sagen, auch wenn man ihr nicht allzu viel Geschmack... wie gesagt.) Der weiße Teppich lief direkt hinüber ins Schlafzimmer, und in diesem befand sich ein anderes Exemplar von Bettcouch, doch wies dieses eine blaßrosa Steppdecke sowie einige Kissen auf, so daß ich mich der Schlußfolgerung nicht verschließen konnte, daß es sich in der Tat zweifelsfrei um ein Bett handelte. Es mußte einfach eins sein, denn sehn Sie, es gab hier insgesamt nur drei Zimmer und ein Bad, und das dritte Zimmer war eine Küche. (Ebenfalls phantastisch!)

Schön, ich lief eine Weile herum, inspizierte, besah mir jegliches Ding aufs genaueste, und suchte mich dabei an die Tatsache zu gewöhnen, daß ich – ich, James Cartwright Holland – den Schlüssel zu solch einem Apartment besaß, mir überreicht von dem (nun, immerhin farbigen) Mädchen, welches hier wohnte. Fast schien es ein Ding der Unmöglichkeit. Tatsache, in striktem Betracht harten nackten Faktums – es schien unglaublich! Jedoch, ich brachte es schließlich energisch fertig, mich zu akklimatisieren, und machte es mir im Schlafzimmer bequem, weil sich dort die wahre Wucht von einem Hifi-Schrank befand. Gerade jetzt hatte ich Laune, etwas nette sanfte (Semi-)Klassik zu mir zu nehmen, aber leider mußte ich alsbald entdecken, daß sie (nun, sie kann schließlich nichts dafür, daß sie so ohne Intelligenz und Bildung ist und so augenfällig des guten Geschmacks enträt) nichts als nur Jazz-Platten hatte. Doch wau! Davon besaß sie aber gleich jede Menge! Stapel und Stapel, und nichts als Jazz, mit Etiketten, von denen ich nie etwas zu Gesicht bekommen, mit Künstlern, von denen ich – Gott sei mein Zeuge – nie etwas gehört hatte.

Aber ich ermittelte die Bedienungsweise des Geräts und legte einen Stoß auf. Danach entledigte ich mich meines Anzugs und Hemdes, hängte beides mit Sorgfalt in ihren Wandschrank (der ebenfalls phantastisch!) und haute mich ins Bett.

J. C., mein Freund, dachte ich, faß dich an die Nase! Solltest du träumen?

# 8

Es is Morgen, ich komm heim, er is da. Ja-woll! Hat die Tür offngelassn. Dick Honichhäschen liecht in meim Bett.

Manchmal seh ich morgns fern. Ich kuck dem Mann zu, der wo immer die Nummern auf die Karte pappt. Bloß, heute is der nich an, is nämlich Samstach.

So n Scheiß!

Aber jetz, was ich jetz gleich machn sollte, ich sollt mir mein Wiekendhunnerter kriegn. Ich sollt ihn weckn un mir mein Pulver kriegn. Madam sacht, immer ersmal Kasse machn.

Ja-ah! Sollt ich, aber tus nich. Jackie sacht, Dauergeschäft is Gib un Nimm, Gib un Nimm.

Der Hakn is bloß, ich weiß noch immer nich, was nu eintlich is. Kann sein, er is n Dauergeschäft, kann aber auch sein, er is bloß n Wiekend. Vielleicht haut er ab, un seh ich n überhaup nich wieder. Schweinescheiße, soll ich nu auf Gib oder Nimm machn?

Aber ich sach zu mirselbs Görl, eins is sicher. So n Packn Piepn, den hat er nich das erstemal dabei, hat also gar kein Sinn, wenns du jetz so gieprich un ficks dahinterher bist. Immer miter Ruhe, un am Ende kanns du dann mächtich absahn. Ja-woll! Ich sach zu mirselbs Görl, kann sein, du has dir da gleich n ganzn Rockefäller angeschafft! Scheiß, man weiß auch gar nicks. Nu mal nich zu hitzich un sachte auf n Zahn gefühlt.

Bloß, die Sache hat noch n Hakn. Mir armen Kätz hängt nämlich der Aasch durch. Ja-woll! Freitach is ehm große Tuhr. Anner fauln Muschi hat keiner Spaaß, aber anner halbtotn auch keiner. Wenn ich mein arm klein Schwatzaasch jetz ins Bett tu, wer weiß was da alles passiern kann, wo er doch direkt danehm am schlafn is. Wenn er mir bloß n bischen Schlaf läßt un ich wieder zu Kräftn komm, dann könn wir uns noch n nettn Spaaß machn. Später.

Aber ich find, so leicht geht das auch wieder nich. Jackie sacht, Dauergeschäft is ganz einfach, gehört gar nicks zu.

Der werd ich aber mal was erzähln!

Ich bin schon halb ins Bett, da huppt mein dickes Goldhäschen hoch, wie als ging die ganze Welt in Aasch. Ja-woll! Er hockt sich auf. Ausgerechnet jetz. Un macht waaah, heh, wiiie, hoh, wuuuh!

Un is wieder richtich bibberich.

Ich sach Bebi Schätzchen, ich bins doch bloß.

Un denn – Ärger un Ärger un Ärger.

Zuersmal zieht er sein Unterzeuch aus. Ja-ah! Hat doch tatsächlich in seim Unterzeuch geschlafn. Jeh-sus!

Dann setzt er sein dalbriges Lecheln auf, un dann grabscht er mein Aasch, als wollt er mich verfrühstückn.

Sach ich au-ah Bebi! Ich sach Süßer, mach doch mal Pause! Ich sach Mann, has du denn kein Funkn Vernunft? Ich hab mein aam Schwatzaasch doch die ganze Nacht auf Arbeit gehabt! Kührijeminee nochmal! Pussi is doch nich aus Stahl. Halt mal n bischen an dich. Wir könn uns doch später amüsiern. Ich sach, laß Dampf ab, Schatz, tu den bösen garstigen Tiger in sein Käfig zurück un laß mich n bischen schlafen. Okeh?

Aber da will er nicks von wissen. Nicks un gaanicks. Dieser Morgentrompeter will nicks wie Bumstrara! Jawoll!

Versuch ichs nochmal, gansgans lieb un nett. Ich sach, nu lech dich mal zurück, du böser wilder Mann. Lech dich, ich blas dir eins, un fertich.

Nicks. So n verflickster Dickkopp, hat der vielleicht Ecken am Schädel! Hört überhaup nich zu, was ich sach. Is kregel wie n Kater ohne Ohrn un doppelt so garstich.

Jeh-sus! Ich bin zu müde zum Bocksn, zu müde zum Ficksn, un er will einfach nich zuhörn! Ärger, Ärger, Ärger.

Ich kann nich anners, da verlier ich doch mein Wolleköppchen. Ich mach Schluß mit dem sanftn Gesuhse un red Fracktuhr. Ich sach, du dalbriger weißer Fickhengst du! Kührijeminee nochmal, Mann! Laß mich in Ruhe un penn weiter. Siehs du denn nich, daß ich totaal ausgepumpt bin?

Un er hört auf, okeh. Aber denn liecht er da un macht n ganz bedeppertes Gesicht. Er zieht n Flunsch, daß s ein jammern kann.

So n Scheiß! Ich krich kein Schlaf, wenn er so ne Schnute macht. Hab eintlich ja auch kein Recht, so umzuspringn mit nem Kundn.

Sach ich denn okeh, Schatz, du has gewonn. Eins mehr wird mich auch nich gleich umbring. Hoff ich.

Un ich geb das letzte her für diesn letztn Freitachs-Job. Un wenn mir auch der Aasch zu Bruch geht, ich brings hin. Un was macht er? Hört der Scheißer doch glatt mittndrin auf un schimpft mich aus! Ja-woll! Ich tu mein bestes, un er schimpft teufelwas rum un sacht, ich soll doch machn, wo mir nach is.

Jeh-sus! Jetz hat er n komplettn Knall!

Ich sach – so lieb, wie ich kann –, ich sach okeh, Schatz, wenn dus unbedinkt wissn wills – mir is nach nicks wie schlafn.

So liech ich da wie tot, un er schrammt un rammt. Dann rollt er ab un pennt, un ich tu verdammich dasselbe. Schnarch wie im Sarch.

Aber dann weckt uns sweie all das Stampn und Kloppn un Bumsn obn über uns, un mein Weißjung haut hoch wie n gottverflickster Kastnteufel un hoppt ausm Bett. Ja-ah! Hoppt raus un hoppt rum, als wollt er gleich losfliegn un klettert inne Unterhose, mit eim Tempo, wie als könnt er nich schnell genuch aufn Mond komm.

Sach ich zu mirselbs Jungejunge! Da kann nicks gutes draus werden. Ers will er mich windelweich bimsn, wo ich doch sowieso schon halbtot bin, un dann will er noch abhaun, ohne zu blechn. Ja-woll! Er will sein Pulver packn un wech!

Ich bin nah dran un verlier mein Wolleköppchen nochmal un kratz ihm die Augn aus, aber ich tus denn doch nich. Ich seh, er is man bloß wieder schrecklich bibberich, das s alles. Is bange vor dem Gebumse da oben.

Gibts bloß eins. Ich schaff mein Aasch ausm Bett un mach n bischen Eiapopeia. Muß ihm klaamachn, da is nicks bei bei dem Krach da obn, braucht man doch nich wegn bibbrich sein.

Sacht er, was n das fürn Specktaakel?

Scheiß drauf, sach ich, weiß nich. Is doch nicks wie n bischen Krach.

Sacht er, er denk, das is ne feine Gegend hier, un Krach gehört sich da nich.

Sach ich ihm, klaa is das ne feine Gegend hier, aber Krach is überall Krach.

Nämlich Francine, die wohnt genau obndrüber. Aber das sach ich dem Vogel nich, sach bloß zu mirselbst, Francine, die is mal wieder zugange. Sie hat sich ne Freundin dabei, un die ziehn ne Schau auf.

Weil Francine, die hat sich diese weiße Freundin mit reingeholt un macht mit der. Manchmal ziehn sie für Kundn ne Schau auf, un manchmal ziehn sie ne Schau auf für keinen. Un wenn sie für kein machn, da kommt all das Bumsn von. Aber das sach ich meim Dauerhasn nich. Ich sach ihm überhaup nicks mehr als wie bloß, was ich ihm unbedinkt sagn muß.

Ziemlich bald hat er denn gemerkt, daß ich nich bange bin, un fühlt sich schon besser. Zieht sich die Hose wieder aus un hängt sie wieder auf. Wie er das macht, riskier ich n Blick, ob der Zaster immer noch drinsteckt, aber kann ich nich sicher sagn, un ich will ja auch nich so gieprich tun un direkt vor seiner Nase ihm inne Tasche langn.

Ich sach, piss auf den Krach, Schatz. Wolln schlafn.

Aber er sacht, er will nich mehr schlafn.

Sach ich, aber ich will.

Sacht er okeh, denn schlaf man.

Mach ich auch. Ich bin verdammich so müde, daß ich aufer Stelle wieder einpenn un mich n Dreck drum scher, daß er in meim Paatment rumstolpert.

Wie ich denn wieder aufwach, hat er doch schon wieder die Hose an! Steht unterer Tür un glotzt un hat die Hose wieder an. Kapier nich, was er denn patuh immer sein Zeuch anhabn muß, aber da steht er un hat die Hose an.

Hat ja man auch sein Gutes. Kann nämlich deutlich den Batzn Moos in seiner Hose sehn. Ja-ah! Sach ich zu mirselbs Görl, sach ich, schön, wenichstens macht er keine krumm Tuhrn.

Dann sach ich he Schatz, wie komm das, du bis angepellt?

Sacht er nee, das is er nich!

Jeh-sus! Wie will er das denn sons wohl nenn!

Sach ich, du has zuviel an!

Sacht er neee, hat er doch gaanich. Er sacht, er hat doch bloß die Hose an.

Kührijeminee!

Ich sach Süßer, was heißt hier Hose? Hier brauchs du doch gaa keine Hose. Ich sach Häschen, tu sie wech un laß sie mich wieder schön orntlich aufhäng.

Sacht er waaah, heh, wiiie, hoh! Sacht, er hat doch gar kein Unterzeuch mehr drunter, rein gaanicks!

Scheiße, sach ich. Na und?

Brummelt er vor sich hin, sacht, es friert ihn, wenn er so ohne was rumläuft.

Jeh-sus!

Sach ich oh nee, mein Zuckerchen. Zieh mal den Vorhang da vorm Fenster wech, dann kriegn wir uns n bischen Sonnschein, der hält uns warm, un denn könn wir n bischen Adam und Eva spieln.

Sacht er waaah, huh, wiie, heh! Lecht schon wieder damit los. Un steht ne Minute da un glotz dammlich. Aber dann macht ers, mach den Vorhang auf. Dann kommt er zurück un zieht die piepenprallen Hosn aus un hängt sie schön orntlich auf.

Weioweih! Da wird mir doch gleich wieder besser! Er hängt sie auf – da möcht ich doch gleich ausm Bett hoppn un mit zugreifn. Bloß, ich will ja nich so gieprich aussehn un gleich so n Wirbel machn, un so bleib ich, wo ich bin.

Er is fertich mit aufhäng, ich steh auf. Un wir pusseln so n bischen da rum, er läßt meine Plattn laufen, un ich geh un mach mir n Bad.

Bin grad inner Wanne, da will er wissn, ob ich gerne mag, daß er mir n Rückn schrubbt.

Hihi!

Sach ich klaa, Zuckerhäschen, klaadoch.

Macht er denn. Ja-woll. Wäscht wirklich nett. Fühlt sich gut an. Wie er fertich is, lech ich mich aufn Rückn inner Wanne un fang an, zu mirselbs zu redn über all den Kies un so, un da dussel ich n bischen bei ein.

Dann kommt er wieder un weckt mich auf un fracht, ob ich denn nie was esse.

Sach ich, un ob, klaa ess ich was.

Sacht er, ja du liebes Kriskinnchen, wann denn?

Er sacht in einer Tuhr du liebes Kriskinnchen.

Sach ich, gleich jetz, ich schneid dir dein spaßign Specht ab un brat ihn, Mann. Was hälts du davon?

Tss, er lacht. Jetz is er langsam richtich. Is ja doch ganz nett, so n reichn weißn Betthasn hierzuham. Solang wie er blechn kann.

Soll er uns Frühstück machen? will er wissn.

Jeh-sus! Hätt er doch längs schon machn könn, währnd daß er hier rumfurzt. Aber das sach ich nich. Sach bloß, has du denn noch nich gemacht?

Glotzt er schon wieder dämlich. Ich spring außer Wanne un trockn mich ab un fang an mit Frühstück machn. Mach acht Spiegeleier, un da sacht er, das find er zuviel. Gackert rum wie ne Glucke. Aber denn frißt er doch so sechse davon rein.

Dann will er wissn, wie alt daß ich bin. Sach ich ihm sechzehn. Swei Jahr mehr tun keim was weh. Hält mich sowieso keins für vierzehn, wenn ichs nich grad sage. Un Madam sacht, sach man immer achzehn. Zuviel Scherereín, wenn man bloß vierzehn is. Aber Jes-sus! Wenn ich mal achzehn bin, denn will ich in n Ruhestand un n bischen Spaaß für mich selber ham.

Er sacht, er is *neunzehn*!

Sach ich, na und?

Sacht er, nicks na und! Apsoluht nicks!

Dann will er mein Namen wissn, un sach ich ihm Kitten.

Ich sach, wie heiß du denn?

Sacht er Jimmi.

Ja-woll! Jimmi! Hihi! Jimmi der Einbrecher!

Dann krich ich ihn ersmal ans Geschirrwaschn. Er will

gar nich ran, aber ich red ihm süß zu un krich ihn auch schön inne Küche rein.

Un das gibt mir ne Schangse. Ich mach zurück un riskier n klein Linser in seine Hose. Ja-woll! Ah! Ficks gezählt! Über einhunnert! Okeh, da wird mir doch gleich besser un besser, wo ich jetz weiß, daß er mit Leichtichkeit fürs ganze Wiekend zahln kann. Gesacht hab ichs ihm ja noch nich, daß er blechn soll, muß aber wissen, ob er kann. Un vielleich kommts ja noch soweit, daß er n richtiges Dauergeschäft wird, un dann braucht er für so n lausiges Wiekend gar nich erst berappn. Wenn er ers mein Dauerhase is, dann kann er zahln, was er will un wann er will.

Ich krich richtich n Kribbel, wenn ich an all den Lachs denk, un wie gut die beiden sich vertragn. Sach ich zu mirselbs Görl, wird Zeit, daß du jetz n bischen auf Gib machs, damit s später auch mitm Nimm klappt. Geht doch so beim Dauergeschäft, nich? Okeh, denn fang man an mitm Gib!

Ich komm so in Laune, daß ich zu mirselbs sach Görl, mach mal n bischen Kokakola, was rufs du nich Madam an un machs blau fürs Wiekend, wo du doch jetz sicher bis, er kann zahln. Ja-ah! Lieber kraul ich mein dickn Honichhasn statt mich mit all den Samstachnacht-mal-un-nie-wieder Kundn abzuplackn.

Ich sach Süßer, was meins du, soll ich s Wiekend blaumachn?

Sacht er äh?

Heilige Minna, weioweih! Was n mondsüchtiger Sums das wieder!

Er sacht, was – miter Aabeit?

Sach ich jawoll, mein Süßer, miter Aabeit.

Sacht er oh-jah, oh-jah!

Ruf ich denn Madam ans Tellefon. Ich sach, Madam ich bin krank.

Sacht sie Scheiße.

Sach ich, Montach nacht bin ich wieder da, aber Sonntach und heute gehts nich.

Sacht sie Görl, du lüchst! Sie wird fuchsich un sacht, bei dem Rummel heute nacht braucht sie mich. Sie sacht, sie hörts ja an meiner Stimme, daß ich gaanich krank bin.

Piss auf Madam. Ich un mein dicker Honichhase, wir wern n feines Dauergeschäft. Wir wern noch dicke Freunde. Ich sach Madam, ich bin krank, un damit hat sichs. Ich sachs so, daß sie denkt, ich muß wirklich mal Halbzeit machn.

Sacht sie okeh, aber gefalln tut ihr das gans un gaanich.

Dann gehts mir besser. Immer besser un besser. Ich lech mich lang auf mein hübschn Teppich, mit paa Kissn unterm Kopp, un kuck meim dickn Honichhäschen zu, wie s abwäscht. Kuck zu, wie ihm die Aaschbackn gehn. Hübsches Ärschchen hat er.

Er macht fertich un läd den Plattnspieler wieder auf, un denn lecht er sich auch hin. Wir liegn im Sonnschein auf meim fein Teppich un lustern die Musik un sin gut bei Laune.

Bloß, richtich lustern tut er nich, das merk ich. Er hört man bloß so zu. Hat wohl kein Köppchen für farbichte Musik. Is er wohl zu weiß für.

Aber immerhin is er jetz n bischen wie n Mensch.

Is alles fein jetz, un ich merk sogar, wie ich n bischen Pepp zurückkrich. Ja-ah-woll! Un er kuck jetz auch ganz erträchlich.

Sach ich zu mirselbs Görl, sach ich, ne ganze Woche lang bis du jetz nich mehr so richtich aufgedreht gewesn. Aabeit Aabeit Aabeit – un kein bischen Spaaß für dich, Görl, weiter has du nicks gehabt. Kein Wunder, daß du da nich viel Pepp hast.

Sach ich zu mirselbs, wenn ichs hinkrich, daß mein dicker Honichhase zur rechtn Zeit wieder n klein Rammschmich hat, dann kann ich ganz schön mitmischn. Ja-ah-woll! Un wir ham ja das ganze Wiekend vor uns für lieb spieln un auf Tuhrn komm.

Hols der Nippel.

Ich sach he Adam, has du nich n Äppelchen für klein Eva?

Inschpie-Razzion! Ja-ah, er braucht ne kleine Inschpie-Razzion. Wird uns beide n bischen auf Idehn bring.

Also los un die Bildchen her. Macht mir Laune, wenn ich dran denk, wie ihm da wird, wenn er die sieht. Weioweih! Ich mag die Bildchen auch gans gerne. Hab sie von dem Fotograf gemacht gekricht, hat mir n Fuffziger für gezahlt. Er tut sie irndwo verscheuern. Aber n paa hat er ersmal mir gegebn, un ich kuck sie mir gans gerne manchmal an. Ich war noch jünger, wie sie gemacht sind, hab jetz größere Tittn. Aber ich brauch doch kein Haltmich tragen wie Francine. Natürlich, Francine, die is ja jetz bloß noch n Schwabbelaasch. Is schon verdammt nah an die dreißich.

Ich tu die Görl-Görls nach untn un die mit m Weißenmann obndrauf un komm zurück. Er sitzt an die Kautsch gelehnt un raucht un döst, und hört Musik. Sieht immer netter aus, das muß ich sagen. Klein Johann, der baumelt runter un liecht aufm Teppich. Soll da nich mehr lange so liegn, hihihi.

Sach ich hallo Bebi, kuck mal hier!

Macht er.

Einmal hab ich Bennie die Bildchen gezeicht, un der wollt mich doch gleich aufer Stelle ausnandernehm!

Honichhäschen kuckt – un hups, da kommt ihm schon der kleine komische Schlingel hoch, so hübsch, wies man bloß gehn kann. Dann kuckt er mich an un tut ganz blöde schamich. Dann kuckst er wieder die Bildchen.

Sach ich, he Jimmi der Einbrecher, was hält dein kleiner Jimmi von m bischen einbrechn?

Un sach ich, he mein honichsüßes Häschen, was has du vor mit dem klein schlingelign Dink?

Kührijeminee! Vor daß ich denk, tritt bloß nich ins... bin ich schon reingetretn. Ja-woll! Ich hab sein Schwanz beleidigt. Ich wollts ja gaanich, aber nu isses passiert. Ne Minute lang hab ich kein blassn Schimmer, was inner Welt ich ihm bloß getan hab, aber ich hab ihm bestimmt was getan, das merk ich. Er kuckst un kuckst immer beleidichter, un denn kuckst er richtich gemein!

Jeh-sus! Ich sach Bebi, was is denn bloß los?

Un wie ich das noch frach, da weiß ich schon, was los is. Aber vor daß ichs wieder einrenkn kann, is er schon auf un rennt wie angestochn rum.

Er sacht – sacht richtig laut un wütich, *klein*! Er sacht, was zum Teufel meins du damit, klein!

Er sacht es so wie KLAIIIN. Genau so. Un denn schnauft un schnieft un schreit er rum, wie daß es doch gar nich klaiiin wär! Ärger Ärger Ärger. Dies ganze verflickste Dauergeschäft bringt nicks wie bloß Ärger, nicks wie Mißverständnisse. Jeh-sus! Ich hätt ja wirklich auch wissn könn, daß s bei so m Döskopp nicks mit Witzn is. Madam sacht ja auch andauernd, sacht ihr Kätzn bloß nie klaiiin! Da sin die weißn Kundn alle komisch mit. Sacht lieber immer – ooooooh, was has du da für n dikkes schickes Dink! Un denn sacht Wau! Das bring sie gleich in Stimmung.

Hätt ich ja wissn könn, aber merk ich jetz ers grad, mein dicker Honichhase hat ja auch wirklich so n feines, so n dickes feines Schwänzchen. Das hab ich doch glatt vergessn.

Naja, ich hör mir sein Geschrei n Weilchen an, un dann schrei ich zurück. Ich sach halts Maul! Ja-woll! Sach Jimmi, du dammlicher Dudu du, jetz halt doch mal bloß n Moment deine gottverdammte große koddrige Schandschnauze!

Macht er.

Sach ich Bebi, was glaubs du denn eintlich, daß ich bin? Bloß Pussi von obn bis untn? Und sach ich Bebi, was ich sagn wollte, ich wollt sagn, du has n *hübschn.* Is nich klaiiin, himmelnochmal, is richtich. Okeh? Was wills du eintlich, n Tellegrafenmast?

Da lechelt er un kricht gleich n anneres Gesicht.

Sach ich Jeh-sus, Mann! Wir ham doch das ganze Wiekend!

Un da kiekt er wieder blöd außer Wäsche.

Sach ich zu mirselbs, dieser dämliche Vogel will nett sein, hat aber kein blassn Schimmer, wie. Kührijeminee! Kann man überhaup so blöde sein? Weiß er denn nicks besseres als wie andauernd n starkn Mann markiern, un immer auf tempotempo, wo wir uns doch jetz Zeit lassn könn, hübsch lieb un nett zu sein. Vielleich denkt er, er dreht n Film un is Jack der Bauchaufschlitzer oder sowas. Sach ich zu mirselbs Görl, wenn er so spielt, wie wenn du n Knochen wärs un er wär der Hund, da wirs du nich viel Spaaß bei ham.

Dann krich ich ne Ideh. Wenn ich ganz lieb zu ihm bin un hübsch weich un sachte, un zeichs ihm un machs ihm vor – vielleich gibt ers denn dran, den Bauchaufschlitzer zu spieln. Kann sein. Muß ma versuchn.

Ich versuchs. Ganz hübsch weich un sachte spiel ich bei ihm rum, wie wenn er lauter Zuckerwatte wär.

Dann tut er, als wollt er auch hübsch lieb sein, un ich denk mir, er hats vielleicht begriffn, un so laß ich ihn.

Aber Herrjeh-sus! Wieder falsch! Gleich is er wieder am Schniefn un Schnaufn un Grabschn un Kratschn un Beißn, wie wenn er sich einbild, wir sin noch immer im Kätznhaus un knapp an Zeit.

Hat kein Zweck, ich feif ab. Ich sach au-ah! Sach Schluß, Jack! Zweite Halbzeit is, Mann.

Sacht er waaah, heh, wiiie, hoh! Un glotzt n Loch inne Luft.

Sach ich Jeh-sus, Mann! Hab ich dich denn noch immer nich aufer weichn Welle?

Un sacht er äh?

So n Scheiß.

Ich sach zu mirselbs Görl, jetz wirds allmählich klaa, der Vogel da, der kann einfach nich hübsch gemächlich fliegn. Kührijeminee! Wie komm das bloß, daß ich mir so n blödes Dauergeschäft aufn Aasch geladn hab? Jackie erzähl doch immer, wie nett daß sie un ihr Weißschatz so auskomm, un da muß ich mir diesn dammlichn Scheißer kriegn, der einfach nich lieb tun kann. Der kricht mich nie un nie nich richtich hoch, wenn er auf diese blöde Tuhr macht. Ich hätt ja nie geglaubt, daß n Weißjung so blöd sein kann, daß er immer bloß Karrussell spieln will un denn auch noch so gemein wird – aber dieser Dusseltapps is einfach zu doof.

Ich komm wieder ins schaltn. Ich überlech, wie daß er ja auch nich mal richtich Musik lustern kann. Is da genauso mit. Ran geht er ja, weiß, was er will, aber *wie*, da hat er kein Dunst von. Musik, die hört er man auch bloß so, statt richtich zu lustern.

So n Scheiß! Is einfach zu beschissn weiß. Is zu weiß. Inn un außn zu weiß.

Bloß, spieln will er ja, sieht man doch. Un ich verdammich will da ja auch n bischen Spaaß bei ham.

Ich versuchs nochmal. Versuchs ihm beizubring, ich red mit ihm wie mit m Heiakinnchen. Ja-ah! Ers muß ich ihm sein Grabschkram ablern, un dann ihn wieder anlern, ganz von vorn.

Sach ich Bebi, du wills mich doch so richtich ankurbeln?

Sacht er ja-ah, ja-ah, da is er doch grad bei gwesn.

Sach ich, grad bei gewesn! Neenee, Bebi, das wars du nich. So geh das nich, nich wie du das machs.

Sacht er äh?

Ich sach Mann, dies Zeuch mit Grunzn un Stumpsn, das is ja ganz schön, aber alles zu seiner Zeit, kapiert?

Sacht er äh?

Ich sach, jetz is ehm weiche Welle dran. Kapiert?

Un er sacht noch immer nicks als wie bloß äääääh!

Weioweioweih!

Ich sach Mann, kuckmal, wir ham doch das ganze Wiekend.

Un sacht er ja-ah, ja-ah, ja-ah!

Sach ich okeh. Ham also Zeit genuch, uns ganz gemütlich n Spaaß zu machn. Sach, aber da komm wir ja nich zu, weil du immer gleich mit dein Facksn komms un ramms un stemms un den ganzn beschissenen Dampf auf eimal abläßt.

Un er sacht schon wieder bloß äääh.

Aber ich laß nich locker. Ich sach Zuckerhase, du muß schön sachte machn lern, wenns du wills, daß wir beide unsern Spaaß dran ham. Ich sach Spaaß, den muß man ersmal bischen lockn. Is schüchtern. Muß n ersmal n bischen streicheln un schmeicheln, verstehs du? Geht nich immer gleich so drauflos, nee, das geht nich. Wenn du immer gleich so n Tempo machs un schinds drauflos un schniefs un schnaufs un grabsch un beiß, denn locks du n doch nie richtich raus. Ja-woll! Spaaß is so schüchtern, der kricht sons n Schreck un versteckt sich. Ja-woll! Wenn du wills, daß er rauskommt un uns jaacht un hetzt, denn muß dus schön sachte anfang. Wenn dus lieb machs un spiels nett un sachte un hübsch, denn locks du ihn da mit raus, un er find uns. Ja-woll! Er find uns, un denn gehts los, verstehs du? Wenn er denn ersmal raus is un hat uns, dann jaacht er uns, un dann fängt er uns, un dann gehts los. Un dann, Mann, dann sin wir in n Wolkn! Un wenn wir da ins Fliegn komm, dann kanns du loslegn un schniefn un schnaufn un bimsnunstemmunrammeln, soviel wie du Lust hast. Ja-ah-woll! Aber ersmal müssn wir n rauslockn, kapiert?

Un Jeh-sus! Er glotzt so dumm wie immer.

Oh ich aam klein schwatzaasch Pickaninchen ich, wie komm das bloß, daß ich mir gleich das erstemal so n dämliches Dauergeschäft rauspickn muß! Ich sach zu mirselbs Görl, hat alles kein Zweck. Der doofe Scheißer, der will dich nich anfeuern, der will bloß abfeuern.

Dann sitz ich da un bin ganz ab, un da kommt er wieder rüber un macht los. Bloß diesmal kann ich doch merkn, er versuchts so zu machn, wie ichs ihm erzählt hab. Erzähl ich ihm denn noch n bischen mehr. Ich red lieb, ich sach, mach schön sachte, Schatz. Spiel fein hübsch un sacht un sprich ganz lieb zu der klein Pietze. Ja-woll!

Macht er. Un jetz kricht ers auch schon viel besser hin. Ja, nach m Weilchen macht ers richtich fein.

Tatzache, er machts mir so gut, wie ichs man je gehabt hab. Geht nordrauf, südrum, nach Ost un West, un geht das alles wirklich süß. Wirklich schön un fein behandelt er mich, un ich fühl mich bald wie Sahneschockelaade! Hols die Bomse, die Lecksion zahlt sich aber wirklich aus!

Dann, Kührijeminee un all ihr Singsangengelein im Himmel, schalt ich in n nächstn Gang! Ja-woll! Mein Hummelchen geht un kricht sich n bischen Französischn Honich, un blas ich, was die Flöte hält. Ja-woll! Er kricht mich hoch un rum, wie wenn er die Kätz wär un ich der Kunde. Un heilige Minna weioweih! Jetz bin ich im Märchnland!

Denn zeich ich ihm, daß ich fertich bin für Galopp, un wie er in n Sattel hoppt, kricht er mir die Natur so himmelhoch rauf, daß ich mich man bloß noch festhaltn kann un mitfliegn. Ja-ah! Un jetz, jetz kann der Bimskopp ruhich fein bei mir loslegn mit all seim Rammeln un Stemmeln. Denn wir fliegn! Spaaß is da. Ja-woll! Der gute olle Propeller is in Gang un jaacht uns hoch! Un huiii gehts hin, rauf un rum, bumsdipunzekrumm, den ganzen Kopp voll Wolken, un er is so zum anbeißn süß un fein – ich vergeß doch verdammt fast, daß er Zaster hat!

Dann – großer Zapfenstreich! Ja-woll! Das kracht un knallt glatt wie der Vierte Juli! Ich fahr schier außer Haut, un er schnauft un schnieft sich sein Weg zur Hölle un zurück!

Kleine Weile später fängt er an, wieder mitm Aasch zu wackeln, wie als wollt er uns noch ein holn. Sach ich zu mirselbs Görl, is Zeit zu bremsn. Das süße Hummelchen hat all sein Honich abgekricht, jetz muß dus auch n bischen verschnaufn lassn. Ham doch das ganze Wiekend über Zeit. Ja-woll!

Madam sacht ja auch immer, laßt sie man zwischenan ruhich n bischen verschnaufn. Frühling kommt auch nich mit 180 Sachn!

Brems ich also. Besonders gerne tu ich das ja nich, aber ich tus. Muß wieder an all sein Zaster denkn un an was Madam immer sacht, un wie daß Madam auch immer sacht Görls, n müder Specht zahlt auch schlecht.

# 9

Ach du liebes Christkindchen! Man sollte doch meinen, ein intelligenter, rotblütiger, weißer, kirchgängiger Nicht-Kommunist wie ich, der zudem über eine ausgesprochen geniale kaufmännische Begabung gebietet, müßte es vermeiden können, auf bare Nacktheit herunterzukommen! Ich meine, nachdem er bereits mehr als ein Auge zugedrückt hatte bei seinem Weg in die vorstehend beschriebene unglaubliche Lage – will sagen jene, die sich aus der Bekanntschaft mit einer farbigen (käuflichen) Prostituierten und ihrem schicken (phantastischen) Apartment ergab. Jedoch, wie sich herausstellte, war dies der Dinge unbestreitbares Resultat. Nacktheit, meine ich. Ein nackter Mann – das blieb von mir übrig.

Aber damit noch nicht genug. Ach du liebes Christkindchen! Könnte ich doch nur alles in leidlicher Schicklichkeit berichten! (Haha.) Aber ich vermag's nicht. Nicht in Einzelheiten, Gott sei mein Zeuge! Ich meine, ich werde lieber jene Umschreibung in großen Zügen wählen, wie sie einen Roman von hohen literarischen Graden auszeichnet.

Und da ich überdies ein Bursch bin, der beträchtlich auf harte nackte Fakten hält, will ich mit dem logischen Anfang beginnen. Mit dem Anfang jener Episode also, welche den bereits enthüllten Vorgängen folgte.

Schön, ich ließ mich also auf ihr Bett sinken, um daselbst ihrer Sammlung von wunderlichen, nie gehörten Jazz-Platten Gehör zu schenken, und zwar tat ich dies in Bekleidung meines Slips und meines Trikothemds. Aus welchem Vorgang sich sodann nicht ohne Folgerichtigkeit ergab, daß mich der Schlummer übermannte. (Bis dahin war mir noch gar nicht bewußt geworden, wie hundemüde ich eigentlich war.) Einmal erwachte ich zwischendurch, es war während der frühen Stunden jenes schicksalhaften Morgens (die Musik hatte sich automatisch abgeschaltet), und da kroch ich unter die Dekken und war bis auf weiteres für die Welt so wenig zu sprechen wie ein Toter, als – Peng!

Man weiß, wie das ist, wenn man plötzlich in einem fremden Bett erwacht. Man hat vergessen, wo man sich befindet, und fängt an, sich nach vertrauten Gegenständen umzusehn. Schön, also ich erwachte und erwartete natürlicherweise, mein Zimmer im Wohnheim zu erblikken. Stattdessen aber fiel mein Blick auf ein splitterfasernacktes (farbiges) Mädchen, das neben mir ins Bett kletterte! Es wird wohl niemanden wundernehmen, daß ich somit doch immerhin eine Sekunde brauchte, bis ich mich akklimatisiert hatte und die Bedeutung des Geschehens erfaßte.

So erinnerte ich mich denn der vorangegangenen Nacht und aller ihrer Vorkommnisse und besann mich, wie sie meiner tollen Geschichte geglaubt, vom Einbrecher, der auf der Flucht, vor der Polizei und Gesellschaft, und wie sie mir daraufhin ihren Schlüssel gegeben hatte – und blitzschnell erfaßte ich nun die Situation – welche besagte, daß ich mich an eben diesem Ort befand, ausgehalten (ich meine, es war meine Absicht, von ihr dabehalten zu werden) von einer käuflichen farbigen professionellen Prostituierten. Schön, es leuchtet wohl unschwer ein, daß ich nunmehr, in diesem kritischen Moment, mein Forschungsprogramm an jenem Punkt wieder hätte aufgreifen sollen, an dem ich es abgebrochen – mittels eines kühnen Schritts in das Reich der Funktional-Anthropologie –, aber da ich mein mir unerläßliches Quantum Schlaf (acht Stunden) noch nicht hatte erfüllen können, und da überdies ihr Bett so schändlich bequem war, und da... (nun, denken Sie, was Sie wollen) jedenfalls tat ich mitnichten, was ich hätte tun sollen – ehrlich sei's gesagt.

Um jedoch mein hohes literarisches Niveau zu wahren, wünsche ich selbstverständlich nicht im einzelnen auszuführen, was ich stattdessen wirklich tat. Ich meine, unmittelbar als sie neben mir ins Bett kletterte. (Erwähnung verdient freilich, daß ich mit mir zu Rate ging und mir vorhielt, daß ich gegenüber jener käuflichen Prostituierten ja nun gewissermaßen auch Pflichten hatte, wo sie doch jetzt zu Hause war und nicht auf Arbeit und so, und wo sie nun gar bei einem Manne weilte, in dem sie ein Mitglied der Unterwelt erblicken mußte.) (Worüber jene weitere Pflicht nicht vergessen werden durfte, ihr zu erkennen zu geben, daß sie eben einen

Mann bei sich hatte, und zwar einen Mann im wahrsten Sinne des Wortes!)

Worauf wir uns dem Schlummer hingaben.

(Ich sollte hier auch noch beifügen – wenngleich ich keineswegs ungebührlich bei diesem Gegenstand verweilen möchte –, daß sie anfangs versuchte, Widerstreben zu zeigen, als sie heimkam. Stellen Sie sich das einmal vor! Eine Professionelle, gerechter Himmel – und Widerstand!) (Doch gab dies, andersherum betrachtet, der Sache natürlich auch wieder erst den richtigen Pfiff.) (Mit der angenehmen Begleiterscheinung, daß sie für eine Weile von dem Gebrauche ihres verderbten Jargons abließ.)

Schön, ich fühlte mich ziemlich k. o. und schlief folglich fest und tief – zu tief, um mich sogleich wieder zurechtzufinden, als um die Mitte des Morgens – Peng!

Ein ganz entsetzliches Stampfen riß mich aus dem Schlaf. Ich meine, es erscholl ganz plötzlich ein Lärm, als müßte in der nächsten Sekunde das gesamte obere Stockwerk auf uns herniederstürzen! Ich hatte keine Ahnung, was zum Kuckuck da eigentlich los war, aber es kam von dem Apartment genau über uns und klang, als habe da oben jemand eine ebenso plötzliche wie intensive Abneigung gegen uns gefaßt und stehe nunmehr im Begriff, mit einem Schmiedehammer die Decke zu zertrümmern.

Nunja, bevor ich nur exakt erfaßte, was ich tat, war ich auch schon aus dem Bett und fuhr in meine Kleider. Schließlich hatte ich nicht die richtige Farbe für so ein Apartment-Haus, und so stand es mir kaum an, Beschwerde bei der Hausverwaltung zu führen. Ich dachte vielmehr: Schwesterchen, ich seh dich später. Ich werd mir deine Telefonnummer besorgen, wenn ich hier rauskomme, und dich gelegentlich mal anrufen, wenn die Hitze sich gelegt hat. Im Moment ist das hier wohl nicht der richtige Ort für einen Einbrecher wie mich. Undsoweiter. Ich meine, in diesem Moment schossen mir alle möglichen Ideen durch den Kopf. Ich hatte sogar die Vision einer Polizei-Razzia in diesem Apartment-Haus, Gott helf mir, und sah bereits vor meinem geistigen Auge die Szene, wie sie, befragt, der Polizei erzählte, ich wäre ein Einbrecher und hätte hier Versteck gesucht, und wie die Polizei ihr das aufs Wort auch glauben würde. (Ich meine, es sind ja durchaus schon seltsamere Dinge geschehen.)

Jedoch an diesem Punkt begann sie, wie in einem Film, die Rolle der (notabene völlig abgebrühten) Komplicin zu übernehmen, die nicht zulassen will, daß ihr Gangster-Freund sie verlasse. Sie sprang aus dem Bett und versuchte, mir die Kleider vom Leib zu ziehn, so schnell wie ich sie angelegt hatte. Und während der ganzen Zeit, die dies erforderte, babbelte sie in ihrem schauerlichen Dialekt derartig schnell auf mich ein, daß ich, bei all dem Lärm von oben, nicht ein Wort verstehen konnte. Lediglich soviel vermochte ich für sicher zu nehmen, daß sie der Ansicht war, der Lärm biete keinerlei Anlaß, sich zu erregen, vielmehr sei er ein rein zufälliges Ereignis und werde sich nach einer Weile von selbst schon wieder legen.

Was er, beiläufig, denn auch wirklich tat. Aber zuvor

noch gab ich meinen Widerstand auf und entschied mich zu bleiben. Wenn, so lautete meine Überlegung, der ganze gröbliche Krach sie nicht aus ihrer Ruhe zu bringen vermochte (und zum Beweis dafür widmete sie sich sogleich wieder dem Schlummer), so sollte er auch mir nichts anhaben. Ließ ich ihn also auf sich beruhen.

Aber er hatte mich nun doch hellwach gemacht. Soviel Einfluß auf mein Befinden muß ich ihm einräumen. Ich unternahm einen weiteren Versuch zu schlafen, fand jedoch, daß ich völlig ausgeschlafen war, und so erhob ich mich endgültig und wandelte etwas umher. Ich forschte nach einer Morgenzeitung, fand aber keine. Dann schaltete ich ihr Fernsehgerät ein und sah mir einen jener klassischen alten Western an, und als dieser geendet hatte und sie immer noch anhaltend schlief, nahm ich eine Dusche. (Ebenfalls ein phantastisches Ding, diese Dusche! Versenkte Wanne, ungeheure nelkenfarbige türkische Handtücher [von einer Länge, nebenbei, welche die ihrige noch übertraf] und Spiegel, nichts als Spiegel ringsherum!) (Ich sollte noch beifügen, daß mich auch der Gedanke leitete, eine Dusche werde sie erwecken, aber soviel Glück hatte ich nicht. Als ich zurück ins Schlafzimmer stiefelte, schlief sie so fest wie ein Baum.)

So erwog ich eine Plünderung ihrer Küche, um wenigstens etwas in den Magen zu bekommen. Doch nahm ich dann wieder davon Abstand, in dem Argwohn, ein solcher Akt könnte möglicherweise wieder irgendein Stammes-Tabu oder dergleichen verletzen; auch war ich zuversichtlich, daß sie früher oder später ja doch wieder zu sich kommen und dann selbst hungrig sein würde. Undsoweiter.

Aber sonst mangelte es an jeglichem Zeitvertreib. Ich meine, das Fernsehen wußte nach jenem Western nichts Sehenswertes mehr zu bieten, und in ihrem Wohnzimmer war absolut keine Spur von etwelchem Lesestoff zu entdecken. Keine Illustrierte, keine Zeitung, so weit das Auge reichte. Nichts! So weckte ich, so um Mittag herum, sie schließlich doch auf. Ich wußte zu jenem Zeitpunkt ihren Namen noch nicht, und so rief ich mit Ausdauer und Geduld immer nur, «He, komm schon! He, steh auf! He du da, es ist Mittag, Zeit sich zu erheben!» Aber sie rührte sich nicht, bis ich sie am großen Zeh zupfte.

Endlich saß sie auf, rieb sich die Augen, lächelte und blickte Ihren sehr ergebenen an. Dann – Peng!

Um es ohne Umschweifung zu sagen: Sie erregte sich aufs heftigste darüber, daß ich meine Hose trug. Nun, ich wußte nicht, was ich tun sollte. Ich war platterdings entgeistert! Meine Hose war, Gott sei mein Zeuge, momentan meine einzige Bekleidung!

Ich dachte: Diese Frau ist unglaublich! In der Tat, sie ist eindeutig eine Bohemienne! Möglicherweise gar eine Beatnik!

Selbst als ich ihr mitteilte, daß diese unschuldige Hose gegenwärtig meine gesamte Bekleidung ausmache, bestand sie darauf, daß ich sie auszöge (die Hose, meine ich) und mich, Gott steh mir bei, im Zustand kompletter und völliger Nacktheit zur Schau stellte!

Schön, ich bin weit davon entfernt, etwa prüde zu

sein. (Versteht sich, haha – wie hätte ich mich auch sonst in einer solchen Situation befinden können!) Andererseits schwärme ich jedoch nun auch nicht gerade für die Nudisten-Kolonie. Ich meine, ich bin *normal*! Ich bin einfach ein ganz natürlicher Bursch, jedenfalls bin ich nicht gewohnt, in fremden Wohnungen ohne einen Fetzen Bekleidung herumzuparadieren. Dazu noch im allerhellsten Tageslicht! Dann jedoch erwog ich aufs neue meine ursprünglichen Beweggründe, betreffend reine wissenschaftliche Forschung und konsequente Funktional-Anthropologie, und kam zu der Überlegung: Was macht es schon, wenn schließlich sogar in Rom...

So zog ich die Hose wieder aus und hängte sie in ihren Schlafzimmer-Wandschrank zurück, welcher Vorgang ihr offensichtlich Erleichterung verschaffte. Und da stand ich nun und paradierte in absolut vollkommenster Nacktheit in jenem fremden (nicht-weißen) Apartment herum, ohne einen Fetzen Bekleidung!

Was mir zuerst rechtschaffen töricht erscheinen wollte. Doch nach und nach gewann ich Geschmack an der Idee, und sie tat jedenfalls ein gleiches und lief umher, als sei es die natürlichste Sache von der Welt, sich in uneingeschränkter Hüllenlosigkeit zu präsentieren wie am Tag der Geburt, helf mir Gott!

Und dann ging alles eine Zeitlang leidlich gut. Sie nahm ein Bad und bereitete sodann ein Frühstück. (Eine wiederum phantastische Angelegenheit, es ist nicht zu fassen! Acht Eier! Acht! Gleich vier für jeden. Dazu mit Speck und Wurst.) Ach du liebes Christkindchen! Ich war zu dieser Zeit dem Hungertode auch verdammt nahe, als wir uns zum Verzehr jenes Frühstücks anschickten, doch hatte ich nicht erwartet, daß sie daraus eine derartige Gala-Vorstellung machen würde!

Nach dem Frühstück hob sie an, herumzualbern und in ihrer ungebildeten Redeweise auf mich einzuschwatzen, ich solle abwaschen. Nun suchte ich ihr zwar begreiflich zu machen, daß ich dergleichen Arbeit grundsätzlich nicht verrichte, aber sie alberte weiter herum, und kaum daß ich mich besann, hatte sie mir schon eine kleine Schürze um die Lenden gebunden und schob mich in Richtung des Spülbeckens.

Tja, es ist doch sonderbar: Da diese Schürze mir doch gewissermaßen eine Linderung meiner Nacktheit verschaffte, so wehrte ich mich nicht, sondern begann schlicht mit dem Abwasch (was sonst nicht gerade, wie ich bereits andeutete, zu meinen Gepflogenheiten gehört), während sie hinüber ins Wohnzimmer hüpfte. Undsoweiter.

Dann, ein wenig später, begehrte sie von mir zu wissen, ob es mir angenehm sei, wenn sie diese Nacht dem übelberüchtigten Hause fernbleiben würde. Ich antwortete, dawider sei nichts einzuwenden, und so rief sie das Syndikat an. (Aus der Lektüre zuverlässiger Berichte ist mir bekannt, daß diese Häuser von üblem Ruf von einem gigantischen Verbrecher-Syndikat kontrolliert werden; daher sogleich meine Mutmaßung, daß es das Syndikat sei, dem ihr Anruf galt. Vielleicht sogar auch die Mafia.) Und sie teilte dortselbst mit, sie sei krank. (Kein Zweifel, auch da herrschen Regeln, Vorschriften und ein strenges Dienstverhältnis zwischen Arbeitgeber und Arbeitnehmer.)

Schön, eine Weile lang erriet ich nicht, was zum Kukkuck sie eigentlich vorhatte, aber bald sollte ich es herausfinden. Ich beobachtete sie (aus einem Winkel meines Augs, während ich mit dem Abwasch beschäftigt war), wie sie auf ihrem Teppich lag, mir zusah, in sich hineinlachte und sich offenbar in recht aufgeräumter Stimmung befand. Was nun nicht gerade zur Behaglichkeit Ihres sehr ergebenen beitrug, denn zu diesem Zeitpunkt befand ich mich mehr in gelehrter Stimmung und wünschte, lieber meinen funktional-anthropologischen Neigungen weiter nachzugehen als... nun, Sie verstehen. So täuschte ich vor, sie zu ignorieren.

Aber das nahm sie mir nicht ab. Sie sprang auf, raste in ihr Schlafzimmer und kehrte mit einem Stoß Fotografien zurück (im Format 18 × 24), auf welchen sie selbst – Gott helf mir – in allen möglichen unzüchtigen Stellungen abgebildet war.

Fürwahr, glauben Sie mir, diese Bildnisse waren ekelerregend. Ich meine, ich will um des Himmel willen nicht ins Detail gehen. Solch Unterfangen würde sich dem Druck aufs äußerste widersetzen, außerdem wäre es unmoralisch und gegen die Gesetze.

Aber an eins mußte ich denken, als ich jene Fotos flüchtig durchblätterte (noch immer in Folge meiner Wenn-in-Rom-Überlegung), ich mußte an die Zeit denken, da Paps seinen schier genialischen Aufruf an die Väter minderjähriger Töchter in unserer Heimatzeitung veröffentlichte. (Die Leute von der Presse-Agentur waren wie üblich mal wieder nicht auf Draht, und so entging ihnen die weltweite Verbreitung dieses flammenden

Appells.) Aber in ihm ermahnte Paps alle Väter, auf der Hut zu sein vor (und den folgenden Satz prägte er wörtlich) dem schleichenden moralischen Verfall, welcher von jenem Müll seinen Ausgang nimmt, der in Gestalt angesehener Zeitschriften überall herumliegt. Hierfür trat er im Hauptteil seines Aufsatzes den Beweis an. Paps ist, überflüssig zu sagen, ein brillanter Schriftsteller. Einfach sagenhaft. Vermutlich waren die Burschen von der Presse-Agentur zu verblödet, um begreifen zu können, wovon er sprach, zu verblödet auch zur Lektüre von brillantem Schrifttum. Paps sagt immer, die Journalisten verraten ihre Stupidität fortwährend selbst, nicht nur in ihren eigenen Schreibereien, sondern auch in der Wahl der Themen, über die sie schreiben. Jedenfalls in den meisten Fällen, meine ich. Natürlich gibt es in jedem Beruf gute und schlechte Vertreter, und manche, die schlecht werden, können zuweilen wieder auf den geraden Weg gebracht werden. Wie etwa unser Verleger Mort Copton. Mort druckte einmal das Bildnis irgendeines Hollywood-Stars (in allerkärglichster Bekleidung) auf der Titelseite ab, gleich zu Anfang seiner Tätigkeit in unserer Stadt. Heute weiß er's besser. Paps und der Verein nahmen ihn sich vor und setzten ihm über eine geschlagene Stunde lang wegen jenes unzüchtigen Bildnisses zu, und seither ist seine Führung stets gesittet und anständig gewesen.

Doch wiederum – wie in jener erwähnten Zigaretten-Reklame – bin ich abgekommen.

Es wurde mir völlig klar – wenn ich der Lage weitere harte, kühne, analytische Gedanken widmete –, daß mir wahrscheinlich ein schlichter Rausschmiß bevorstand! Das heißt – wenn ich nicht den schamlos offenkundigen Wünschen meiner Aushälterin (haha) zu Willen war. (Ich sage ‹offenkundig›, weil sie in sehr eindeutiger Weise auf dem Teppich lag und mich beobachtete.) (Ich meine, beobachtete und dabei lächelte. Die ganze Zeit, während ich [flüchtig] jene ekelerregenden Fotos durchblätterte.) Andererseits hatte ich wiederum auch die Pflicht, mich – wie man so sagt – um sie zu kümmern – oder mein so selbstlos eingeleiteter Studienexkurs würde ein schnelles Ende finden.

So fügte ich mich denn.

Widerstrebend natürlich, und nach einer – das muß ich noch sagen – kurzen Verzögerung, die daraus resultierte, daß sie (und ich lehne es, getreu meinen Grundsätzen, auch hier ab, die finsteren Details mitzuteilen) es unternahm, meine Männlichkeit in Frage zu stellen, ja förmlich herabzuwürdigen! Um mich aufzureizen, denke ich; anders kann ich's mir nicht erklären. Welchen Grund sollte es sonst auch geben – für die ungehörigen Spötteleien, die sie von sich gab! (Ich meine, ich bin ja schließlich ziemlich gut ausgestattet, physisch wie intellektuell, und ausgerechnet darin versuchte sie mich aufzuziehen. Mich gar verächtlich zu machen. Wahrscheinlich sollte das eine handgreifliche Verteidigung meinerseits bewirken – eine andere Erklärung für ihr Tun will mir nicht in den Sinn, zumal sich auch herausstellte, daß sie es in Wirklichkeit gar nicht so meinte.)

Was nunmehr folgte, ist – selbstverständlich – nicht in Worten wiederzugeben; ich könnte es allenfalls in allgemeine Begriffe zusammenfassen, streng im Einklang mit den Richtlinien, die ich mir gesetzt habe, und könnte schlicht sagen: ich bewies ihr de facto, daß sie Onkel zu mir sagen konnte. Ich meine, ich benahm ihr jeglichen Zweifel an meiner Männlichkeit und deren Kapazitäten.

Aber genug davon.

In Parenthese sollte ich höchstens noch hinzufügen – (daß ich mich erneut jenem gleichnishaften Denken zuwandte, welches ich mir zuweilen, wie bereits aufgezeigt, angelegen sein lasse. Ich dachte: Jetzt, J. C., mein Freund, obliegt es dir, die Rolle eines Repräsentanten der gesamten weißen Rasse zu übernehmen und diesem farbigen kleinen Mädchen, mag sie auch zehnmal professionell sein, zu zeigen, daß Hanks dauernde Redereien von der sexuellen Überlegenheit der Nicht-Weißen nichts sind als... nun, Quatsch mit Soße!)

Ich meine, verstehen Sie mich nicht falsch. Ich bin, um Gottes willen, nicht etwa voreingenommen! Aber andererseits bin ich auch wieder nicht so idiotisch negrophil wie Hank und gewisse andere Burschen. Zudem war sie erst sechzehn Jahre alt. So hatte sie jedenfalls gesagt, und ich bin sicher, daß sie kaum viel älter sein konnte als ich; wenn sie nun zwei oder drei Jahre unterschlug, was machte das schon für einen Unterschied! Ausschlaggebend war ihre Jugend. So kam denn meine Überlegung zu dem Schluß, daß es nunmehr an der Zeit sei, ihr Eindruck zu machen, ihr einen Begriff davon zu geben, wie ein richtiger Mann sowas macht; denn aus der Art, wie sie die Sache anging, war zur Evidenz ersichtlich, daß sie nie in ihrem Leben etwas anderes kennengelernt hatte als alte Taddertanten und Schlappschwänze (um eine Formulierung Hemingways zu gebrauchen). Freilich verließ mich die eine schleichende Sorge nicht: daß ich es möglicherweise zu gut gemacht haben könnte! Schließlich ist nicht jedem der Erfolg beschieden, daß eine käufliche professionelle Dame von üblem Ruf Onkel zu ihm sagt.

(Gleichwohl will ich, bevor ich dies Kapitel schließe, noch sagen, daß ich einige wenige Konzessionen machte und nach einigen nicht eigentlich vorgesehenen Taktiken verfuhr, um meiner heiklen Aufgabe gerecht zu werden.)

# 10

Da bin ich, hab mich geduscht. Un was seh ich – Jimmiboy kuckt fern. Ja-ah, er hockt aufm Boden un luckst un lustert.

Sach ich Jeh-sus, Jimmi! Sach, was n Teufl machs du? Hocks un kucks dem verpimperten Glasfratz rein?

Sacht er ja-ah.

Sach ich, is doch gar nicks im Teevau. Sach, is doch nie nicks im Teevau, außer bloß der Mann, wo immer Nummern auf die Karte pappt, un der is jetz nich an. Dreh den Scheißkastn ab, hörs du?

Er sacht, Nachrichtn komm. Sacht, Nachrichtn un denn kommt gleich die annere Schau. Will er sehn, die annere Schau, sacht er.

Sach ich Piss! Ich sach Jimmibebi, Süßer, kuck doch nich auf den Mist. Mach dich bloß dusslich! Mach dich blos so dammich dusslich, wie wenns du ausm Süden wärs.

Aber er hört nich auf mich. Er kuck dem alten Glasfratz rein.

Scheiß drauf!

Teevau sacht, Noistöstö Naarichtönn.

Kann nicks neues dran sehn an den Neustestn Nachrichtn. Zeign die merikanische Fahne un Kriekschiffe un Fluchzeuchs un bummsende Bommbn un all sowas.

Is gar nicks neues dran!

Denn komm das weiße Teevau Mensch un fäng an zu redn. Jeh-sus, was red der!

Denn hört er da auf mit, un irgndne weiße Ziege kommt, un sie singt. Sie singt vonwegn Bier. Verrenkt sich das Zifferblatt un singt un singt, wie daß sie jetzt endlich ihrn alten Froind wiederhat, der is aus Bier, un wie ihr für ihrn Biiierfroind das Punzelchen schäumt. Dann komm das annere weiße Teevau Mensch an, un er sacht, wüssen-schaft-liche Unter-Suchunk hat dies Bier so vollkommen gemacht, wowegn der weißn Ziege ihr Punzelchen schäumt.

Was n Deibel soll all das dicke Gedöhns vonwegn Unter-Suchunk! Weioweioweih!

Erster Teevau Mann kommt zurück un kommt wieder ins fahseln, un jetz is er gaanich zu haltn. Ja-ah! Er kwasselt rauf un kwasselt runter, er kwatscht nach Ost un kwatscht nach West. Jetz tönt er traurich. Jetz wieder vergnücht. Geht wie alberdabalberdababbeldibim! Dann gehts Mummeldudummeldudumm.

So n Scheiß!

Er dadert weiter, Bilder komm an, zeign irgndn Niggermann, wo von n paa Weißn rumgeschuppst wird.

Is auch nicks neues dran.

Denn komm wieder Bilder, mit so n aames weißes Lumpnmensch, wo Teevau Mann von sach, daß wern sie n killn. Er sach, dies aam weiße Lumpnmensch, das ham sie auch unter-gesucht, un is er gans richtich im Kopp befundn worn! Also n Blödmich is er nich, is ganz okeh im Kopp, un darum killn sie n aufm lecktrischn Stuhl!

Ja-woll! Das sacht er! Laut un deutlich sacht er das!

Kührijeminee! Andauernd killn sie wen, die Weißbrüder im Teevau. Sie schuppsn un schießn un spieln Schehriff, un killn un killn.

Krich die Kotze! Is verdammich kein Wunder, daß ich mein Jimmiboy ersmal Bildchen zeign muß un ne kleine Lecksion gebn, vor daß ers orntlich sachte hinbringt, wo er so voller Knallerei un Killn steckt. Gottbeschissenes Teevau!

Jeh-sus! Den weißn Pupsmöpsn vons Teevau wer ich nochmal aufe Tulpe steign. Ich wer da mal ne Kätzn-Schau aufziehn, grad wenn die sich bei ihrn Schaus dumm un dämlich killn. Ja-ah-woll! Hihi!

Anner Teevau Mann kommt an, un er sacht, Werbunk zeich, wies komm, daß die Merikaner so n feines Lebn lebn! Ja-woll! Kein Jucks! Das sacht er.

Sacht, «Wärbunk zeikt» un «foinös möhrikhanisches Leh-bönn»!

Das sacht er! *Ich* seh bloß, dies ganze Weißvolk is vor lauter großmauligem Gekwatsche so mattschich im Kopp wie n Pflaumkuchn!

Dann komm das erste Teevau Mensch wieder, un er sacht, Aik is irndwo hingeflogn, un denn komm neue Bilder, un da sin n Riesnhaufn Leute, wo schrein, sie *laikn Aik*!

Jeh-sus! Wie komm das bloß, daß diese Dösköppe so brülln! Scheiß drauf, sie kenn den doch nichmal! Erstemal daß sie den überhaup sehn! Könn nichmal Englisch un schrein, sie *laikn Aik*! Pfffff!

Weiter. Jetz ham sie ne Rackeete vor, un der Teevau Mann wuttelt los wie n wildgewordner Wasserfall! Um die Rackeete rum sin lauter weiße Männer, un die sin dauernd am renn, un sin da noch viel mehr, die stehn un sitzn in Zimmern rum un drückn auf alle möchlichen Knöppe, un alles is so grausich gruselich, un alle sin totaal ausm Häuschen. Dann kommt n ganz grauslicher Krach, wie in eim Gruselfilm, lauter grauslicher Krach. Un Jeh-sus, was n Kreischn un Brumm un Dröhn un Zischn! Un die ganze Zeit is der Teevau Mann am Kwasseln, wie hätt er ne Hummel inner Hose. Is so verfitzt in Fahrt, daß ich kein Wort mehr versteh, wieso daß allewelt sich so mir nicks dir nicks ficks um n Verstand bring.

Dann geht der Rackeeterich «Bomms!» «Krach!», «Bommmmmms!» Un er zischt un er schnaupt un fängt an hochzugehn. Ja-ah-woll!

Ers ganz sachte, aber denn Jeeeh-susssss! Geht hoch, wie hätt ihm wer n Knallfrosch ins Astloch gestickst. Großdicker dammlicher Rackeeterich geht hoch un höher un immer höher, un Kührijeminee!

Denn hört all der gruseliche Krach auf, un alle hörn auf zu kwatschn un zu renn, un jeder horcht auf das Zischn. Dann wern sie alle wieder wild, bloß jetz fang sie an, sich aufn Buckl zu kloppn un zu brülln un mit n Armn zu fuchteln un so.

So n Scheiß! Sin die Weißleute doof! So didummdammelich doof, du heilige Minna! Die verjubiliern sich über so n blödsinnign Rumsrackeeterich mehr wie über sonswas. Die machn mich klein Schwatzaasch Pickaninchen noch ganz krank. Sie laikn Aik, un sie laikn Rackeetn. Sie schießn Rackeetn ab, un sie schießn sich gehnseitich übern Haufn. Nicks wie das un immer bloß das.

Nachrichtn zuende. Ich sach Jimmi, wie blöd daß die Weißleute doch sind, un sacht er zu mir halts Maul.

Ja-ah! Er sacht, er will die annere Schau auch noch sehn. Ich solls Maul haltn, un denn kricht er sich n Sessel her un setz sich in n Sessel rein, statt mit n paa Kissn hübsch weich paterr. Herrjeh-sus! Aber er sieht so komisch aus, wie er so dasitz, daß ich lachn muß.

Ich lach, er sacht schschsch!

So n Scheiß!

Un da ham wirs – kreuzt n ganzer Schwanz von weißen Teevau Männern auf. Nur die hier, die ham sich n Niggermann dabei. Sie sagn, er is von Affrika. Ja-ah! Er is von Affrika, das sagn sie.

Ich mein ja, er is nicks wie n Wollepicker. Er grinst wie n Wollepicker Leckaasch. Angezogn is er auch wie n Bleichkopp.

Un da hockn sie nu alle um n altn Tisch un schwatzn un glotzn wie aufer Beerdigung. Hockn da un mauln traurich rum. Sie redn von Russn un Rackeetn un sowas.

Ein Weißmensch, der sacht, die Russn, die wolln allewelt inne Luft spreng mit den Rackeetn un Bommbn, wo sie ham.

Wieso eintlich wolln die das? Kapier ich nich, so n

aaschblankn Blödsinn. Außer im Südn untn. Da gibts Weißköppe, die wolln scheints jeden lebign Nigger killn, aber is doch nich dasselbe. Die sin ja totaal übergeschnappt. Die sin schon so matschich im Schädl, daß sie gaanich wieder zu sich komm. Is doch nich dasselbe wie die Russnleute, mein ich. Ich weiß ja ga nicks über die, außer daß sie diese fieselign Rackeetn ham, un diese weißn Nuckelköppe sagn, sie wolln alles inne Luft spreng damit.

Das sagn sie! Aber die ganze Zeit, wo sie das sagn, redn sie bloß dadrüber, wie sie die Russnleute inne Luft spreng.

Pfffff!

Eimal hab ich geträumt, ich bin so beier Aabeit, un rein kommt n ganzer Klump Russnkundn. Mit eim davon geh ich rauf, er zieht sich die Hose runter, un was seh ich – er hat überhaup kein Prietzel nich. Nee! Alles was er hat, das is ne Rackeete. Ja-woll! Hat sich n Rakkeetenprietzel anstatt ein Männerprietzel! Ich sach Jehsus, Russnmensch, wie soll ich denn mitm Rackeetnprietzel mein Zeuch machn? Aber er red so wirrich wie n weißer Teevau Mann, un ich kann nich ein Wort von verstehn, was er sacht. Sach ich so zu mirselbs, das heiß, ich träum das, daß ich das sach, sach ich, Russnmensch, was zum Teufl soll ich mit eim Rackeetnprietzel anfang?

Ich will den Traum grad Jimmi erzähln, aber er is im Moment gaanich in Stimmung, mir zu lustern, seh ich. Seine Kieker glotzn wie gefrorn auf das kotzfickige Glasfratz. Die traurign olln Teevau Männer, die kwaddern noch immer von Russn un Rackeetn un so un könn das Maul nich voll genuch kriegn. Der eine Kunde da, der sacht andauernd bloß Nazionaale Verteidijunk, Nazionaale Verteidijunk. Er hat n Soldatnrock an un is totaal ausm Häuschen. Red wie wenn er ausm Südn wär. Er red wie n Kuh-Klucks-Klan-Mann un wie wenn er auch kein Männerprietzel hätt. Ja-ah, er red wie wenn er n Messerprietzel hätt stattdem. Manche von den Weißköppn im Südn, alles was die wolln, is man bloß dreckige Redn führn un sich gemein benehm. Besonders zu Niggern. Dieser Pupsmops da, der will bestimmt nicks als wie gemein sein, ich bin bloß nich sicher, zu wem eintlich!

So n Scheiß! Ich bin ja man nur n klein haamlos Pikkaninchen Kätz, ich krichs nich in n Kopp, wieso daß diese Weißleute sich alle so aufplustern un so gemein tun un allewelt mit ihrn Nucklerbommbn piesackn un dem Schießn un all dem Scheiß! Jimmi, der is weiß, der kapiert vielleich, was die wolln. Er macht so wie wenn.

Sach ich zu mirselbs Görl, sach ich, nu has du da n süßn weißn Schatz, kann sein, er tut dir erklärn, was all die Teevau Fatzkes da eintlich wolln, un wies komm, daß die Russnleute un die Weißleute sich patuh inne Luft spreng wolln.

Sach ich Jimmi?

Sacht er Ssssst!

Ich sach he Jimmi! Sach, wo sin die verrappeltn weißn Hurenböcke eintlich drauf aus?

Sacht er sssssst! Ja-ah-woll! Alles was er sacht, is man bloß sssssst, sssssst, sssssst!

So n Scheiß! Was ich sach, ich sach Scheiße!

Ich wer das gottbeschissene Teevau rausschmeißn. Ich verstehs doch nich, un mich verstehts auch nich. Un alles, was Jimmi sacht, is bloß Ssssst! Ja-ah! Beier nächstn Gelegnheit wer ich dem Teevau den Wind ausm Aasch tretn un das blödige Dink hier rausschmeißn. Sobald wie Jimmi fertich is, dem Glasfratz in n Kieker zu glotzn, fliecht er raus! Der Teevau.

Daß ich überhaupt an den lausign Kwatschkastn gekomm bin, is vonwegen Dolly. Dem Kätz, wo vor mir in diesem Paatment gewohnt. Sie un Madam ham alles das Zeuch gekauft, was jetzt hier steht, Teevau un alles. Dann is sie auf un wech von hier. Ja-ah. Sie hat sich n schickn dickn Honichhasn aus Miami geangelt un is mit ihm wech. Schwein gehabt, die Dolly! Hat aber mir klein Schwatzaasch Pickaninchen n hübsches Nestchen vermacht, alles hübsch, außer bloß das Teevau.

Das einzige, wo ich eintlich zukuckn kann, is wenn der Weißmann morgns immer die Nummern aufe Karte pappt. Ja-woll! Alles übrige is Tratsch un Kwatsch un Ko. Der Mann, der is am Schreibn un is am Redn, gansgans lieb un sanft, un er sacht, Dallas – vierzich, swei-un-dreißich. Un er sacht, Denver – vierzich, ein-un-dreißich! Genauso, *ein*-un-dreißich, so sacht er. Nur, er sachts ganz sanft, so De-äll-läs, und Deh-änn-wöhrr. Kling so hübsch, wie er das sacht. Un wenn er ne Nummer sacht, dann is das pimpsgenau die Nummer, wo er auch schreibt. Ja-woll! Is kein Jucks, neenee! Er schreibt genau auf, was er sacht.

Aber er is der einzige, wo das Glasfratz je mit ankomm, der die Sache lieb un sanft un hübsch un richtig macht. Klaa, denn gibts da noch n paa Kommicks inner Werbung, die bring mich n bischen zum lachen, aber ich mag das nich, wie sie mir so andauernd nacher Kasse schieln. Kann verdammt gut auch ohnc die Kommicks. Is n Grund mehr, die Glasfresse hier rauszufeuern.

Ja-woll! Nächsesmal, wenn Jimmi nich mehr kuckt, wer ich die dammliche Kiste glatt hier rausschmeißn. Ja-ah-woll! Mich solls nich kribblich machn, wies manche Leute macht, Schwatz und Weiß. Ich wer mir n Stock herkriegn un dem Krawallaasch die nazionaale Verteidijunk rauskloppn, un das wer ich in *Selbs*verteidijunk tun!

Ja-ah-woll!

Bloß im Moment hockt Jimmi immer noch da un glotzt und globscht, wie wärn ihm die Augäppel festgefrorn. Und der annere Teevau Mops sacht grad, er will nur hoffn, daß jeh-der-mann auch Inntresse hat an was er red. Jeh-sus! Das sacht er in eim Ton, wie meint er, wenn man kein Inntresse dran hat, denn is man kein feuchtn Dreck wert.

Dann geh das große Maul wieder wie irre auf un zu, un Jimmi, der wird ganz wirrich bei all dem Gedader von dem Teevau Kopp. Kann ich an sehn, wie er sich vorbeucht!

Sach ich – ganz laut – Jimmi, sach ich, du has n Hieb! Ja-woll! Du läß dich einlulln von dem tüllölign Dummgemummel, du has n Knall!

Kuckt er bloß wütich un winkt miter Hand, ich solls Maul haltn.

Kührijeminee!

Aber in dem Moment kommt mir doch was Natürliches zu Hilfe. Ja-ah, ich fühl nämlich, wie mir n dicker Wind hintn rauswill. Sach ich zu mirselbs Görl, sach ich, jetz has du ne Schangse! Ja-ah-woll!

Ich steh auf un geh auf den rummelign Glasglotz los, un ich schwing den Hintern rum und setz ihm n Furz aufe Blende! Ja-ah-woll! Mann, der war lang und laut!

Aber Jeh-sus! Kaum is er raus, fäng das Teevau doch selbs wieder an mit seim Schnaufn und Zischn un Bummsn un Kührijeminee! Da kann man doch glatt außer Haut fahrn! Dreh ich mich bloß mal kurz um, geht hier schon wieder ne Rackeete hoch!

Un jetzt geht auch noch Jimmi hoch un fängt an zu bölkn und zu bullern!

Ich furz, Teevau tut zischn, Jimmi bullert un bölkt!

Weioweih! Ich hab kein Dunst, wo er eintlich mehr drüber graulich is, mich oder das Teevau, un so laß ich noch ein gehn. Jetz grade!

Da fängt Jimmi an, ganz schauerlich mit n Backn zu wackeln! Er fuchtelt rum un tiegert auf un ab un kiekt, wie ging ihm der Denkmich flötn! Ja-ah-woll! Er gafft, wie wollt er aufer Stelle n Leck kriegn. Un das auf meim schön Teppich!

Er sacht mir, ich hab keine blasse Ah-nunk, was inner Welt alles vorgeht.

Sach ich, piss aufe Welt. Was hiiier vorgeht, das weiß ich jedenfalls.

Will er wissn, ob mir denn gaanicks an Weß-Bärlihn liecht?

Sach ich ihm, er kann sich sein Weß-Bärlihn an n

Aasch steckn un von mir aus damit aufn Mond verschwindn.

Sacht er, bis du nich Merikanerin? Sacht, bis du Kommuhniß? Bis du ett-waa für Be-schwich-die-Jungs-Pollitick?

So red er, un er red von Freiheit un vom merikanischn Wehsönn un red all so n dämlich großkotziges Zeuch, wie wirs ehm im Teevau gehört ham. Jeh-sus! Er verzieht das Gesicht und red und red genauso wie die behämmertn Teevau Tischkwatscher.

Sach ich, Merikanerin? Kommuhniß? Beschwich-die-Jungs-Pollitick? Ich sach Jimmi, bis du blind? Siehs du nicht, daß ich bloß n klein Schwatzaasch Pickaninchen bin?

Sacht er, deine Faabe hat nicks damit zu tun. Ap-soluht nicks.

Ja-ah! Das sacht er. Kührijeminee! Er hat nicht alle beisamm!

Sach ich jetz Jimmi, du kanns mich am Aasch lecken, wenns dir nich paßt, wie ich hier rummach. Hier wohn ich. Madam zahl die Miete, um daß ich hier wohn kann, statt bei den ältern Kätzn. Du bis hier nich zu Hause. Wenns dir nich paßt, kanns du blechn un abhaun. Los, fütter das Kätzchen un schieb ab! Un den ollen Glasfratz kanns du auch gleich mitnehm. Ihr beidn blödn Kwatschköppe könnt euch zusamm beerdign lassn.

Ersmal macht sein Gesicht ganz blöde Facksn, un hört er auf, so kotzverdammt laut zu redn. Aber immer is er noch am Schniefn un Schnaufn, un ich hab kein Schimmer, wo er eintlich mit rauswill, bloß das merk ich, zugehört hat er mir bestimmt nich, weil er nich ein Wort von Pinke red. Er red so weit wech von Flöhen, daß s mich reinwech kribblich macht. Kein Wort von Kohlen, kein Pieps von Gehn, un auch keine Rede von daß er will wiederkomm.

Sach ich zu mirselbs Görl, du bis drauf und dran, dein Dauergeschäft zu verliern! Dieser matschaaschige dicke Honichhase red nich mehr, wie wär er n Dauergeschäft. Red wie die Kerls im Teevau. Merika hier un Merika da, un Kommuhniß der un Kommuhniß das, aber von Pinke – nich ein Wort!

Sach ich denn Jimmi, nu mach mal die Backn dicht. Ich sach Jimmi, vor daß du verschwinds, will ich n Hunnerter. Ja-woll! Jackie sacht, n Wiekend macht ein Hunnerter, un wenn der Kunde nich das ganze Wiekend über bleibt, dann scheißewitzki, kosts ihn trotzdem sein Hunnerter.

Sacht er waaaah?

Sach ich, hunnert, das is waaah! Ein dickn fettn Blauflügel mit ner Eins un Nullnull drauf!

Sacht er ach du liebes Kriskinnchen, ach du liebes Kriskinnchen! Sacht, er versteht gaanich, wo ich von red.

Sach ich, n Teufel kanns du anölen! Du verstehs mich gottverdamm sehr gut. Ich red von Zaster, Mann, von Kies, Draht, Gips, Kitt, Moos, Zwirn, Pulver, Piepen, Pinkepinke! Kapiert? Ich red von dem großn dickn fotznfettn Fetzen, den du inner Hose has! Ich sach, Mann, du has dir n Wiekendpussi gekricht, nu rück raus mit m Lachs! Ich will mein Jakob, hörs du, mein Jaaakopp!

Pfffff, das kost mich noch n Extratänzchen, vor daß ich mein Hunnerter krich.

# 11

Nun bin ich ja wirklich nicht blöde. Ich meine, selbst *wenn* ich jene drei Gegenstände meiner Studien – Biologie, Psychologie, Französisch – im Moment noch nicht bewältigt habe – tsss! Die Zwischenprüfungen hätte ich mit Leichtigkeit schaffen können, wenn ich nur etwas gebüffelt hätte, und ich werde das – dies unterliegt keiner Frage – während der zweiten Semesterhälfte abmachen. Wenn ich nämlich in der richtigen Stimmung bin, kann ich bestimmt jede Menge intellektuell werden. Nicht daß ich ein ausgesprochener Eierkopf wäre, verstehn Sie, aber hin und wieder schätzt man ja durchaus eine gute geistvolle Fernsehsendung. Ich meine, ich habe deutliche Neigungen in dieser Richtung, also etwa, wenn Sie wissen, was ich meine, für Sendungen zur staatsbürgerlichen Erziehung, Kommentar zum Tage und dergleichen Sachen. Nachdem ich also nachgewiesen hatte, daß sie Onkel zu mir sagen konnte, wandte ich meine Aufmerksamkeit wieder dem rein Geistigen zu, d. h. jener Sendung. Außerordentlich bedeutsam. Über unsere nationale Verteidigung.

Im Seminar war die Sendung bereits erwähnt worden, und außerdem hatte ich in der Zeitung eine Ankündigung gelesen. (Freilich, um vollkommen ehrlich zu sein, war ich der Meinung, sie sei als außenpolitische Debatte angekündigt worden, statt als dermaßen an unsere innersten Interessen gehendes Thema.) (Aber was ist schon der Unterschied.) Entscheidend ist vielmehr, daß ich wußte: diese Sendung ist wichtig, und zwar gerade für College-Burschen wie mich, die eines Tages Führer der gesamten Freien Welt sein werden.

Außerdem weiß ich, daß unser Prof, der alte Wilbur, Montag morgen Fragen danach stellen wird, denn er steht den laufenden Ereignissen enorm aufgeschlossen gegenüber, und ich habe mich nun einmal auf die politischen Wissenschaften geworfen und wünsche voranzukommen.

Und nachdem ich meiner farbigen «Beschützerin» (haha!) nunmehr den Gefallen getan hatte, und zur Genüge, möchte ich meinen, nahm ich an, daß sie mich jetzt für ein Weilchen in Ruhe lassen würde. Aber natürlich läßt sich kaum voraussagen, wann Mädchen wie sie möglicherweise von neuerlichen Erscheinungen von – nun, ich will es «kritisches Befinden» nennen, befallen werden und einen Burschen ein zweitesmal auf den Teppich legen wollen. So überlegte ich mir denn auch, die Gelegenheit zu kurzem Ausruhn müßte genutzt werden, wenn Sie verstehen, was ich meine. Auch kamen mir um diese Zeit Bedenken, daß sie womöglich im Begriff stehn könnte, sich in mich zu verlieben, und das wäre unangenehm. Ich meine, verstehen könnte man es ja, und nachdem ich ihr so ein-zwei Possen (sozusagen) gezeigt hatte, wiewohl sie eine professionelle…, also à la carte war es, recht überlegt, bestimmt nicht ausgefallen.

(Allerdings: eine Woche oder so danach erinnerte ich mich meiner ursprünglichen gleichnishaften Gedankengänge über das Herren-Sklaven-Verhältnis während meines seinerzeitigen Aufenthalts in jenem anrüchigen Hause. Und ich schaudere bei dem Gedanken, wie wenig sich gewisse unübliche Elemente meiner Verhaltensweise während der letzten wenig schicklichen Zeit in ihrem Apartment *damit* auf einen Nenner bringen lassen. Ich meine, Sklaverei, Emanzipation und ???) (Gleichviel, wir wollen darauf nicht des näheren eingehen).

Um jedoch auf diese höchst anspruchsvolle Sendung zurückzukommen – (die, nebenbei gesagt, einen unerwarteten Ausgang nahm), ich saß also in einem ihrer supermodernen Sessel, saß einfach da (nackt) und sah fern. Zunächst die Nachrichten, dann jene erwähnte intellektuelle Sendung. Nun, damit Sie vollauf zu würdigen vermögen, was hernach erfolgte, muß ich Ihnen über das Programm berichten, indem ich es, sozusagen, als großes Ganzes analysiere.

Primär handelte es sich um eine Zwei-Parteien-Diskussion der Weltlage und unserer relativen Stärke, mit Schaubildern zur Veranschaulichung derselben. Das heißt, es ging um unsere Abschreckungsmöglichkeiten und unsere militärische Position, einschließlich der geheimen Planung auf kurze und längere Zeit, soweit sie bereits aus dem Stadium des Entwurfs am Reißbrett zur Operationsfähigkeit gediehen sind (fast jedenfalls), und schließlich all dessen, was die Kommunisten haben.

Ich meine, es war der gründliche Versuch, über eine russische Aggression mit all ihren Weiterungen einmal klipp und klar aufzuklären, unter gebührender Berücksichtigung der viel schlaueren, heimtückereichen, ja krebsartigen Bedrohung des Westens durch den Kommunismus, einschließlich der vergleichsweisen Propaganda-Erfolge auf dem Gebiet der Weltraumeroberung – unter Berührung auch, wie es so ging, derart bedenklicher Probleme wie des Status von West-Berlin und der wirtschaftlichen Durchbrüche zu den unterentwickelten Völkern, unter Einschluß auch der schreienden Notwendigkeit für die Steuerzahler, sich den Gürtel enger zu schnallen und die Wahrung der Freiheit auch finanzpolitisch zu unterstützen, sowie der alles überschattenden Bedrohung unserer nationalen Sicherheit durch verschiedentliche Bestrebungen nach totaler Abrüstung, sowie der Möglichkeiten weiterer Verhandlungen in dieser Richtung.

Schön, soweit ganz klar. Aber jetzt – ich berichte es ohne weitere Umschweife – fängt doch dieser eine Kommentator an zu reden, und er redet – Himmel, was muß ich hören! – redet, wie wenn es um Amerika äußerst erbärmlich bestellt wäre. (Es handelt sich, nebenbei, um eine von diesen Direkt-Sendungen, die unbedingt zu den besten gehören, da nichts vorher einstudiert ist.) Dieser Bursche also zieht über Raketen her und über Abwehrraketen und Abwehrraketenabwehr und Abwehrraketenabwehrraketen, und er wird enorm intellektuell und wissenschaftlich. (Was ich schätze. Ich meine, wenn es so richtig hochgeistig hergeht. Als gebildeter Mensch bekommt man es ja nach einiger Zeit doch satt, immer nur Western und Krimis zu sehen.) Aber was ich gar nicht schätze, ist so ein Witzbold, der daherredet, wie wenn die Russen uns doch glatt alle von der Landkarte sprengen könnten! Das geht ja denn doch zu weit. Ich weiß zwar nicht, was sich dieser Kommentator einbildete, daß er wäre, aber es ist doch ein wahrer Segen, daß diese anderen Burschen da auch noch vorrätig waren – Kongreßleute und Militärs, und bei ihnen noch so ein Vertreter von einer der neu aufgetauchten, unterentwikkelten afrikanischen Nationen, die kürzlich erst die Freiheit errungen hat und sich nun anschickt, diese Errungenschaft zu festigen. Schön, diese Burschen lassen den sonderbaren Knaben weiterbrasseln, wie er's sich halt in seinem Köpfchen so ausmalt, daß die Russen mit ihrer Raketenluftwaffe – um Gott, das ist doch kaum zu glauben (daß jemand sowas ernstlich denken kann, meine ich) – einen *Vorsprung* vor uns hätten!

(Ich meine, die Art, wie er so redete, konnte einem gar den Eindruck geben, als sei selbst der SAC für die russische Raketenwaffe eine blanke Lappalie – also das ist doch zum Brüllen!)

Aber da greift dieser eine General ein, und er hat einen tollen Schlag! Ich meine, der gibt's dem aufgeblasenen Wicht aber gehörig. Der General fragt: «Woher wissen Sie eigentlich, wie viele Raketen die Russen haben, oder wie gut ihre Raketen sind?»

Aha!

Der hat sein Fett weg, der dreckige Geck. War auch ziemlich kusch danach. Was wiederum den Militärs und

Kongreßleuten Gelegenheit gab, zur Sache zu kommen. Mit harten nackten Fakten wiesen sie nach, daß Amerika eine völlig adäquate militärische Position besitzt (siehe den SAC) und vollauf gerüstet ist, diese dreckigen Kommunisten allesamt in die Luft zu blasen, wenn es ihnen beikommen sollte, wahnwitzigerweise, den wilden Mann zu spielen. (Sie sagten es mit etwas anderen Worten, verstehen Sie, aber sie drückten sich klar aus. Was mich betrifft, so hatte die Sendung meine volle Billigung, und ich war stolz, Amerikaner zu sein.)

Was nun die anderen dringlichen Fragen anbelangt, die unser Vaterland bedrücken, so wiesen die Militärs auf die harte Nuß des Problems – nämlich das *Geld* – (was ich mir merkte und sodann am Montag im Rer. Pol. Seminar meinerseits vortrug)! Die Sache ist ganz einfach die: unsere Regierung braucht mehr Steuergelder, um unsere militärische Position zu behaupten und weitreichende Planungen zu fördern, die bereits das Reißbrett verlassen haben und – fast – operationsfähig sind, leider aber noch nicht bis zur Serienfertigung gelangen konnten; und es ist der Geldmangel, der alles aufhält.

(Also schwer ist es ja, sich vorzustellen, was das eigentlich für neue Geheimwaffen sind, aber es macht Spaß, es zu versuchen [sie sich vorzustellen, meine ich].)

Aber bevor wir nun zum Ende des Programms kamen – das aus einer Debatte bestand, zwischen diesem dreckigen Salonschwätzer, der tatsächlich meinte, wir sollten die H-Bombe auf den – (es sträubt mir förmlich die Feder!) – auf den *Schrott* werfen, und einer Persönlichkeit von der Luftwaffe, die sich Mühe gab, diesem Beschwichtigungsapostel wenigstens die Grundbegriffe plausibel zu machen, wieso wir nicht im Traum an sowas denken – während dieser Debatte also fing mein farbiges Mädchen an, sich auf einmal wie unsinnig aufzuführen. Ich meine, sie war ja schon die ganze Zeit nervös und zapplig gewesen, aber ich erklärte es mir damit, daß sie eben verwöhnt war und meine Aufmerksamkeit konstant für *sich* allein in Anspruch zu nehmen wünschte. Nun, freilich, gewiß, ich konnte ihrem Benehmen kaum meine Nachsicht versagen, denn ... also schließlich ermangelte sie jeglicher Intelligenz und Bildung, aber –

Geht sie doch ganz plötzlich auf den Fernseher los, dreht sich um, bückt sich, streckt ihr Hinterteil der Scheibe entgegen und –

– läßt den Wind raus!

Können Sie sich dergleichen plastisch vorstellen?!

Sie tat dies just in dem Augenblick, wo der Start einer Atlas ausgezählt wurde, und als diese hochging, fuhr sie auf, als hätte man *sie* hochgehen lassen!

Was ihr ja ganz recht geschah. Ich meine, ich hatte ja nichts dagegen, daß sie so rumalberte, solange sie zwischen mir und dem Bildschirm wegblieb und nicht ordinär wurde und undicht – aber als sie sich dies hier leistete, und noch dazu in dieser Situation, reichte es mir denn doch!

Schließlich, welcher echte Amerikaner würde so etwas tun, würde nicht nur diese gravierend bedeutsamen Angelegenheiten völlig ignorieren, sondern sich gar noch in so peinlicher Weise bloßstellen! (Bloßstellen im übertragenen Sinne, meine ich.) Ich meine, selbst wenn sie aus Unterweltkreisen kam – es gibt ja doch wohl Grenzen!

Nun, das habe ich ihr denn gesagt. Habe ihr gesagt, daß sie, als freiheitsliebende Bürgerin dieser unserer großen Nation, kein Recht hatte, nicht das allergeringste, kein Recht in der ganzen Welt, sich in dieser unglaublichen Weise gegenüber Leuten zu benehmen, die Tag und Nacht im Schweiß ihres Angesichts daran arbeiten, die Welt für die amerikanische Lebensweise zu retten und sie vor der kommunistischen Diktatur zu bewahren. (Hinterher allerdings bin ich dann doch wieder nachdenklich geworden, indem ich dachte: Möglicherweise, J. C., hättest du sie doch nicht so sehr rügen sollen, denn sie war ohne Intelligenz und Erziehung und zudem auch noch aus Unterweltkreisen – wie konnte sie die Greuel des Marxismus überhaupt auch nur ahnen!

Vielmehr ist es Aufgabe von Persönlichkeiten wie dir, J. C., von studierten Männern also, welche die Last dieser Probleme einst auf ihren Schultern tragen werden, sich gerade solcher Menschen anzunehmen, die von geringer Geisteskraft und verderbter Gesittung sind.) (Ich meine, Toleranz! Das war's, was nottat!)

Aber zu diesem Zeitpunkt sagte ich ihr doch gebührend die Meinung. Sagte ihr, sie täte sehr gut daran, sich zusammenzunehmen, wenn es um Dinge wie die Sicherheit der Nation gehe, und versuchte ihr auseinanderzusetzen, wie hochbedeutend diese Dinge sind. Aber sie stand einfach da, halb albern, halb sarkastisch, blieb einfach zwischen mir und dem Fernseher stehn und plapperte in der ihr eigenen schauerlich unehrerbietigen Weise und ließ keinen Zweifel daran, daß sie dem allen nicht im mindesten Beachtung zu schenken geneigt war – nicht einmal West-Berlin! Und sowas lebt! Also manche Leute sind einfach hoffnungslos. Ich dachte: Schwesterchen, wenn du dich weiter so benimmst wie jetzt, werde ich mich entfernen. Ich werde dann eben meinem wissenschaftlichen und funktional-anthropologischen Studienexkurs entsagen und mich entfernen. Und ich teilte ihr mit, daß dies meine Absicht sei.

Nun! Darüber geriet sie ganz gräßlich in Wut, sprang auf und nieder und schrie «Ping-Pong» sowie irgend etwas aus dem Angelsport und was weiß ich alles sonst noch. Sie gebrauchte so viele profane Ausdrücke, daß es schwierig war mitzukriegen, was sie mir nun eigentlich mitzuteilen versuchte. Aber eins war jedenfalls gewiß: sie verlor nunmehr jegliche Vernunft. In fast schon bedrohlicher Weise.

So beschloß ich denn, auf der Stelle zu verschwinden. (Sie hatte auch irgend etwas gesagt von Weggehn während des obszönen Wortschwalls, den sie auf mich losließ; soviel wenigstens hatte ich verstanden.) So ging ich denn zum Schlafzimmer, um meine Kleider zu holen.

Und da ging's los! Ach du liebes Christkindchen! Da ging's erst wirklich richtig los!

Geneigter Leser, vergegenwärtigen Sie sich dieses Bild: In dieser Minute noch ist sie ein stilles kleines dunkelbraunes (nacktes) Närrchen, das herumrennt und sich nervös gebärdet, ohne daß jedoch dieses Verhalten hätte Bedenken erregen müssen.

Eher ziemlich komisch, wenn Sie verstehen, was ich meine. Und dann, ohne jeden Übergang, rast sie herum, als hätte sie den Verstand verloren, und als ich mich dem Schlafzimmer zuwandte, flog sie an mir vorüber wie aus der Pistole geschossen! Dabei schwatzte sie fortwährend weiter auf mich ein, bezog unter der Tür zum Schlafzimmer Stellung und stand da und versperrte mir den Weg, wobei sie es nicht unterließ, mir unter Knurren und höhnischem Grinsen die Fingernägel zu weisen. Wie ein wildgewordenes Tier, mein Wort darauf!

Schön, sie grinste und knurrte und ließ einen förmlichen Schwall von profanen Redensarten auf mich los, eine beträchtliche Weile lang, und ich stand wie angewurzelt am Fleck. Ließ sie einfach weiterbabbeln. Bewegte nicht einen Muskel. Ich war zu überrascht.

Dann aber war ihre Erregung mit einem Schlag ebenso schnell wieder abgeflaut. Ich meine, es war, als sei ihr der Atem ausgegangen. Sie ließ so etwas wie ein halbes Schluchzen hören, holte tief Luft, seufzte und – Peng! Sie plumpste einfach auf den Boden nieder und gab dort ein ausgiebiges langes Stöhnen von sich.

Nun, diese günstige Gelegenheit ließ ich mir nicht entgehen, das kann ich Ihnen sagen. Jawohl, Herrschaften, ich säumte nicht eine Sekunde. Ich schoß los, sprang über sie weg und lief ins Schlafzimmer. Dort angelangt, griff ich mir Unterhose, Hemd und Socken und fing an, mich in aller Eile anzukleiden.

Und doch geschah es nicht eilig genug.

Die ganze Zeit, in der ich bemüht war, in meine Kleider zu kommen, konnte ich sie schreien hören, in irgendeinem anderen Teil des Apartments. Ich bekam nicht alles mit, vernahm jedoch ein anhaltendes «Jakob, Jakob, Jakob» (worin ich zu diesem Zeitpunkt den Namen irgendeines Gangsters oder Mörders vermutete, der vielleicht Tür an Tür mit ihr wohnte und nunmehr jede Sekunde hereingestürzt kommen konnte, um seine Berufstätigkeit an mir auszuüben, mich niederzuschlagen und mich meiner Barmittel zu berauben – wer weiß). (Doch erwies sich diese Annahme als irrig.)

Denn bevor ich nur einen klaren Gedanken fassen konnte, stürmte sie herein und auf mich zu wie ein Läufer aufs Fußballtor und hielt das ungeheure Küchenmesser in der Hand!

Tja, um diese Zeit hatte sie endgültig den letzten Rest von ihrem bißchen Verstand verloren. Ich meine, sie führte sich auf wie ein tollgewordener weiblicher (farbiger) Errol Flynn in einem dieser altmodischen Lichtspiele, wo sie Schwerter haben und damit wie unsinnig aufeinander losgehen. Ich meine, da stand ich nun, noch immer mit dem Anlegen meines Unterzeugs beschäftigt (so schnell war sie drüber zugekommen), und da stand sie, in Kampfeshaltung, und bedrohte mit dem Küchenmesser meine allerprivatesten Körperteile! Ich dachte: Ach du liebes Christkindchen, J. C.! Bevor du's nur begriffen hast, bist du kastriert!

Aber ich hatte wenig Zeit, diesem Denkprozeß weiter nachzugeben. Ich meine, wir rasten bereits rund im Zimmer herum, sie – natürlich – immer hinter mir her, das Messer in der Hand, und ich verzweifelt bemüht, in meine Unterhosen zu kommen und zugleich aus dem

Wirkungsbereich jenes gräßlichen Instruments und seiner (noch gräßlicheren) Absicht, und beides wollte und wollte mir trotz aller Anstrengung nicht völlig gelingen.

Und – was glauben Sie! Ganz plötzlich, wie aus heiterem Himmel (bzw. aus nicht-heiterem), hatte sie von mir abgelassen. Sie hatte meine Hose aus dem Wandschrank gerissen und war damit wie ein Blitz wieder ins Wohnzimmer verschwunden.

Ja, und um diese Zeit begann es mir natürlich zu dämmern: Sie will mein Geld! Das ist es! Darauf lief alles hinaus. Geld! Der ganze Grund ihres Tobens – war mein Geld!

Und diese Erkenntnis traf mich – Sie werden es sich zweifellos vorstellen können, geneigter Leser – wie ein heftiger Schock. Ich meine, wie zum Kuckuck hätte ich das nach allem auch ahnen sollen? Sie hatte getan, als liege nichts ihrem krausen Sinn ferner denn Geld. Nicht einmal das Wort hatte sie erwähnt, mit keiner Silbe! Nicht jedenfalls, seit ich ihr in jenem Haus von üblem Ruf den Zehnerschein überreicht, meine ich. Im Gegenteil, sie war hernach gar noch so weit gegangen, mir ihren Wohnungsschlüssel zu geben!

Ich konnte nicht umhin, den Schluß zu ziehen, daß ihre Unmoral bereits eine so große sein mußte, daß es ihr gar nichts mehr ausmachte, ob ich nun ein Bursche aus Unterweltskreisen war und in Druck wegen der Polizei. Und hätte ich nur einen Cent noch besessen – sie würde ihn mir stehlen!

Wie dem aber auch sei – jetzt, wo sie das Geld hatte, sauste sie wenigstens nicht mehr herum, als wollte sie

Kleinholz aus mir machen oder die Wände hochgehn oder so. Vorsichtig lugte ich ins Wohnzimmer, und da kauerte sie mitten auf dem Boden (die Schenkel angezogen) und hielt das Messer in der einen Hand und meine Hose in der andern und sah aus wie ein geducktes Tier. Eine ganze Weile saß sie so da, starrte Ihren sehr ergebenen an und gab dabei einige weitere Proben ihrer profanen Redeweise, schwenkte das Messer hin und her und schüttelte angelegentlich meine Hose.

Da dachte ich: Nun, James Cartwright Holland, es ist zwecklos, daß du dein wertvolles Leben in Gefahr bringst, indem du einer übergeschnappten Artistin des Messerwerfens Widerstand leistest. Laß sie das Geld nehmen! Ich meine, es liegt doch klar genug auf der Hand: sie ist bewaffnet und gefährlich. Ganz zu schweigen von ihrer Unzurechnungsfähigkeit.

So vollendete ich, soweit möglich, meine Toilette und betrat das Wohnzimmer, und dort saß sie noch immer, aber jetzt lag mein Geld neben ihr – ein kleines Häufchen, auf welchem ihre Waffe ruhte.

Ich näherte mich mit Vorsicht. Beide waren wir schweigsam. Ein kritischer Augenblick! (Ich meine, ich konnte mich ja nicht ohne meine Hose entfernen.) (Wenn es ihr in den verruchten Sinn kam, der bereits beträchtlich angewachsenen Liste ihrer Verbrechen ein weiteres hinzuzufügen und meine Hose zu zerstören, dann würde meine Lage eine äußerst prekäre werden!)

Aber sie tat es nicht. Einen Augenblick lang starrte sie mich verdrießlich an, dann warf sie mir die Hose her. Und als ich hineingestiegen war, schlug sie die Augen schamhaft und schuldbewußt nieder. (Vielmehr – so hatte es, zu jenem Zeitpunkt, den Anschein; später sollte ich freilich erkennen lernen, daß sie absolut unfähig zu solch noblen Regungen war.)

Und ich? Ich dachte. Dachte: J. C., mein Junge, dies ist nicht der rechte Ort für einen weißen Mann. Und damit wandte ich mich dem Ausgang zu, verhielt in der Garderobe nur gerade so lange, wie erforderlich war, um meine Schuhe zu greifen, und – Peng!

# 12

Jeh-sus! Da geht Jimmi ausser Tür. Ja-woll!

Ich sach zu mirselbs Puh-ah, sach ich, da kann nicks gutes draus werden. Bestimmt nicks gutes. Da geht mein Dauergeschäft – un mein ganzer schöner Plan dazu!

Ich versteck mein Kesch unters Sofa, so ficks wie ich kann, hopp auf un hinter ihm her. Un wie er beier Tür is, bin ich auch schon bei ihm, un dann –

Kührijeminee! Er mach die Tür auf – un wer steh da?

Francine!

Ja-ah! Da hau doch eins lang hin un steh kurz wieder auf!

Sie sacht ooh! Sacht huhu!

Sach ich Kührijeminee!

Sie sacht, sie hat doch den schrecklichn Krach hier untn gehört, un da is sie schnell runter, um daß sie mal nachsieht, was hier für Ärger is.

Sach ich Ärger? Hier gibs kein Ärger, solang wie du draußnbleibs, Francine. Ich sach, was hälts du davon, wenns du sofort wieder verschwinds, eh?

Aber sie drängelt sich bloß noch weiter rein. Faßt einfach mein Jimmi, den gaunerign Einbrecher, am Arm un schwänzelt an ihm vorbei. Dann zieht sie die Schuhe aus un stellt sie ab, wie wenn sie ne ganze Woche auf Besuch bleibn will.

Sie sacht Kitten, ich weiß ja gar nich, daß du den Jung hierhas. Wer isses denn?

Sach ich, geht dich n feuchtn Dreck an.

Sacht sie aber Kitten, so red man doch nich! Sacht, mir is, wie wenn ich den schon mal wo gesehn hab, hihi!

Dann sieht sie das Messer. Ja-ah!

Das war so, das Messer, das hab ich mir müssn herkriegn, weil Jimmi doch so n rummeldummlicher Knallkopp is. War doch glatt drauf un dran zu verschwindn, ohne zu blechn; so is das gekomm. Ja-woll! Ich hab mir das Messer hergekricht un habs n bischen rumgeschwenkert, damit daß er leichter kapiert, was los is. War wie ich das gottverdammich weioweierige Extratänzchen aufgeführt hab. Damit daß er zu Verstand kam.

Francine, die sieh das Messer, un sie sacht he Kitten, wo soll denn das für gut sein?

Un kneif ich man bloß die Backn fest zusamm.

Aber Francine, die kommt immer näher un hängelt an Jimmi seim Arm. Sie hat kein blassn Dämmer, was eintlich los is, aber is glatt am platzn vor Neugier.

Jimmi, der weiß auch nich, was nu eintlich is. Er tut, wie wenn er nich weiß, ob er gehn will oder bleibn, wie wenn er verdammich überhaup nich weiß, was er will. Ers kuckst er mich an, dann Francine, dann kuckst er wieder mich.

Ich überlech mir, hat ja doch kein Zweck, daß ich Francine jetz noch groß wimmlich mach. Ich sach zu mirselbs, schön kalt bleibn, Kitten, dann haut diese hurichte Aaschschnüfflerin von selbs bald wieder ab. Francine.

Aber sie macht schon wieder so glupschige Augn, wie wenn sie Kitten zum Mittagessn fressn will. Un jetz weiß gottverdammich nichmal ich mehr, was nu eintlich is.

Sie sacht he Kitten, ich hab ne Ideh.

Sach ich, pack sie ein un schieb ab, Francine.

Sacht sie aber Kitten! Sacht, nu sei doch nett, Kitten. Sacht, vielleich hat der nette Weißjung Lust, mal ne Schau zu sehn, na?

Sach ich nein, Francine, da hat er keine Lust auf.

Aber sie macht immer weiter von hintn auf mich zu. Ja-ah! Jetz is sie nich mehr nach Jimmi, jetz is sie aaschrasch hinter Kitten her!

Sach ich, verschwinde, du Aaschlaus! Ich hab dir gesacht, er will keine Schau. Nu mach dich hier raus un laß uns in Ruhe. Aber sie klebt mir weiter an n Hacksn. Ich schieb mich rund durchs Zimmer, um daß ich von ihr wechkomm, aber sie macht immer weiter hinter mir her. Geh ich langsam, macht sies auch. Lauf ich schnell, dann läuft sie auch schnell.

So n Scheiß!

Diese fotzige Francine, die schnüffelt an mir rum, solang wie seit Madam mich beier Polizei gefundn hat, wo ich noch n gans klein winzichtes Pickaninchen war. Un jetz macht sie, wie wenn sie mich krichte. Kührijesses!

Die hat n Knall, so wie die sich anstellt. Aber denn möcht ich da auch gleich drüber lachn. Un wie Jimmi so dasteht un beobacht uns, da möcht ich ers recht laut rauslachn. Das Kinn hängt ihm runter, un die Augn kullern ihm fast ausm Kopp raus. Ich kann mich nich haltn, ich muß einfach lachn.

Dann fall ich plötzlich hin. Ja-woll! Vor lauter Rumsausn un Lachn hab ich mal kurz nich aufgepaßt – un bauz, da liech ich! Liech da, un Francine haut runter auf mich drauf, un die ganze Zeit lach ich mir fast n Bruch an n Bauch.

Ich lach noch immer, da seh ich, diese gottverdammte Francine liecht grad so, daß sie mein Hunnerter sehn kann. Ja-ah! Wenn sie bloß noch n bischen genauer hinkuckt, dann sieht sie n unterm Sofa. Un wenn sie mein Kies da liegn sieht, dann is bestimmt was fällich.

Gleich wind ich mich unter ihr wech un komm aufe Füße un renn, was ich kann. Ja-woll! Ich renn direkt nachm Tellefon hin.

Un ich sach Francine, ich hab gesacht, du solls abhaun. Los, mach dich wech!

Aber schon is sie mir wieder aufn Hacksn. Kuckst ers mich, dann kucks sie Jimmi an un lechelt da so richtich aaschleckerich bei.

Sie sacht, ich hab da oben n paa Freunde, alles feine Schäntelmänner. Verstehn was von Liebe. Wie isses, wolln wir mal –

Oh-ooh-oooh du heilige Minna!

Sie dadert weiter, sacht, wieso komm ich un Jimmi nich mit rauf un tun ihre rappelaaschign Freunde mal besuchn un so. Die ganze Zeit, wo daß sie am Redn is, probiert sie ja man bloß, wie daß sie an mein Geschäft kann rankomm.

Un Jimmi, dem verziehts das ganze Gesicht, wie sie so red un rummacht.

Kührijeminee!

Ich sach Francine, ich zähl bis drei, dann bis du hier rausgerollt oder ich geh ans Tellefon.

Un ich lech die Hand aufs Tellefon un fang an zu zähln.

Eins ... swei ...

Un sie sacht nichdoch, Kitten, nichdoch.

Sach ich doch! Ja-woll! Ich sach, wenns du nich sofort abhaust, ruf ich Jackie an!

Da geht sie. Ja-ah! Ich sach, richtich laut un gemein sach ich, *ruf ich Jackie an*, un wie n geölter Blitz is sie raus aus meim Paatment.

Weioweih! Jes-sus!

Bloß, damit is mein Ärger noch nich wech. Nee-eh! Is doch Jimmi immer noch facksich am Kucksn, wie wenn er denk, die Luft krich da n Loch von. Geht auf un ab un zieht ne Flappe, dann schnieft er wieder. Er kuckst mich an un keift los, dann kricht er wieder s Laufn un Kucksn.

Sach ich Jimmi Bebi, laß doch die Francine.

Aber er lecht wieder los mit seim dumm Gebölks un Gebuller un großkotzign Gemaule.

Da geb ichs dran. Ich sach zu mirselbs Görl, wenichstens is er nich wech. Un darauf komms an. Hat doch Francine dir tatsächlich das Geschäft gerettet, dein allererstestes Dauergeschäft. Is aaschegaal wie, aber sie hats.

Un nu is sie wech un er is da – also denn man gleich wieder anne Aabeit!

Ich sach – so süß wie ich kann sach ich Jimmi, mein Schätzchen krich dir doch was zum Sitzn un kühl ab. Ich sach, wie isses, soll ich n bischen nette Swing-Musik auflegn, richtich hübsch un traurich?

Aber er sacht weiter nicks wie Mummeldudummeldudumm. Wie n gottverdammter Teevau Mann, aber währnd daß er so mault, da setzt er sich doch hin. So lech ich denn n nettn knutschign klingelign Swing auf.

Ich sach zu mirselbs Görl, jetz has du dein Hunnerter für das Wiekend, jetz kanns du ihn nich einfach so wütich ausser Tür lassn. Wenn er ersmal draußn is, denn kommt er bestimmt nie wieder, un dann has du verflickst dein ganzes erstes Dauergeschäft im Eimer!

# 13

Erneut möchte ich wünschen, ich wäre ein (wohldotierter) Schriftsteller von Beruf, so daß ich Ihnen eine angemessene Beschreibung geben könnte. Dessen, was mir widerfuhr, als ich mich zum Gehen anschickte, meine ich. Denn die ganze Angelegenheit hatte ausgesprochen etwas von Herrenparty an sich (Sie verstehen mich), und ich bin ratlos, wie ich sie schildern soll, ohne meinen hohen Grundsätzen dieserhalb untreu zu werden. Ich meine, ich weiß nicht, wie es mir gelingen könnte, um sehr unfeine Details herumzukommen und Ihnen nichtsdestoweniger einen Begriff zu geben, wie komisch zugleich alles war.

Nun wollen Sie mich aber nicht falsch verstehen. Ich empfand durchaus Abscheu. In der Tat, ich war förmlich von Entsetzen gepackt! Und niemals hätte ich mir überhaupt ein Lachen darüber erlaubt, wäre mir schließlich das alles nicht doch wie ein Traum vorgekommen – wie jene Sorte Albtraum, der einen heimsuchen kann, wenn man just vor dem Schlafengehen noch Eiskrem genossen hat.

Aber wie kann ich nun einen wahrhaftigen und peinlich genauen Tatsachenbericht liefern? (Die Wahrheit ist wunderlicher denn alle Erfindung, jaja!) (Ich meine, Sie haben ja keine Ahnung!)

Worauf ich hinauswill... Also lassen Sie mich grad das Nötigste berichten, wie Prof. McGillicuty sagt. (Über Literatur, heißt das. Ich meine, *große* Literatur. Er sagt, der Autor muß soviel berichten, wie er kann, so gedrängt, wie er es vermag, in ein paar wenigen wohlgesetzten Worten, und vor allem ohne anstößig zu werden und ordinäre Worte zu gebrauchen.) (Er sagt, auch die Literatur hat ihre Gesetze und Prinzipien, selbstverständlich, woraus sich ergibt, daß die Wissenschaft nicht die einzige ist, welche.) (Und das große Gesetz der Literatur heißt: hüte dich vor Obszönitäten!) So gestatten Sie mir denn den Versuch, in ein paar wenigen wohlgesetzten Worten zu erzählen, was geschah.

Was, glauben Sie mir, im vorliegenden Fall ein äußerst beschwerliches Unterfangen ist. Ich meine (und ich lasse jetzt die Umschweife), ich weiß nicht mit Sicherheit zu sagen, ob Kitten eigentlich hinter mir herlief, bevor ich die Tür öffnete, oder erst genau in jenem Moment, als ich es tat, oder vielleicht gar einen Augenblick später. Der springende Punkt ist: sie rannte. Hinter mir her. Ganz plötzlich sauste sie mir nach und gurrte dabei wieder wie ein Täubchen. (Unglaublich! In einem Augenblick konnte sie wie ein Täubchen gurren und im nächsten kreischen wie eine Furie, und dann konnte sie wieder in die Rolle des Täubchens schlüpfen, als seien solch schnelle Wechsel die natürlichste Sache von der Welt!)

Jedenfalls – als ich die Tür öffnete – wer sollte mir, von Angesicht zu Angesicht, gegenüberstehen?

Jene andere käufliche professionelle Prostituierte – dieselbe, welche schon in dem übelberüchtigten Hause dauernd zu unserem Zimmer herein- und hinausgelaufen war!

Ach du liebes Christkindchen! Ich meine, hier ist das Bild, geneigter Leser: Dort stehe ich, bekleidet, die Schuhe in der Hand – hinter mir Kitten, nackt, an meine Rockschöße geklammert – und vor mir diese Francey (wobei ich selbstverständlich der Tatsache ins Auge sehe, daß dies wohl kaum ihr wirklicher Name war, sondern vielmehr ein angenommener, zu professionellen Zwekken), und sie ist tipptopp gekleidet, und zwar in einen äußerst knapp anliegenden Morgenrock, der einen sehr tiefen Ausschnitt aufweist und von jenem ekelerzeugenden Grün ist, welches allein schon hinreicht, einem normalen Menschen den Magen umzudrehen.

So konnte ich selbstverständlich nicht gehen. Ich meine, sie blockierte den gesamten Durchgang, und über den Haufen rennen konnte ich sie ja schließlich nicht gut, Himmel nochmal!

Dann fingen die beiden ganz ohne Übergang an, in ihrem Dialekt aufeinander loszuschnattern, von welchem Wortwechsel ich freilich nicht alles verstand. Francey sprach anmutig und gewählt zu Kitten, doch diese antwortete buchstäblich mit Keifen und Schimpfen und verlangte, sie solle ihren Besuch unverzüglich beenden. Was Francey wiederum keineswegs tat. Vielmehr ergriff sie meinen Arm und begab sich ins Innere des Apartments, woselbst sie sodann das Messer erblickte, mit dem mich Kitten beinahe kastriert hatte.

Und dann ging's los! Wau! Ich meine, Francey (bekleidet) jagte Kitten (unbekleidet) durch das ganze Gelände, bis beide übereinander am Boden landeten, wobei Francey in einer Weise über Kitten hergeriet, als wollte sie... tja, ich weiß nicht was. Ich meine, die ganze Sache erschien mir wie ein wilder, aus verspätetem Genuß von Eiskrem entstandener Albtraum (ich erwähnte das bereits), oder (so läßt es sich ebenso gut ausdrücken) wie eine jener filmischen Darbietungen, welche auf geschlossenen Herrengesellschaften vorkommen. Diese Francey stand doch tatsächlich nicht an, Kitten gegenüber unsittliche Annäherungsversuche zu machen, und dieser Vorgang war, selbstredend, aufs äußerste ekelerregend. Zugleich komisch aber war daran die Art und Weise, mit der Kitten reagierte. Sie versuchte dauernd, Francey zu entschlüpfen, rutschte über den ganzen Fußboden hin, jene immer hinter sich, so daß es keinem urteilsfähigen Auge länger verborgen bleiben konnte, daß Francey pervers war, dem Himmel sei's geklagt! Ich meine, sie war krank, krank, krank!

Nun, ich meinerseits stand wie angewurzelt. Ich wußte wirklich nicht, sollte ich mich erbrechen oder sollte ich lachen! Ich meine, in unserer Verbindung haben sie da diesen (ausschließlich für Herren bestimmten) Film (mit welchem ich, selbstverständlich, nichts zu tun habe, der sich überhaupt meinem Einfluß entzieht) (weswegen mir auch seine Vernichtung unmöglich war, selbst wenn ich sie gewünscht hätte) (was selbstredend der Fall ist) –

und jedenfalls, dieser Film ist das einzige, was im Bereich meiner Erfahrung auch nur annähernd dem in Rede stehenden Vorfall vergleichbar wäre.

Dann aber, gleichsam um ihrer eklen Tat die Krone aufzusetzen, deutete doch diese Francey noch an, daß oben in ihrem Apartment gar einige Homosexuelle weilten!

Welch ein Tollhaus!

Glücklicherweise vermochte Kitten nunmehr zu entrinnen, und indem sie wiederum wie eine Furie kreischte und dabei erneut den Namen ‹Jakob!› brüllte (diesmal, wie ich mir sogleich etymologisch ableitete, in Gestalt einer Koseform, nämlich ‹Jackie›), sprang Francey auf die Füße und eilte hinaus.

Und schon, im allernächsten Augenblick, gab sich Kitten wieder ganz als das sanft gurrende Täubchen. Das war mir denn doch zuviel! Ich meine, ich hatte das Gefühl, es sei nun denn doch hohe Zeit zu einem Versuch, diesem Mädchen etwas moralisches Empfinden beizubringen, selbst wenn sie war, was sie war. Nicht dessen freilich, was sich hier beinahe ereignet hatte, konnte man sie bezichtigen, denn die verruchte Handlung war ja nicht zur Ausführung gelangt. Doch zeigte sie, gerade mit knapper Not entronnen, sogleich wieder eine solche Kühle und Gelassenheit, wie man sie nur wünschen mag – just als sei dergleichen heilloser Irrsinn ein ganz alltägliches Vorkommnis. Was ja möglicherweise gar zutreffen mochte, aber dadurch wurde der Fall eher schlimmer. Ich meine, das Mädchen hatte keine Scham! Keine Spur von Scham! So unternahm ich denn einen Versuch, sie zu erleuchten, ihr die furchtbare Gefahr für ihre physische wie geistige Gesundheit vor Augen zu führen, die solch Betragen unweigerlich heraufbeschwört. Ich will sagen, ich suchte ihr den Unterschied darzulegen zwischen normalen ehelichen sexuellen Beziehungen und anomaler perverser widergesetzlicher Verderbtheit.

Doch war sie eben zu unintelligent und ungebildet, um meine Rede zu fassen. Zwar blieb sie ruhig und lauschte, und soweit gut; aber dennoch hätte ich meinen Atem sparen können, denn als ich meine Ausführungen abgeschlossen hatte (welche ihrem Begriffsvermögen anzupassen mir keine Mühe zu groß gewesen war), zeigte sie lediglich ihr bekanntes einfältiges Lächeln, führte mich zu einem Sessel und trottete sodann ins Schlafzimmer, um erneut den Plattenspieler in Betrieb zu setzen. Ich meine, ich erwartete natürlich nicht, daß sie sich nun auf der Stelle aus dem Haus und in psychiatrische Behandlung begeben würde, aber ebensowenig war ich darauf gefaßt, so ohne jeden Schatten eines Zweifels von ihr erfahren zu müssen, daß meine Bemühungen um ihre sittliche Aufklärung so voll und ganz vergeblich waren.

Jedenfalls saß ich nun da. Tatsache, ich war zu ermüdet, um groß etwas anderes zu tun. Eben noch hat sie das Messer, jagt mich umher und trachtet mich zu kastrieren – dann gurrt sie wie ein liebeskrankes Täubchen, und zwischendurch albert sie mutwillig mit einer Geisteskranken herum! Was denn ja alles sehr ermüdend ist. Ich war völlig ratlos, was ich nunmehr tun sollte, aber da sie auf meinem Hierbleiben bestand und (dies vor allem) mir ja mein Geld gestohlen hatte, entschloß ich mich, zwecks Beobachtung der fürderen Entwicklungen noch ein Weilchen zu bleiben.

Nun, diese Entwicklungen bestanden in neuerlichem wilden Getöse. Ich meine, ich hatte mich kaum gemütlich niedergelassen und es mir bequem gemacht, da – Peng!

Hier das Bild der Situation: Sie ist ins Schlafzimmer gegangen, da schalte ich den Fernseher ein – hauptsächlich, weil mich allmählich des ekelhaften Zeugs widert, das sie Musik nennt. Um die Zeit kommt sie aus dem Schlafzimmer zurück und ist auf dem Weg in die Küche (um uns Brote zu machen, wie sich herausstellte), da ist der Fernseher grad warm geworden und präsentiert jenen harmlosen Western, der Ihnen aus den rühmenden Besprechungen der Presse ein Begriff sein wird: *Matt Mellon* – das ist ein hartes nacktes Faktum.

Da fuhr sie wie ein Blitz herum und kam mit geballten Fäusten zurück, auf den Lippen ein erzürntes Knurren, stand einen Augenblick da und knurrte das Fernseh-Bildnis Matts an (den jener Dingsbums spielte ... wie heißt er doch gleich, der Schauspieler, der 15 Jahre lang mit derselben Frau verheiratet war?)

Aber dann – ach du liebes Christkindchen! So phantastisch es klingen mag – sie ging zum Angriff über! Buchstäblich zum Angriff, meine ich! Auf den Fernseher! Sie stürzte auf ihn los – brach in erneutes Furiengeschrei aus und stürzte sich auf ihn, packte ihn, schlug die Arme um ihn und – unglaublich! – hob ihn vom Boden – einfach so vom Boden auf!

Ich war mir alsbald im klaren, daß sie einen Anfall hatte (mochte ihr Leiden nun heißen, wie es wollte), und machte mich bereit, um mein Leben zu laufen. (Nicht daß ich etwa ein Feigling wäre, aber wie man ja sagt: wenn ein Mensch, seis Mann oder Frau, den Verstand verliert, dann verfügt er [bzw. sie] über ganz abnorme Kräfte und ist, was den Ausschlag gibt, vollkommen unberechenbar. Und in Betracht der Tatsache, wie unberechenbar sie bereits die ganze Zeit über gewesen war, und wenn Sie sich vor Augen halten, daß es immerhin ein Schrank mit einer 59er Bildröhre war, den sie vom Boden hob – tja, dann werden Sie verstehen, daß ich wenig Neigung hatte, den wechselvollen Winden des Geschicks zu trauen.)

Gleichwohl wurde mir in diesem Augenblick klar, was sie im Sinn hatte, und so blieb ich. Sie trachtete nämlich danach (und ferne sei es mir, Ihrer zu spotten), den Fernseher aus dem Fenster zu werfen! Welcher Vorfall nun freilich eine sehr lustige Seite hatte: das Gerät wollte nämlich partout nicht durch das Fenster gehen. Ganz gleich, wie sie auch stieß und schob und drehte – es wollte einfach nicht gehen. Sehn Sie, das Fenster, nämlich das (bereits erwähnte) riesige Panoramenfenster, das selbst nicht zu öffnen war, hatte an beiden Seiten je ein schmales Fenster, das man öffnen konnte, und eins dieser schmalen Fenster hatte sie geöffnet und versuchte nun, stelln Sie sich das vor, den Kasten hindurchzustoßen, mitten ins Blaue hinein! Hat man da noch Töne?

Vergegenwärtigen Sie sich, geneigter Leser, dieses Bild: Wir befinden uns vier Stockwerke hoch – und da will sie den Fernseher einfach aus dem Fenster kippen! Denken Sie sich nur die Verwirrung, das wahre Chaos, das entstehen würde, wenn er unten auf dem Bürgersteig aufschlüge! Ach du liebes Christkindchen!

Was er, allen Beteiligten zum Heil, nicht tat – jedoch einzig aus dem Grunde, daß er nicht durch das Fenster passen wollte. Aber unter erneut hervorgesprudelten Profanitäten legte sie ihn auf den Fußboden, den Bildschirm nach unten, sprang obendrauf, ergriff die Zuleitung mit beiden Händen und – ein großer entsetzlicher Ruck! Ich meine, sie zog! Sie gab ein leidenschaftliches Ächzen von sich und stöhnte wie ein Gewichteheber in einem Meisterschaftskampf. (Für farbige Mädchen.) Natürlich vermochte das Gerät die Schnur nicht zu halten, sie riß aus. Was sonst?

Und als dies geschah, verlor sie die Balance und landete fast kopfüber auf dem Boden, bevor sie ihr Gleichgewicht wiedergewinnen konnte, und dabei hielt sie krampfhaft noch immer die Schnur gepackt. Dann ließ sie sich auf die Couch fallen und hockte nun da, einfach so da, mit einem geradezu impertinenten Grinsen im Gesicht.

Nun! Ich meine, nur wenn ich ein (wohldotierter) Schriftsteller von Beruf wäre und beschreiben könnte, wie wirklich wahnsinnig komisch sie aussah, als sie (nackt) auf dem zur Strecke gebrachten Fernsehgerät stand und wie rasend mit aller Kraft an der unschuldigen Strippe riß. Ich meine, nur wenn ich das zu beschreiben vermöchte, könnte ich dieser Szene gerecht werden. Aber das geht, fürchte ich, doch über meine Kräfte.

Jedenfalls lockerte sich danach die Situation wieder etwas auf, die Wogen glätteten sich. Sie begab sich wieder in die Küche, und ich blieb allein zurück, allein mit nichts als ihrer idiotischen Musik.

Zu diesem Zeitpunkt nun geschah es, daß ich zu einer Bestandsaufnahme der Situation schritt. Das heißt, ich langte in meine Tasche und fand, daß sie mir doch tatsächlich etwas Geld gelassen hatte: 10 Dollar 45 – um den schreienden Tatbestand präzise zu nennen.

Unverzüglich stellte ich nun ein paar schnelle Kalkulationen an und ermittelte, daß ich – für Taxis, im Black-n-Tan sowie in jenem übelberüchtigten Hause – ungefähr 16 Dollar ausgegeben haben mußte. Welcher Befund – im Fall, ich war von meiner deduktiven Logik recht beraten – bedeutete, daß sie mir rund 100 Dollar gestohlen hatte.

Schön, hieraus ergaben sich natürlich mehrere Folgerungen. Die erste war eine Grundsatzfrage: Sie hatte das Geld gestohlen, obgleich sie unmißverständlich in Kenntnis gesetzt worden war, daß in meiner Gestalt ein Mitglied der Unterwelt vor ihr stehe; wodurch nur einmal mehr das alte Axiom bewiesen wurde, daß unter Gaunern keine Gerechtigkeit ist! Zum zweiten sodann sage ich nur: Barbara! Sie und ich hatten uns für Dienstag verabredet, ins Theater zu gehen und eine Shakespeare-Aufführung anzusehen, welches Unternehmen mich – wenn man Speisen und Getränke vorher und einen Imbiß mit wiederum einigen Drinks hinterher zusammenrechnet – sicher mindestens 25 Dollar kosten würde, möglicherweise sogar noch mehr. (Sehn Sie, das ist nämlich so: Barbaras Vater hat ihr das Trinken beigebracht – als einen Teil der Vorbereitungen aufs College –, und das ist hinsichtlich ihrer Ehre und Würde natürlich eine feine Sache. Ich meine, sie kann schon einiges vertragen. Andererseits hat ihr Vater hierbei so sehr ganze Arbeit geleistet, daß sie es mit den besten Trinkern aufnimmt, wenn es gilt, ein paar Highballs zu kippen, und das macht die Sache nun wieder ziemlich kostspielig.) (Verstehen Sie mich aber nicht falsch. Es macht mir bestimmt Freude zu sehen, daß sie sich gut amüsiert, und ich mißgönne ihr keineswegs das Geld, das es kostet; auch ist es gewiß äußerst erlabend, ein Mädchen zu finden, das so beträchtliche Quantitäten verträgt, ohne seine hohen Tugenden in Gefahr zu bringen.) Aber wie dem auch sei – der springende Punkt ist der: 10 Dollar 45 waren, das muß gesagt werden, einfach nicht ausreichend für einen Theaterabend! Gar nicht gedacht der laufenden Wochenausgaben wie Zigaretten, Kaffee und des zweiten Frühstücks im Restaurant, bis am Freitag mein nächster Scheck eintraf.

Es liegt auf der Hand, daß die Lage weitere Berechnungen erforderte. Ich meine, was konnte Kitten wohl mit meinem Geld angefangen haben? Eben noch hat sie dagesessen, mitten auf dem Fußboden, ohne einen Fetzen Bekleidung, und es in der Hand gehalten – und in der nächsten Minute ist es weg. Einfach verschwunden!

Schön, ich stand jedenfalls vor einer klaren Alternative. Ich meine, entweder entfernte ich mich jetzt und beließ ihr das gestohlene Geld (was mich am Dienstag abend in Bedrängnis bringen würde – um nur das geringste zu nennen) – oder ich blieb und versuchte nach Möglichkeit, es wieder an mich zu bringen.

Tja, es war eine Herausforderung, und ich konnte ihr nicht widerstehen. Haha, dachte ich. Dies, James Cartwright Holland, ist geradezu *die* Möglichkeit! Das wird Spaß machen. Natürlich war ich mir, um dies gleich deutlich zu sagen, durchaus im klaren, daß ich meinem wissenschaftlichen Gesichtspunkt bei diesem kleinen Unternehmen nunmehr zu entsagen hatte, zugunsten einer mehr pragmatischen Methodik. Aber ich vergeudete nicht viel Zeit damit, darüber zu trauern. Nein!

Darauf bedacht, es zuerst einmal auf diplomatischen Wegen zu versuchen, nahm ich meine Zuflucht unmittelbar wieder beim Wenn-in-Rom-Gesichtspunkt und entkleidete mich erneut. Das war der erste Schritt. Wie es von hier aus weitergehen sollte, war mir durchaus unklar, aber immerhin war dies eindeutig der erste Schritt.

Und nicht lange währte es, so zahlte sich diese diplomatische Methode bereits aufs trefflichste aus. Sie selbst, in höchsteigener Person, verschaffte Ihrem sehr ergebenen diejenige Überlegenheit und Stärke der Position, welche der nun bevorstehende Handel erforderte.

Ach du liebes Christkindchen! Das kam wahrhaftig wie ein Blitz aus heiterem Himmel! Und da ich in solchen Sachen enorm gewitzt bin, zögerte ich keinen Augenblick, angesichts der mir solcherart eröffneten kapitalen Möglichkeit sozusagen den Steuerknüppel zu ergreifen (figürlich gesprochen) und dem Lauf des Geschicks eine Wendung zu geben, welche mir sogleich die Überlegenheit verschaffte – ein gewandtes Manöver, das im einzelnen zu berichten ich an geeigneter Stelle bemüht sein will.

# 14

Kührijeminee! Kaum tu ich ihm n Rücken zukehrn, da hock das gottbeschissene Bleichaasch Jimmi der Einbrecher schon wieder vor dem vollgehurtn Glotzloch von Teevau!

Schwing ich n Aasch wieder rum ins Wohnzimmer, da mach der dicke olle Glasfratz n ganz scheußlichn Krach. Zeicht grad so n Weißmensch, wies man einfach so alles um sich rum abknallt. Ja-woll! Der hat sich swei Kauboikolts dabei un schießt jedem die Fresse voll, der wo blöd genuch is, so m dummichtn Glasfratz ins Loch zu kuckn.

Ja-ah! Das macht er!

Un die ganze Zeit, wo er so am Ballern is, geh diese laute brasselich gruselige Scheißmusik Räih Räih Räih! Wie wenns mir die Ohren zerfetzn will!

Un zwischn diesem Bummbumm Weißmensch Rumgeballer un der Räih Räih Krach Musik mach das Teevau n Gesicht, wie wenns gleich ausnanderexplodieren will un jediges Mensch killn! Ja-woll! Bummbumm! Räih Räih! Bummbumm! Räih Räih!

Herrjemineh-sus! Ich halts nich aus! Ich kanns nich länger mehr aushaltn! Versuchs nochmal ne Minute lang.

Ich krich da bloß eins bei mit, daß nämlich dies weiße Miststück von Schießmensch, der kuckst mal gut un kuckst mal wieder gemein, um daß allewelt gleich kapiert, daß er n Aasch mit Ohrn auf sechs Bein is, so n Kauboischehriff. Is so n Radauaasch, daß er man gaanicks anners sein kann wie n gottverdammichter Schehriff!

Ja-ah!

Sach ich zu mirselbs Görl, sach ich, entweder du – oder dieser scheißirre Bummbumm Rummel, eins von beidn.

Macht mich so krimskramskribblich, daß mir schon fast der Kopp überschnappt. Tatzache, ich hab nichmal mehr n bischen Platz in meim Niggerwollköppchen zum schaltn. Überhaup kein bischen Platz mehr! Naiiin!

Ich grabsch mir den dammlichn Glasfratz. Ich grabsch den Hurenbock un reiß ihm n Aasch hoch un schaffn hin zum Fenster un setz n da ab, die Fresse nach unten, un ich mach das Fenster auf un reiß ihm n Aasch wieder hoch und wer n verdammich glatt raus ausm Fenster schmeißn! Ja-woll! Da kann er denn untn nochmal Bumm machn, un denn isses aus un vorbei, ein für allemal!

Ja-woll!

Bloß, die Sache hat n Hakn. Er paßt nich durch. Ich probiers, aber was ich auch anstell, nicks will den lärmign Fettaasch durch das Fenster bring. Ich mach dies un mach das. Ich stell n aufn Kopp un schieb n aaschvoran, un immer gehts noch nich.

Un die ganze Zeit, wo ich das mach, is das eklige Weißmensch von Kauboischehriff amgange un geh das Räih Räih Räih immer weiter, mir direkt aufe Blende rauf, ja-woll!

So setz ich das Aaschloch wieder ab, hin auf n Boden, Fresse ab nach untn, un grabsch mir die Schnur. Ja-woll!

Jeh-sus! Gibt nicks anners mehr zu tun, um den Drecksack zu killn, als daß ich n beier lektrischn Strippe pack un sie ihn rausreiß – zack! Direkt raus aus seim Aasch!

Heilige Minna weioweih! Jetz hats geklappt. Ja-woll, jetz isser tot. Ja-woll, un nie mehr wird er wieder so n fickrign Rackeetnrummel machn. Nee-ee-eeh!

Währnd daß ich das mach, sitzt Jimmi da un kuckst mich an, wie wenn ich n Kabbel hätt. Pfffff! Kührijeminee! Ich kill das Teevau doch für ihn gleich mit! Der rammeldammliche Glasfratz mit all seim Knalln un Kämpfn un Killn, der mach doch *ihn* verrückt! Ich mein, da hat er doch schon lange n Knall von wech!

Ich mag ja keim was wehtun, bestimmt nich! Aber der ewige Bummbumm Räih Räih Räih Krawall, da hab ich den Hurenbock einfach killn müssn, ging nu mal nich anners! Wenn ich n jetz nich gekillt hätt, dann hätt er bestimmt zuletzt noch mich gekillt! Un wenns da auch nich zu gekomm wär, so hätt er doch bestimmt mein Dauerhasn noch mehr verblödet, als wie er sowieso schon is.

So. Teevau is tot. Un wie Jimmi merk, daß nicks mehr zu kucksn is von all dem taschndiebign tagediebischn Kwatsch, da steht er auf un zieht sich seine dämlichn Klamotten wieder aus un macht sichs kuschlich auf meim dickn Teppich un hört wieder meim Plattnspieler zu.

Das is schon besser. Is jetz alles besser. Wo er da jetz so kuschelmuschlich sitzt un hat berappt, un wo ich jetz mein Hunnerter doch hab, un Francine hier raus is, un mit dem ewign Bummbumm Räih Räih isses auch alle – da is doch wirklich allesalles besser.

Netter schmusiger sanfter süßer Kuhljazz, ich mach uns Brote, lauf n bischen rum – is alles besser.

Gottverdammich, hab ich aber Neuichkeitn für Jackie! Dauergeschäft is einfach? Weioweioweih! Wenn ich bloß denk, all das Rumgetanze mit dem Messer, was ich hab müssn machn, um daß ich bloß mein Wiekend Hunnerter für mich krich, un dann das Killn von dem Teevau, was ich hab müssn machn, um daß ich bloß n bischen bei Verstand bleib, un all das großkotzige Redegereier, das wo ich hab müssn mit anhörn – da bin ich doch glatt soweit un überlech mirs noch, ob ich nich vielleich doch lieber wart mit m Dauergeschäft machn, bis ich fümfzehn bin.

Bloß, vielleich geht ja jetz alles okeh. Vielleich benimmt er sich jetz lieb und krich die richtiche Ideh, un wir komm fein voran. Ich hoff man bloß, er kricht sich nich so dammeldämliche Idehn mehr wie vorher. Das hoff ich ganz bestimmt, weil wenn er will, dann kann er doch ganz okeh sein. Ja-ah! Wenn mans ihm richtich lernt, dann macht er süß un spielt fein Karrussell, wenn mans ihm richtich zeicht. Macht mir n feines Dauergeschäftchen, wenn er man bloß will.

Oh Kührijeminee! Jetz, wo all das Kämpfn un Lerm

un Killn vorbei is, krich ich vielleich noch spitz, daß ich mir nich bloß so n paar lumpichte Krümel von Geschäft rangeholt hab. Krich spitz, daß ich da noch mirnicks dirnicks ficks den ganzn Bundeshaushalt inne Tasche stecke! Ja-ah-ah! Hihi!

Is auch so richtich schick, wie er das machn kann, das Bummelhummelspielchen, wenn er man bloß will, un sich n klein bischen farbichtn Honich kricht. Is schon okeh, der Jimmi. Wenn er bloß will.

Ich mach uns Brote, aber da will er die unbedinkt aufm Wohnzimmerteppich essn, un ich muß ihm beibring, mein Teppich, der is da viel zu fein zu, um drauf zu essn.

Sin wir denn fertich mit essn, un ich sach denn Jimmi, ich muß n bischen aufräum. Horcht er wieder n Plattnspieler an un liecht da rum, kuckst nett un richtich lieb un benimmt sich ganz okeh.

Indem daß ich so aufräum, kann ich n bischen schaltn. Ich krich mir den lektrischn Staubsauger raus un all die Sachcn un mach anne Arbeit un schalte, wie daß ich doch Madam gesacht hab, ich bin krank, un denn die tappelschicksige Francine, is die hier reingeplatzt un hat mich bei meim Jimmiboy Einbrecher gesehn.

Francine, die wird von Tach zu Tach immer rappeliger. Is wohl weil sie so alt wird. Is schon dreißich, muß n Haltmich un all sowas tragn, wer weiß, was die demnächs noch alles anstellt.

Natürlich, Madam wird sie nicks petzn vonwegn mir un Jimmi. Nee, das nich. Weil Madam macht sie nämlich immer ganz schön fertich, vonwegn daß sie andauernd mit diesen spinnertn weißn Freundinnen rumzieht. Is böse drüber, weil Francine, die komm dann immer so ganz rappelich auf Aabeit.

Also, Francine, die wird Madam nicks petzn. Aber sie wird ihr großes Maul bei n annern Kätzn ausschwätzn. Hat das Maul immer randvoll, un muß sies denn eben leerkriegn. Un da wird sie den annern Kätzn erzähln, ich hab mir n weißn Freund zugelecht un bin bloß deswegn nich auf Aabeit. Ja-ah, das wird Francine tun!

So n Scheiß! Francine, die mach das, un denn wern die annern Kätzn alle ganz wimmlich, vonwegn daß ich doch Jimmi im Kätznhaus getroffn hab. Dann wern sie was abham wolln von meim Lachs un wern mir die Hucke vollschwatzn, wie daß ich doch viel zu jung bin, um sowas alleine zu machn.

Un denn wird Madam da was von zu hörn kriegn un wird mich wieder zurückholn wolln in ihr Paatment im Kätznhaus. Besonders wenn sie rauskricht, wie daß ich mit m Messer rumgefuchtelt hab, um mein Wiekend Hunnerter zu kriegn. Ja-ah!

Weioweih! Jetz muß ich aber n klarn Kopp kriegn un mal ganz scharf schaltn.

Ich massel so lang, mit Putzn un Schaltn, un mach das Bett, un sach ich da zu mirselbs Görl, sach ich, vielleich ziehs du los un tust heut nacht doch aabeitn, läßt Jimmi hier un komms morgn früh wieder un machs den Sonntach blau.

Aber Scheiß! Ich darf gaanich an all die fieselign Eintoppköppe von Kollitschern denkn, wo ich mich mit abgebn muß, wenn ich auf Aabeit geh.

Meistens macht mir das ja nicks aus, auf Aabeit gehn. Tatzache, meist mach ich das sogar gans gerne. Aber Jeh-sus! Meist fahr ich denn ja auch nich für n Wiekend Hunnerter Karrussell un komm da derartich in Fahrt bei.

Außerdem hat er doch jetzt das ganze Wiekend berappt. Ja-ah! Da muß ich jetzt noch viel schärfer schaltn.

Ich sach zu mirselbs, wenn Jimmi die ganze Nacht hierbleibt un benimm sich okeh, fein. Bloß, wenn er das nich will! Nee, das will er bestimmt nich! Is nich der Tühp für so rumsitzn. Besonders wo s Teevau nich mehr da is, daß er sich könnt die Schießschaus anlucksn.

Ich schalt und schalt un mach reine un immer reiner, un da krich ich ne Ideh. Ich sach zu mirselbs Görl, was du machn muß, du muß deim Kundn was zu tun gebn, währnd daß du wechbis auf Aabeit. Ich sach, verflicks, wo kann ich n denn bloß mit beschäftign?

Un denn sach ich Mensch, ich kann ihm doch Madam ihre Karre gebn!

Ja-ah-woll!

Da hat er bestimmt sein Spaaß dran! Kann n bischen rumfahrn, un denn kommt er zurück, un morgn kricht er dann n Rest von seim Hunnerter Wiekend.

Das is nämlich so: Madam, die hat sich diesn dickn großn schwatzaaschign Wagn, un den hat sie immer bei meim Paatment Haus stehn un hat den Schlüssel mir gegebn, weil ich ja doch nich fahrn kann un überhaup kein Führerschein hab. Sie läßt ihn hier stehn, weil sie n nich bei sich inner Niggerstadt ham will. Un wenn sie uns Kätzn mal irndwo hin nach außerhalb auf ne Party haben will, wie wenn die Wahlen sin, denn ruft sie an un sacht mir, daß ich den Schlüssel an Jackie gebn soll, un Jackie tut uns dann fahrn.

Jackie, die is aufer Schule gewesn un sogar n bischen aufs Kollitsch, un kann bestimmt gut fahrn. Ja-ah, ganz bestimmt gut! Bloß wenn sie mal ihrn weißn Schnuppn hat oder hat n bischen zuviel gepiekst, dann is Madam bange, Jackie fährt ihr die Karre in Klump oder so.

Aber Jackie, die is natürch nich dauernd damit amgange, nee, das bestimmt nich. Meist tut sie bloß n bischen Marianna rauchn, das is alles, aber dann un wann mal kricht sie denn Lust auf ne kleine Spritze Abwecks-lunk, un denn macht sie auf He-Ruin. Ab un an tut sie auch ne Menge fettaaschige Bücher lesn.

Jednfalls, Jackie, die hat selber n Ford un liecht ihr darum überhaup nicks an Madam ihrer Karre. Das sacht sie, aber Madam, die will nicks riskiern, weil die letzte Karre, die wo Madam gehabt hat, die hat Jackie zu Schrott gefahrn. Das war, wie Madam mir dann den Schlüssel gegebn hat, zum aufbewahrn.

So hab ich den Schlüssel von Madam ihrer Karre gekricht. Ja-ah-woll!

Wie ich dann fertich bin mit saubermachn, sach ich he Jimmi, mein Süßer, has du Lust auf n bischen fahrn?

Sacht er äääh?

Ich sach Kührijeminee! Ich frach dich, ob du n bischen fahrn wills?

Sacht er, Wagen?

Sach ich ja-ah, Mann, Wah-gänn!

Sacht er, du meins Automobiiil?

Sach ich, ja glaubs du, ich mein n Teevau?

Kuckst er ganz komisch. Sacht, du has ne Karre?

Sach ich, is Madams Karre. Un erzähl ihm dadrüber.

Sacht er wau!

Ja-ah! Das sacht er! Er kuckst ganz drollich, kratzt sich n Kopp un fängt an mit seim ach du liebes Kriskinnchen. Ich sach Bebi, ich muß heut nacht noch auf Aabeit, weil nämlich Francine uns doch gesehn hat.

Da wird ihm schon wieder die Blende runzlich, un kuckst er blöd. Versuch ich ihm denn zu erzähln, was alles passiern tät, wenn ich die Nacht nich auf Aabeit ging, aber er is so sumsverrammelt holzdickköppich doof, daß ich einfach nich klarkomme.

Er sacht, wo is die Karre?

Sach ich, nu mal ers langsam! Ich sach, wenn ich dir den Schlüssel geb, versprichs du dann auch, daß du schön wiederkomms, wenn du genuch gefahrn bis? Du kanns doch hier wieder schlafn, Schatz, un morgn machn wir uns denn noch n bischen mehr Spaaß.

Ich muß mir verdammich fast die Zunge labbrich kwatschn, bis daß er kapiert.

Dann sacht er ja-ah, ja-ah, ja-ah! Un kuckst ganz vergnücht.

Sach ich, versprichs du?

Sacht er ja-ah, ja-ah, ja-ah! Sacht in eimfort ach du liebes Kriskinnchen!

Sach ich okeh. Rech dich ab, Mann.

Er steht auf un luckst ausm Fenster. Sacht, wo is die Karre?

Sach ich, gleich da untn. Un zeich ihm aufn Parkplatz.

Sacht er ach du liebes Kriskinnchen. Sacht Kreisler Perial!

Un er wird schon ganz wimmlich, vonwegn daß er Madams Karre fahrn kann. Er kuckst mich an un kuckst ausm Fenster un kuckst wieder mich. Denn lacht er.

Ich bin froh, wie ich mir das ausgedacht hab. Ich sach, ich habs gerne, wenn du dich freust, Schatz. Ich möcht mal sehn, daß du dich für hunnert Dollah freust. Für hunnerthunnert Dollah doll freust, ja-ah-woll!

Denn fängt er an, schon wieder hinter mir herzutippern. Scheint so gottverdammich vergnücht zu sein, daß er gleich wieder auf Kintopp machn muß. Pfffff! Für so n dammischn Kwatsch bin ich jetz aber gaanich in Laune, un wisch ich ihm wech.

Ich wisch ihm wech un geh wieder ans Saubermachn, bloß daß ich ihn losbin, aber er bleibt mir dauernd aufn Hacksn.

Is ja nich recht, daß ich ihn so abwimmel, aber ich machs trotzdem. Jetz grade!

Ich krich mein Aasch von ihm wech, indem daß ich ihm wieder mit dem muddrigen Wah-gänn komme.

Ich sach Jimmi, has du Lust auf n klein Spritzer?

Sacht er, Sprit-zerr?

Ja-woll! Jetz kann ich ihm nochmal alles von vorn ausnanderklamüsiern, bloß weil er so Jes-sus-jämmerlich dämlich is.

Aber ich bring ihn so weit, daß ers kapiert, un is er denn auch ganz mit einverstandn. Macht ja-ah, ja-ah, ja-ah, ja-ah un all sowas.

So n Scheiß! Er is so wimmelköppich aufgekratz, daß ich bange bin, er rennt mir aufer Stelle wech, aaschnakkich wie er is, un macht in Madams Karre.

Sach ich Jimmi, ersmal müssn wir uns doch anziehn.

Sacht er ja-ah, natürch müssn wir das.

Machn wir.

Un währnd daß wir das machn, wirds draußn duster. Das is gut. Sieht nämlich komisch aus, Weißjung un Pikkaninchen zusamm aufer Straße rum. Tatzache, da wohn hier paa Leute im Paatment Haus, die läutn dauernd das Tellefon vonner Pollizei, weil so viele Weißleute hier rein un raus masseln. Könn die Weißleute überhaup nich leidn.

Manche Nigger, die sin verdamm fast ehmso garstich wie manche Weißleute, die wo sie nich ausstehn könn. Manchmal denk ich, das einzige, was an denen farbich is, das is ihre Haut, weil nämlich ihre Herzen, die sin so boshaftich wie bein Weißleutn. Piss auf so ne Niggers!

Wir sin jetz so weit, daß wir zur Tür raus könn, un da kricht Jimmi schon wieder sein Kribbel. Er sacht, vielleicht solln wir doch jeder für sich alleine gehn un treffn uns dann am Wagn. Mein ich eintlich auch. Sieht komisch aus, wenn n Weißjung un n Niggergörl zusamm ausm Paatment Haus komm.

Ja-ah! Un denn – noch was anners! Geht auf kein Fall, daß eins von den annern Kätzn uns sieht, wenn wir zusamm in Madams Karre steign, selbs wenn sie mich nu mal schon rauskomm sehn. Aber Kührijeminee! Die solln mich lieber überhaup nich sehn, oder mein Aasch is im Eimer!

Sach ich okeh. Ich sach, denn geh du man alleine weiter runter un vor bis nacher Ecke.

Sacht er, was für ne Ecke?

Gaanich schlecht, die Frage, mal nich dämlich! Ich sach, Ecke Billboard Street.

Aber da gehts schon wieder los, mit Wiiie und Äääähun so. Sach ich Jeh-sus, Jimmi! Nu fang mir ja nicht wieder von vorn an mit dem gottverdammichtn Gefrage, *bitte.*

Kuckst er gleich wieder beleidicht. Ich sach, weiß der Vogel doch wirklich nich, was Ecke Billboard is!

Schieb ich n denn ans Fenster, zeich ihm, da!

Hat doch ehm ers da rausgeglotzt ausm Fenster. Un da liech die Billboard Ecke!

Sach ich Jimmi, mich wunnerts weißgott, daß du noch immer frei hier rumläufs, wo du so dimmich dammich doof un dumm bis, du!

Kiekt er mich gleich wieder ganz sauer an.

Weioweih! Da hab ich ihm wohl schon wieder auf n Schlips getretn! Aber Kührijeminee! Is man bloß n Glück, daß er all den Jakob hat un weiß is! Wenn er n Nigger wär un n Wollkopp, denn würd er bestimmt sein Lebn lang im Kittchen steckn, wo er so dideldidilmichdidammlich doof is!

Naja, wie er sich jetz denn ausgedammelt hat, macht er sich auf n Wech, raus außer Tür, un seh ich n die Straße langstiefeln nacher Billboard Ecke zu. Ich paß auf, er machts okeh. Kann man ja nich wissen, was er sonswohl alles noch anstellen könnt, wo er son wuttliger Matschkopp is.

Geh ich denn auch runter un witsch in Madams Karre. Jackie, die krich die ja wirklich fein in Fahrt, aber ich, ich kann nich. Is ja so n grandiger Klotz, daß ich kaum was seh. Ich mach genau, wie Jackie immer macht, un Madams Karre tut auch richtich startn. Ich fahr sie mal n bischen vor, um daß ich weiß, wie sie so macht un masselt, wenn ich den Pedahl tret. Ich mach die Bremmse los, ich laß den klein Zeiger bis auf D komm, un denn drück ich den Pedahl gansgans sanft.

Un sie läuft! Ja-woll! Sie macht n Satz, wie wenn sie gleich bis aufn Mond rauf will!

Aber denn tret ich den Bremmspedahl, un da hält sie an, un krich ich sie wieder richtich hin, un denn tret ich den annern Pedahl, un sie geht los, un denn tret ich den annern Pedahl wieder, un sie stoppt.

Heilige Minna weioweih! Is gar nich einfach, Madamkarre fahrn, besonders wenn man nich weiß, wie! Aber bis nacher Ecke schaff ichs doch, un da is Jimmi. Ich kann ihn gaanich ficks genuch hinters Steuerrad kriegn. Da is er richtich, da weiß er, was zu tun is.

Un denn tritt er den Pedahl so hart durch, daß mir fast der Kopp abreißt!

Sach ich Jeh-sus, Jimmi! Mach halblang, Junge!

Aber macht er nich. Läßt Madams Karre losgehn wie noch nie! Er saust auf die Ampel zu, wie wenn er bei Rot rüberwill. Is aber nich richtich, weil die annern Karren, die gehn grad quer vorbei, weil sin die nämlich auf grün. Ich mach mir doch noch glatt die Hosn voll!

Aber er stoppt!

Ja-ah! Das Blöde is nur, er stoppt so ficks, daß

*ich* nich mit stopp! Ich rutsch vom Sitz un land aufm Boden!

Da sitz ich nu, un währnd daß Jimmi sich eins lacht, sach ich zu mirselbs Görl, vielleich isses am besten, du bleibs gleich aufm Boden hockn, damit daß du gar nich ers siehs, wenns wann wo gegn geht.

Aber ich komm doch wieder rauf, weil grad, wie Jimmi den Pedahl tritt, wo das Dink von angeht, fliech ich wieder rauf aufn Sitz.

Ich sach Kührijesses, Jimmi! Wo verflicks wills du bloß hin?

Er lacht un sacht, weiß er nich, wo daß s hingeht, geht ehm nur so hin.

Sach ich zu mirselbs ja-woll, Mann, sach ich. Da has du viel mehr Recht mit, als wie du ahnst!

Ich sach Jimmi, ich muß zu Madam hin, die Nacht aabeiten. Wir könn nich mehr so weit!

Sacht er, er schafft mich schon richtich zu Madam. Sacht, hinterher macht er denn n klein Rutsch für sich.

Sach ich okeh. Ich sach, un denn komms du zurück un schläfs in meim Bett, ja?

Sacht er klaa! Sacht er wie kla-a-a-ah!

Gefällt mir gar nich, wie er das so sacht. Er is so rappelich, vonwegen daß er Madams Karre fährt, daß ich allmählich n Bammel hab. Ich fang an zu denkn un denk, vielleicht verschwind er noch aufn Mond mit Madams Karre. Aber Scheiß! Ich denk, er fährt ja jetz noch n bischen rum, und da wird er von müde un kommt wieder. Ja-ah! Er fährt n Weilchen rum, un denn is er das Rumfahrn satt un müde.

Sach ich Jimmi, ich geh zu Madam, un du machs n schön langn Rutsch. Ne nette lange Spritzfahrt aufer Autobahn, okeh?

Er lechelt nett un lacht, und fängt wieder an un macht ja-ah, ja-ah, ja-ah!

Kann ja alles noch gutgehn. Solang wie er nirgenswo hinfährt, wo er denken muß, kann alles okeh gehn. Aber wenn er wo in n Brassel kommt un fäng dann an un macht seine blödn Facksn, dann sitz ich drin – un wie!

Ich sach zu mirselbs Görl, komm zu dir, du riskiers da ne ganze Menge, indem daß du dies doofe Weißjung Madamkarre fahrn läßt.

Die Sache is bloß, mir kommts allmählich so, daß ich diesen Vogel gerne mag, jetz wo ich sein Jakob kassiert hab. Außerdem hat er ja noch gaanich sein ganzn Wiekend Hunnerter abgestrippt gekricht, da kann ich ihn doch nich einfach so rausschmeißn. Ich möcht ja gerne, daß er auch richtich von mir sein Teil kricht für sein Hunnerter, daß wir da beide unsern Spaaß dran haben un mit m Dauergeschäft fein langkomm, wie Jakkie un ihr Dauergeschäft. Un wenn er mein Dauergeschäft sein soll, denn muß ich ihn aber doch auch gut behandeln. Kann doch nich einfach auf Dauergeschäft machn un ihm dann n Tritt in n Aasch gebn! Man muß was gebn, um daß man auch was kricht! Wenn ich ihm jetz noch mehr biet, als wie er jetz denk, daß er kricht, denn hat er bald wieder Lust vorbeizukomm mit mehr Moos, un das krich ich mir dann, indem daß ichs ihm wieder fein mach.

Ja-woll!

Dann, wie wir ganz okeh da langfahrn, ziemlich facksich un ficks, aber ganz okeh, da sach ich zu mirselbs Görl, wird bald Zeit, daß du anne Aabeit gehst, aber is Samstach nacht, da has du nich viel Schangse, was zu essn.

Sach ich denn Jimmi, kauf mir was zu essn.

Zieht er wieder die Flappe krumm, dann sacht er, wo?

Is nich so dumm, die Frage, wo er doch weiß is un ich bin schwatz.

Sach ich, ich weiß was. Schinknschuppen.

Sacht er wo?

Sach ich Mann, has du noch nie was vonnem Schinknschuppen gehört? Is inner Niggerstadt, komm dauernd doch im Radio. Ich sach, du kennst doch hoffentlich die Niggerstadt?

Sacht er, er glaubt schon, ja.

Sach ich, das is wo all die verschlamptn Niggerleute wohn.

Sacht er, da wo das Kätznhaus auch is?

Sach ich ja-ah, Mann, da s die Niggerstadt. Un da is auch der Schinknschuppen.

Sacht er oh! Dann sacht er, waah, heh, wiie, hoh!

Sacht nee, da könn wir doch nich hin! Was denn, wenn uns einer sieht, in Madams Karre!

Ja-ah-woll!

Ich sach, has recht, Mann. Sach, vielleich tut wer dann Madam erzähln, wir ham die Karre ausgespannt. Wie komm das bloß, daß du auf einmal so helle bis?

Sacht er, wenn ich Zeit hab, dann könn wir doch n Stück raus aufer Autobahn, un könn uns da draußn bischen zu essn kriegn.

Sach ich okeh, aber bloß so lange, wie daß ich so um zehn bis elf bei Madam bin.

Brausn wir denn ab. Er lecht gleich so los, daß mir der Denkmich wechbleibt! Geht doch glatt wie Scheiße durchs Trompetnrohr! Un Jimmi schwing die schwatzaaschige Karre zur Autobahn rüber un tritt den mistign Pedahl durch, un weioweih! So ficks gehts mit uns durch, daß ich mich langsam fühl, wie wenn ich auf Lunge geraucht hab. Ja-ah! Ganz schwindlich wird mir, wie die Lichter da so vorbeifitzn, un wir sausn lang, wie wenn die ganze Welt ausm Leim wär un wir triebn irgendwerweißwo an Land.

Jeh-sus!

Ich sach Jimmi, aufer Stelle machs du langsamer, oder ich schaff die Karre sofort wieder nach Hause!

Aber er lacht man bloß un braust weiter wie wild an allem vorbei. Ich denk mir, er weiß genau, ich schaff die Karre gaanich wieder nach Hause, weil er gesehn hat, ich kann ja überhaupt kaum fahrn. Natürch, da braucht er gar nich besonders helle sein, um das zu sehn, wie ich die Karre nacher Ecke hin gesteuert hab.

So sach ich bitte Schatz, fahr doch bischen langsamer. Ich sach, die Pollizei tut uns noch kriegn, wenns du nich langsamer machs. Un wenn die Pollizei uns ersmal hat, dann haun sie dir den Aasch ins Kittchen un schmeißn den Schlüssel wech!

Vonwegn weil du doch n Einbrecher bis, sach ich.

Is man n Glück, daß er da immer noch mit weitermihmt, wie daß er n Einbrecher wär. Sons wär wohl noch wasweißichwas passiert!

Er macht langsamer. Da sin wir aber schon an soviel Freßbuden vorbei, daß wir verdamm wohl schon nah anner Staatsgrenze sind.

So n Scheiß! Er sitzt einfach da un fährt un lechelt über sein eigenes Gefahre. Is da verdammich fast so fröhlich drüber, wie wenn er sich n brandigneues Räihbummbumm Teevau gefundn hätte. Kührijeminee! Jackie, die tut nie so irre fahrn. Wie komm das bloß, daß er nich schön sachte fahrn kann wie Jackie? Jackie fährt uns auch ganz schön ficks aufer Autobahn, aber sie schießt nich gleich aufn Mond, wie er so macht. Un sie sitzt auch nich da mit so m aaschhitzign Grinsn aufer Blende. Jimmi, der fährt, wie wenn die Karre n Teevau Schehriff sollte zeign, so räih räih räih bummbumm lecht er Kührijesses los!

Ich sach Jimmi, du brings doch dies gottverdammichte Dink zum Stoppn, vor daß wir den ganzen Staat hinter uns haben, eh?

Sacht er, beim nächsen Lokahl tut er haltn.

Nächses Lokahl? Was denn für n nächses Lokahl? Die Lokahlen flitzn ja man bloß so vorbei!

Sach ich Jimmi, stopp diese dimsverdammichte Karre! Stopp sie sofort!

Er lacht bloß. Sticht mir glatt bis aufe Knochen, wie er lacht.

Aber er stoppt. Ja-woll! Mir is ganz wimmerschwummrich, aber er hält an!

Un dann is wieder n Blödsinn fällich – er steicht aus un läuft! Ja-woll! Da steicht er aus un macht sich aufe Sockn un läuf die ganze Autobahn zurück!

Hat erst n paa Schritte gemacht, da bin ich raus un wetz hinter ihm her. Ich sach Jimmi, wo n Teufel wills du hin?

Sacht er, was essn holn. Er sacht, ja wills du nich was essn?

Ich sach, das ja, was essn will ich, aber –

Sacht er, da zieht er ja drum los, bringt uns was her.

Sach ich Jeh-sus, Mann! Wir sin doch hier werweißwieweit schon draußn, un da wills du zu Fuß?

Sacht er ja-ah, zu Fuß, das will er. Er sacht, wir könn da doch nich beide rein, deswegen geht er alleine. Da n bischen weiter zurück, da weiß er n wirklich feines Lokahl, un da geht er hin.

Sach ich aber Mann, un da wills du mich hierlassn, hier so ganz alleine?

Sacht er klaa, er läßt mich hier alleine. Sacht, kommt ja sofort wieder. Sacht, is doch n Lokahl für Weiße, wo er hingeht, kann ich nich mit hin.

Un wech is er!

Ich, ich bin nu ganz alleine da! Ja-woll! Er läßt mich aam schwatzaasch Pickaninchen ganz alleine an der rappelaaschign Straße in Madams dicker schwatzaaschign Karre sitzn, die wo ich nichmal fahrn kann! Ich weiß nich, soll ich mir inne Hose machn oder weinen! Aber ich geh wieder zurück in den Wagn un mach die Tür dicht un alles un sitz da. Ich tu nicks als wie ärschlings so dasitzn un kuck voraus inne Nacht, wo die große dickaaschige Lichtreklaame blinkt un gans unheimliches Zeuch daherdadert, un wie all die Karren die Straße da so langfitzn, an mir vorbei un rauf direkt zum

Mond. Ja-ah! Diese Karren, die sausn da lang, wie wenn sie alle zum Mond wolln! Genau wie in den Teevau Schaus, die wo ich gesehn hab, wie ich noch n winzichklein Pickaninchen war, lang vor daß ich Schluß gemacht hab, in den Glasfratz zu glotzn – in Schaus, wo die Pollizei immer die Räuber aufer Autobahn am jagen is, bloß immer am jagen un jagen. Jede Minute bin ich drauf gefaßt, daß da irgend ne Karre angesaust kommt un stoppt, un steicht n Weißmann raus mit m gemein Gesicht un ner großen Kanohne, un schießt mir aam klein schwazaasch Pickaninchen direkt ins Gesicht, wie wenn er irgend n gemeiner Teevau Schehriff is! Ich bin so bammelbibberich bange, daß ich mich fühl, wie als tät ich mir am Bein langpinkeln. Un wie all die Karren so vorbeisausn un ich so gansgans alleine bin, un jeder is derartich wüst in Fahrt, wie wenn er auf allewelt die Wut gekricht hätt, un wie wenn die Köppe alle rappelvoll wärn von Teevau Räih Räih Bummbummbumm Krawall, un blink die Blinkreklame immer weiter un dahlt un dadert so dahin – da bin ich sicher, daß mir bestimmt noch gans was Teevau Schreckliches passiert, vor daß Jimmi zurück is.

Un Jeh-sus! So lange is er schon wech! Wie er dann wiederkomm, da bin ich schon fast aus meiner schwatzen Haut raus!

Ich sach oh Jimmi, du weißer Mistbock von Einbrecher du, weshalb has du mich hier verdammt so lang alleine gelassn?

Sacht er, das hat er ja gaanich. Sacht, er is doch bloß fümf Minuten wech gewesn.

So n Scheiß! Aber ich bin so gottverdammich tittnzittrich bange, daß michs schon freut, den dummen Vogel überhaupt wieder zu sehn. Tatzache, bin so froh, daß ich n seh, daß ich ihm ganz dicht un kuschlich rüber anne Seite rutsch. Kührijesses-jeh, mir klappern doch werweißwie schon die Zähne!

Ich sach Jimmi, lauf du mir bloß nie wieder nich so wech un laß mich aam klein Pickaninchen bloß nie wieder nich hier draußen so alleine anner Straße von n Weißleuten!

Da lacht er! Jaa-h! Lacht aber ganz anners wie früher. Lacht wie n Besoffener im Kätznhaus. Hähähähä, so lacht er!

Weioweih! Jetz krich ich aber doch verflicks die Wut! So wütich bin ich jetz, ich könnt ihm die Glotzer ausm Kopp kratzn. Das einzige, vonwegn daß ichs nich mach, is daß ich doch nich fahrn kann. Wenn ichs könnt, dann hätt dieser doofe Hähähä schon keine Glotzer mehr.

Is man bloß gut, daß ich nich fahrn kann. Wies jetz steht, kann ich nicks machn als wie man bloß weinen. Er hält mir ne Bulette hin, un alles, was ich machn kann, is man bloß dasitzn un auf die Bulette kucksn von dem weißn Lokahl, un wie die matschaaschmudderign dusselköppign Weißleutkarren da so langbrausn aufn Mond, mit all den Teevau räihbummbummsenden Weißleutn drin am Steuer, un wie die Lichtreklaame draußn blinkt un blabbert, un ich kann nicks mehr machn als wie man bloß weinen. Ich wein so doll, daß ich nicks hörn kann, un ich kann nichmal die Bulette sehn. So dolldoll wein ich, daß mir das aam klein

Niggerherzchen geht, wie wenns mich tät würgn wolln, ja-ah-woll!

Jimmi, der tut ganz bedrippst, wie er mich so weinen sieht. Ich flenn un flenn un flenn in einem fort! Dann hör ich, wie er versucht, auf lieb zu machn un sachte un süß zu redn, Kührijeminee! Ja-woll! Versuchn tut ers, aber er kann nich. Is im Reden nich besser als wie im Spieln. Er kann nich sachte spieln und kann auch nich lieb redn!

Tatzache, wenns man bedenkt, dieser verdammichte Blödmann kann ja nichmal richtig blechn! Ich hab mir doch n Messer müssn herkriegn, vor daß er mit dem Zaster rausgerückt is!

Ich flenn und flenn und flenn, wie ich das denk, un ich sach zu mir selbs Görl, jetz hastes. Jetz hastes so sicher wie nur was. Da sitz du nu mit m Teevau Weißjung, der wos nich richtich machn kann, der wo nich richtich lachn kann, der wo ja überhaupt nicks richtich kann, nichmal lieb redn, selbs wenn ers auch will! Ich sach zu mirselbs Görl, da has du dir ja was Scheußliches aufgegabelt! Du hätts dies dämliche Aaschloch rausschmeißn solln, sobald wie du dein Hunnerter hatts. Wenn dus getan hätts, wär dir jetz anners!

Dann sach ich Scheiße! Jimmi, sach ich, hör doch endlich auf mit dem Gekwatsche, wo du doch sowieso nich weißt, wie man das macht. Ich sach, du bis so räih räih rammlich bummbummbummsich voll von Schießn un Kämpfn un Killn un krimsgroßkotzigem Kwatsch, daß du gar nicks anners mehr rausbrings!

Da macht er die Klappe zu. Ich glaub ja nich, daß er

nu wirklich kapiert hat, wo ich von red, aber er schaltet ab un ißt seine Bulette wech.

Vor lauter Heulen kann ich nicks essen. Aber ich hör auf mit weinen un fang an, was besseres überlegn.

Dann fährt Jimmi wieder los, aber jetz fährt er besser. Er bleib schön inner Reihe mit den annern, da isses nich mehr so gruselich. Is wie wenn Jackie uns wo hinfährt. Was jetz noch fehlt, das is man bloß Musik. Ich dreh den Radio an, aber wir sin so weit wech hier draußen, daß ich kein Niggerstadtsender reinkrich, un mach ich n denn wieder aus.

Un stopf mir die Bulette in n Bauch. Is mir ja gaanich nach, aber ich schaffs.

Jimmi, der kuckst ganz traurich. Hat wieder ne ganz krumme Flappe.

Sach ich zu mirselbs Görl, vielleich hat er jetz doch n schlechtes Gewissn, vonwegn daß er dich alleine gelassn hat, wo du doch so geweint has. Vielleich kann er da auch ja gaanicks für, daß er nich süß un sachte redn kann. Ich sach zu mirselbs, vielleicht hat er nie wen gehabt, der wo lieb zu ihm gered hat, un da komm das von, daß er jetz selber nich kann. Vielleich kennt er nicks als wie bloß den Dreckskram von dem hurign Glotzfratz un all die Solldatn un Rackeetn un Bommbn un den Mist. Un diese ganzn neustestn Nachrichtn, die wo nicks sin als wie großkotziges Redegerappel, un die Teevau Männer, die wo andauernd rauf un runter dadern, als wie wenn sie am predign wärn, un die dummlucksign weißn Ziegn, die wo über Biiier singn, wie als wenn sie scharf auf ihre Biiierfroiiinde wärn.

Un denn wieder tut er aber doch, wie wenn er wohl lieb redn wollt. So n Scheiß! Wie soll er das denn bloß je lern, wo ihm der Kwatsch andauernd inne Ohren bummst un anne Augen räiht? Sieht so aus, wie als wär er schon gans un gar ertrunkn in dem großn dickn lausichlärmign Haufn Kwatsch.

Außerdem, vielleich, hat er ja auch irgendne weiße Froiiindin, die wo gaanich versteht, richtich lieb zu spieln. Vielleich hat er am Ende überhaupt kein Pussi für sich! Vielleich hat er bloß müssn zum Kätznhaus komm, um daß er sich eins kricht, vonwegen weil er so ne schreckliche Teevau Zanktippe hat!

Kann alles sein. Wie er so masselt, kann das alles sein.

Madam sacht, wenn n Mann längere Zeit kein Pussi hat, denn wird er schlimm un gemein. Wird wütich aufe ganze Welt. Wird so, daß er gaanich mehr anners sein kann als wie garstich. Jaah! Das sacht Madam!

Vielleich is ja der arme komische Jimmi letzte Nacht auch bloß ins Kätznhaus gekomm, weil das so mit ihm is. Vielleich is das sein Kummer. Mußt ich ihm doch ers lern, wie er hübsch sachte und hübsch lieb machn muß, wenn er Karrussell spieln will. Ja-ah-woll!

Aber richtich is das nich, weil mir is das doch auch nich gelernt worn, un nu bin ich doch auch nie so bammelerbärmelich doof gewesn. Ich habs einfach den annern Kätzn abgekuckst un abgeluckst, was sie so alles redn, wie allewelt sons auch.

Kührijeminee! Wie kann er bloß so Teevau dämlich sein, wie er is? Natürch, seine Schuld is das nich, daß er so doof is. Vielleich is er gans einfach doof geborn. Is vielleich, weil er weiß is, daß er lustern kann, wie sie ihn im Teevau da großkotzich vollpredign, un daß er all das Schießn un Kämpfn kapiern kann un daß er so gemein tut un vielleich sogar mal irndein Mensch kann killn, aber daß er sons überhaupt nicks versteht, wie lieb redn un sachte spieln und schaltn, ohne daß ihm gleich der Kopp ficks leck wird.

Ja-woll! Ich schalt un schalt un ich sach zu mirselbs, Görl, is nich seine Schuld, er weiß es nu mal nich besser.

Is schon ne komische Welt, das hier, mit all den verschiedenen Leutn. Manche gerissn, manche dumm, manche weiß, manche schwatz, manche reich, manche arm, un jede Menge noch zwischendrin.

Die ganze Zeit, wo ich das überlech, un wo ich auch schalte, in was für ner jammerlichn weißn Welt ich doch leb, komm wir näher un immer näher nacher Niggerstadt. Un wie ich denn mal aufseh, sind wir schon verdammich nah bei Madam.

Sach ich he Jimmi, stopp un laß mich raus. Ich kann von hier zu Fuß.

Sacht er okeh.

Un stoppt.

Dann sacht er Kitten ... Un klinkts richtich traurich. Sacht Kitten, tut mir leid, daß ich dich da alleinegelassen hab. Ich wuß doch nicht, daß du da so von wimmlich wern würds.

Sach ich schon gut, Jimmi.

Sach ich zu mirselbs Kührijeminee! Kein Wunder nich, daß du das nich gewußt has, Weißboy. Du weißt so vieles nich, daß das schon lange nich mehr komisch is. So gottverdammich riesich vieles weiß du nich, daß ich man andauernd bloß schrein möchte!

Aber er red so weiter in der Tuhr. Sacht Kitten ... Un kuckst richtich richtich traurich. Er sacht, ich weiß nich, un sacht waaah, heh, wiie, hoh, wieder das alte Zeuch, un denn gibt ers dran un hört auf mit redn, un tun wir nicks als wie man bloß so sitzn.

Sach ich ja-ah Mann, denn muß ich jetz wohl gehn.

Sacht er ja-ah. Is fast verdammt schon elfe.

Sach ich Kührijesses!

Un bin ficks raus un renn.

# 15

Offen gestanden bin ich wirklich der Meinung, daß jene kleine farbige Prostituierte einmal psychoanalysiert werden sollte, und zwar bei der allernächsten Gelegenheit. Ich meine, selbstverständlich (haha) übersehe ich nicht, wie absurd es wäre, eine Person wie Kitten einem derartigen Verfahren zu unterziehen. Ich versuche nur anzuzeigen, daß ich zu diesem Zeitpunkt einfach gezwungen war (besonders nachdem der nächste insgleichen phantastische Vorfall sich ereignet), zu einer ziemlich drastischen Schlußfolgerung zu kommen. Nämlich:

Sie litt an einer tiefen Störung. Ich meine, tief tief unten in ihrem Unterbewußtsein, so wie das nun einmal lag, war sie, nun, sie war – ich will es aussprechen – war *seelisch krank*!

Das war meine Diagnose! Kitten war, möge Gott ihr helfen, ein klinischer Fall! Nicht nur daß sie vollkommen unmoralisch und jeglichen vaterländischen Gefühls bar war – zu schweigen überhaupt von der Sprache, die sie verwendete (ich meine, ich kann die Profanität derselben, welche sie bei gewissen emotionellen Gelegenheiten von sich sprudelte [Gelegenheiten, deren Anzahl umso mehr wuchs, je weiter unser mißliches kleines Abenteuer sich entwickelte], in ihrem vollen Umfang unmöglich in Worten wiedergeben, weder mündlich noch schriftlich), nicht nur dies also, sondern sie war auch völlig aus dem Gleichgewicht geraten. Dies wurde mir ebenfalls zunehmend deutlicher, je mehr meine Untersuchung voranschritt. (Voranschritt? Das ist nicht eigentlich der richtige Ausdruck. Es handelte sich allmählich schon um ein förmliches Ab-, ja Ausschweifen! Jawohl, das trifft den Tatbestand exakter.)

Aber schon ihre Sprache – die ich, wie erwähnt, unmöglich wiedergeben kann – wurde nahezu untragbar. Bereits beim erstenmal, da ich sie sprechen hörte, in jenem Hause von üblem Ruf, war ich schockiert gewesen, aber das war noch gar nichts im Vergleich zu dem, was später folgte!

Zum Beispiel (und ich will natürlich nicht bei diesem Gegenstand verweilen; mir liegt nur an einer hinreichenden Probe, zum Zweck der Erzielung größtmöglicher Wirklichkeitsnähe) – zum Beispiel, sagte ich, – als sie sich mit ihrem Fernsehgerät herumbalgte, in dem erbarmungswürdigen Trachten, sich seiner durch das Fenster zu entledigen – ein Vorfall, von dem ich wohl annehmen darf, daß er durch mich eine angemessene Darstellung erfahren hat –, schrie sie mit Ausdauer (und ich gebe hier selbstverständlich nur eine Umschreibung) die unanständigsten Worte.

Nun verstehen Sie mich aber nicht falsch. Mir ist völlig bewußt, daß sie der Bildung und so ermangelte, und fern liegt mir grundsätzlich jedes Vorurteil, wie Sie, geneigter Leser, dessen bin ich gewiß, zweifellos unterdessen erkannt haben. (Wie anders könnte ich mich auch in einer so fatalen Lage befinden, wäre ich nur im mindesten von Vorurteilen geleitet?) Aber jene Sprache, die sie verwendete, jene anhaltende Flutwelle von Obszönitäten, war zuviel. Fast zuviel. Ich meine, sie war – wenn man sich ihr schickes Apartment vor Augen hielt – ja keineswegs das, was Sie zivilisatorisch zurückgeblieben nennen würden. Und wie sie sich meine 100 Dollar an Land gezogen hatte! Bei ihrem Jahreseinkommen, selbst nach Abzug der Steuern (falls sie solche überhaupt entrichtete), mußte sie nun wirklich doch wissen, daß ein zivilisierter Mensch nicht fortwährend Obszönitäten von sich gibt. Bei gewissen Gelegenheiten konnte ich nicht einmal unsere Wechselreden von ihrer Profanität freihalten. Sie schwatzte alles in einem Atemzug, ließ es gleichsam durcheinanderlaufen. Verschmolz es zu einem Ganzen, sozusagen.

Jedoch zurück zu jenem Vorfall, den ich nicht anstehe als den allerphantastischsten zu bezeichnen – nämlich zu dem taktischen Fehler, den sie beging, indem sie mir schlechthin die große und kapitale Gelegenheit bot.

Unglaublicherweise, wie es scheinen mag, hatte sie einen Chrysler Imperial! Ich meine, ihr Eigentum war er wohl nicht gerade, offenbar. Tatsächlich konnte sie ihn nicht einmal fahren. Aber er gehörte irgendeiner Unterwelt-Persönlichkeit – soviel vermochte ich mir zusammenzureimen –, auf welche sie des öfteren mit dem wunderlichen Spitznamen ‹Adam› Bezug nahm.

Schön, also es war kurz nachdem sie uns Brote bereitet hatte (wiederum, es versteht sich, eine wahrhaft phantastische Angelegenheit – an die drei Zoll dick, mit einem mächtigen Sortiment von Lunchmeat, grünem Salat, Tomaten, Zwiebeln, Essiggemüse, Senf, hartgekochten Eiern – eine wahre Wucht!). Wir hatten gespeist, und diesmal hatte sie darauf verzichtet, durch eine Aufforderung zum Abwasch meine Männlichkeit zu insultieren. (Strikt als Faktum betrachtet, gab es auch überhaupt nichts abzuwaschen.) Sodann ließ sie, gewissermaßen, eine Zeitlang von mir ab, zog einen Staubsauger hervor und widmete sich der Tätigkeit des Reinemachens. Und zwar diesmal mit Musik! Ich meine, wir ließen den Plattenspieler laufen, spielten jene absurden Platten ab, und sie verrichtete ihre Hausarbeit ganz nach den Rhythmen, die sich gerade so ergaben. Leicht töricht, ich weiß es, aber sie tat es nun einmal.

Mittlerweile saß ich da und sann über mein Problem nach, nämlich die Frage, wie ich mich wieder in den Besitz der mir gestohlenen 100 Dollar zu setzen vermöchte.

Dann – ja, dann kam es, kam wie eine höchstgeistige schöpferische Inspiration aus heiterstem Himmel! Sie äußerte nämlich den Wunsch – ich wiederhole: den Wunsch! –, daß Ihr sehr ergebener den Imperial dieses Gangsters fahren sollte, nur einfach eben so, zu einem fixen kleinen Auslauf, vermute ich, und um die riesenhafte Maschine mal ein bißchen durchzupusten.

Schön, also diese Idee zündete unmittelbar bei mir,

und zwar in verschiedenen Ebenen meines Bewußtseinszustandes. Erstens: besitzt mein Onkel Ben einen Imperial – (Ben ist ein hohes Tier in der Geschäftswelt, war jedoch von jeher eifersüchtig auf Paps, weil doch Paps eine Amtsperson ist, mit hohen Idealen und so, und weil er soviel mehr Geld macht als Ben, und da versucht Ben eben, sich sozusagen etwas aufzupolieren, indem er sich allerhand prahlerische Sachen kauft – darunter auch eben diesen Imperial), welchen ich überaus gern fahre. Ich meine, unser Caddy (den wir ausschließlich für Fahrten ins Theater, zu Restaurants oder zur Kirche oder zu ähnlichen Stätten benutzen) ist ja auch nicht ohne. Im Gegenteil. Aber dieser Imperial – wau! Stelln Sie sich vor, Sie sind vielleicht einmal draußen auf der Chaussee, kreuzen dort ein bißchen herum, mit so grad 140 Sachen, und da kommt irgendein Spaßvogel in einem Jaguar daher (oder irgendwas Ausländischem der Art) – holt einfach seitlich von Ihnen auf und ist drauf und dran, Sie zu blamieren. Ha! Da kitzeln Sie nur mal eben etwas das Gaspedal des altem Imp und – – – kein Jag mehr da! Jawohl, Herrschaften, wie weggeblasen, futsch! Byebye! Wahrhaftig, kein beweglich Ding ist auf dieser Erde, dem Sie nicht mit einem Imperial entkämen! Ich weiß, was ich sage! Das wäre Punkt eins.

Punkt zwei betrifft die dichterische Inspiration, die mich überkam. Kaum hatte noch Kitten vollständig ihren Wunsch geäußert (daß ich, zum Zweck einer kleinen Spritztour, ‹Adams Karre›, wie sie sich ausdrückte, nehmen sollte), als mich jene brillante Idee auch schon wie ein Blitz mitsamt Donner traf.

Nämlich – jetzt hatte ich sie! Jawohl, und zwar absolut sicher! Wenn ich erst einmal am Steuer jener wundervollen Maschine saß, würde sich das Blatt alsbald, und gründlich, wenden!

Wiederum wünschte ich hier, ich wäre ein wohldotierter Schriftsteller von Beruf, auf daß ich Ihnen, in seiner ganzen erhebenden Plötzlichkeit, das schier schwindelerregende Wunder beschreiben könnte, das mich heimsuchte, indem jene Idee mein Hirn berührte. Ich meine, kaum hatte sie erwähnt, es sei ihr Wunsch, daß ich jenen Wagen führe, da war ich auch schon *inspiriert*!

Einen Augenblick zuvor noch hatte ich mich ratlos allen möglichen Kombinationen hingegeben, hatte versucht, mich in ihre Lage zu versetzen, um mir vorstellen zu können, wo sie die mir gestohlenen 100 Dollar wohl versteckt haben mochte – und nun lag alles in kristalliner Klarheit vor meinem geistigen Auge ausgebreitet!

Schön, kristalline Klarheit ist richtig, wenn sie auch von einem einzigen Problem getrübt wurde: Es lag nämlich ziemlich eindeutig auf der Hand, daß diese professionelle Prostituierte von anderer Hautfarbe sich in Ihren sehr ergebenen verliebt hatte. Und zwar hatte sie dies, zweifellos, auf Basis der Annahme getan, daß ich ein Einbrecher sei, ein Mitglied der großen Unterwelt-Gemeinde.

Nun, insgeheim hatte ich ja längst befürchtet, daß soetwas passieren würde. Ich meine, ich bin bestimmt nicht der Typ, mit irgendeines Mädchens fundamentalen Gemütsbewegungen leichtfertiges Spiel zu treiben, und mag sie zehnmal eine Dame von üblem Ruf und anderer Farbe sein. In solchen Sachen ist allezeit bescheidene Ehrbarkeit meine Devise. Aber andererseits war dies nun wieder so etwas wie ein Sonderfall. Schließlich hingen 100 Dollar in der Schwebe, und nun, da sich die Waagschalen zu meinen Gunsten zu neigen begannen, kondensierte sich die Angelegenheit einzig auf das Problem von Angebot und Nachfrage!

Außerdem blieb sie ja eben doch, was sie war, selbst wenn sie sich mir gegenüber im Zustand der Verliebheit befand, und was diese Art Verliebtheit betrifft, so kommt und geht sie bekanntlich ebenso schnell wie ein Platzregen. (Und es ist ein hartes nacktes Faktum: um diese Zeit war mir längst klargeworden, daß sie einen höchst ungesunden und unreif-rohen Begriff von dem geheiligten Akte der Zeugung hatte. Ich meine, es war fast so, als habe sie niemals auch nur einen einzigen Dokumentarfilm zu diesem Thema gesehen. Sie war schlicht voll von jener Sorte Einstellungen, wie sie sich in unseren besseren Zeitschriften wie LOOK permanent unter der Spalte Sex fictions finden – sei ihr der Himmel gnädig!)

Ich meine, sie war ganz einfach unfähig jeglichen profunden Gefühls. War ganz offenkundig ein völlig oberflächliches Frauenzimmer, das ein Leben von geradezu beängstigender Schnelligkeit führte, und da sie überdies noch eine professionelle Dame war – was konnte ich ihr da schon groß antun?!

In der Liebe und im Krieg ist alles erlaubt, sagt man. Mochte es denn nunmehr ins Rennen gehen; die Würfel waren gefallen.

Gleichwohl traten wir erst einmal unsere Wagenfahrt an. Denn es stand durchaus noch nicht fest, welcher Schritt mein nächster sein würde. Ich meine, ich hatte zwar meinen weittragenden taktischen Plan für mein ferneres Vorgehen, aber ich hielt ihn mit Fleiß flexibel, damit ich notfalls meinen Kurs blitzschnell ändern konnte. Eins wußte ich ja sicher: ihr Motiv. Und das ist schließlich wichtig. Ihr Motiv war ganz einfach der Wunsch, ich möge zurückkommen und in ihrem Apartment schlafen, möge anwesend sein, wenn sie am Morgen dann heimkam.

Sehn Sie (und ich habe doch vollkommen verabsäumt, eine wichtige Wendung der Ereignisse zu enthüllen – eine Änderung des ursprünglichen Plans), sie hatte doch früher bereits das Syndikat angerufen, wie ich berichtete, und sich krank gemeldet. Dann aber besann sie sich eines anderen und verkündete, daß sie doch in dieser Nacht noch zur Arbeit gehen werde. (Wobei ‹Arbeit› freilich eine einigermaßen ungenaue Bezeichnung ist, haha.)

Jedenfalls, unsere Fahrt: Ganz unvermutet teilte sie mir mit, sie sei hungrig. Wie sie in aller Welt schon wieder Hunger haben konnte, nachdem sie mittags jenes gigantische Frühstück und sodann obendrein noch jenes Sandwich von geradezu wüsten Ausmaßen verdrückt hatte, ging über meine Begriffe. Ich meine, sie war doch nur ein kleines Persönchen von kaum mehr als einssechzig Höhe. Aber zur Not konnte ich ja einen Hamburger auftreiben, also sah ich von Einwendungen ab.

Demzufolge begaben wir uns auf die Suche nach Essen. Was eine gar nicht so einfache Sache ist, wenn man eine Frau von anderer Farbe dabei hat. Ich meine, sie haben ihre Lokale dafür, und wir haben unsere.

Dennoch – verstehen Sie mich ja nicht etwa falsch! Ich stehe ganz und gar hinter der Entscheidung des Obersten Bundesgerichtshofs und bin für die Integration der Schulen und so; keineswegs befürworte ich die Rassentrennung an sich. Aber, wie gesagt, sie haben ihre Lokale und wir die unseren.

Aber sie brachte in Vorschlag, wir sollten zurück in jene unreinliche Gegend uns wenden, in welcher sich das übelberüchtigte Haus befand. Als ebenfalls dort befindlich erwähnte sie irgendeine Kaschemme des Namens Schinkenschuppen.

Offen gesagt – das konnte nicht in Betracht kommen. Du allgütiger Himmel! Ich konnte mich bereits sehen, wie ich jenes total farbige Lokal mit ihr betrat, inmitten jenes äußerst heruntergekommenen Negerstadtteils, und wie all jene übel aussehenden Neger da nichtstuerisch herumstanden und uns anstarrten. Der bloße Gedanke daran jagte mir einen Schauer über den Rücken! Wir würden von Glück sagen können, wenn wir überhaupt mit dem nackten Leben davonkamen! So fuhren wir denn doch lieber, auf meine Anregung hin, auf Route 707 nach auswärts.

Selbstverständlich ereignete sich dieses alles erst, nachdem sie den Imperial fast zu Bruch gefahren hatte. Ich meine, da wir nun wirklich nicht zusammen gesehen werden durften, ging ich allein hinaus und wartete an der Ecke, und sie folgte nach, stieg in den Wagen und fuhr ihn bis zur Ecke herüber.

Aber ich sollte nicht von Fahren sprechen. Der kalte Schweiß brach mir aus, als ich das mit ansehn mußte: den gewaltigen, gleißenden, schier berauschenden Imperial – und sie am Steuer! Um es gerade heraus zu sagen: sie rammte um ein Haar die Seitenfront des Apartment-Hauses ein, stieß mit einem Ruck zurück und schlingerte wieder vor, wobei sie um nur einen knappen Zoll verfehlte, die parkenden Wagen auf der andern Straßenseite in Schrott zu verwandeln – dies die ganze Zeit in kriechendem Tempo, aber unter Rucken und Zucken und Zickzack her und hin –, eine wahrhaft markerschütternde Posse auf die Gesetze sicheren Fahrens.

Aber wunderbarerweise erreichte sie, ohne Totalschäden angerichtet zu haben, die Ecke – ich klemmte mich hinters Steuer, und alles war okay.

Das heißt, der Wagen und ich waren es. Ihr selbst mangelte es, bei dem spärlichen Grad ihrer Zivilisiertheit, entschieden an Gelassenheit des Verhaltens in einem Automobil, und schon bei der ersten Ampel, zu welcher wir gelangten, schlitterte sie einfach vom Sitz. Und die Maschine – also typisches Frauenzimmer! – fing an zu nörgeln. Aber ich ließ mich von ihrem Gejammer nicht beirren; ich drehte einfach auf und schoß über die Kreuzung. Ich wollte doch einmal sehen, wie die Dame sich handhaben ließe, und als wir auf die Autobahn stießen, zog ich an. Und sofort überholte sie den gesamten Verkehr, gab die 110 Sachen mit Leichtigkeit her und hatte immer noch jede Menge Spielraum im Gaspedal. (Die Autobahn 707 ist normalerweise tagsüber und abends ein bißchen belebt – so wartete ich mit dem eigentlichen Fahrtest, bis ich später etwas mehr Straße für mich hatte.)

Übrigens kam Kittens tiefe unterbewußte Störung während der Fahrt an die Oberfläche, und ich konnte nicht hindern, daß sie meine Besorgnis erregte. Schließlich konnte es nicht gerade mein Streben sein, am Ende hier in einem gangster-eigenen Wagen zu hocken – in den Händen ein komplett verrücktes Weibsbild von anderer Farbe.

So hielten wir denn am Straßenrand, ein Stück von der M. W.-Raststätte entfernt, und ich stieg aus, um zurückzulaufen und uns zwei Hamburger zu erwerben.

Da – Peng!

Hier genau geschah es, daß ich mich der Erkenntnis nun nicht mehr länger verschließen konnte, daß sie von einer tiefgreifenden geistigen Störung befallen war!

Ohne Umschweife – sie begehrte mit mir zu kommen. Zu der Raststätte, meine ich. Sie begehrte nichts Geringeres, als einfach auszusteigen und mit mir die Straße zurückzugehen, einfach – als meine Begleitung – mit hineinzukommen und ihre Bestellung aufzugeben, als sei das ganz und gar nichts!

Schließlich vermochte ich ihr denn aber doch klarzumachen, daß dies nicht angängig sei, und so ließ ich sie im Wagen zurück, mit der fest gehegten Überzeugung, sie sei wieder zu sich gekommen.

Jedoch...

Ich war lediglich ein paar Minuten fort. Als ich zurückkehrte, saß sie – wie ein zusammengekauertes wildes Tier – in der äußersten Ecke. Sie war aufs törichtste ängstlich! Ich stieg ein – und das nächste, was ich überhaupt wahrnahm, war die Tatsache, daß sie förmlich über mich kroch. Sie schoß just über den Sitz hin und schlang die Arme um mich, saß nun schauernd und zitternd da und gab dabei weitere Proben ihrer Profanität und ihrer unglaublichen Sprachverstümmelungen von sich.

Ich dachte: Gütiger Himmel, J. C., wie konnte dir das nur passieren! Wie hast du das nur angestellt, daß du nun hier draußen, auf Route 707, im (Klasse-)Wagen eines Gangsters sitzt – und bei dir ein käufliches professionelles farbiges Mädchen, das einen Nervenzusammenbruch hat!?

Nun, da kann ich nur sagen: ein wahres Glück, daß ich den weitreichenden taktischen Plan meines Vorgehens so flexibel hielt! Ich meine, ich erfaßte schnell, daß sie nunmehr nicht mehr wähnte, ich stünde noch im Geschäft mit ihr, sondern es für ausgemacht nahm, daß ich jetzt, wo sie mein Geld hatte, nicht anstehn werde, ihren Kapricen nachzugeben, und meine Gedanken nicht mehr mit der Rückgewinnung meines Geldes beschäftigen würde.

Und *das* wies mir die Richtung!

Aber erst einmal hatte ich sie, um Gottes willen, zur Ruhe zu bringen! Ich mußte die Krise meistern, bevor ihre Psychose ein fortgeschrittenes Stadium erreichte. Das tat ich denn. Mit einigen wohlgesetzten Worten veranlaßte ich sie, von ihrer gegenwärtigen unpassenden Lage Abstand zu nehmen, und um die Zeit, da wir wieder in den Slums ankamen, in welchem Stadtteil ihr übelberüchtigtes Haus gelegen war, durfte ich sie wieder als normal betrachten. Nunja, jedenfalls als *fast* normal. Ihre Erregung flaute auf ein Schmollen ab. Was immerhin ein Fortschritt war in Betracht der einer Zusammenarbeit kaum förderlichen Haltung, welche sie zuerst zur Schau gestellt hatte.

So ließ ich sie denn hinaus, nicht weit von dem übelberüchtigten Hause, und sie legte die verbleibende Strecke zu Fuß zurück. Irgendwie fühlte ich ja ein Bedauern für sie. Selbst wenn sie eine Diebin war, dauerte sie mich, da hier ja ganz offenkundig eine psychologische Störung vorlag. Ich wundere mich wirklich, wie eine Person, die derart tief gestört ist, überhaupt mit dem Leben fertig werden kann. Ich war sogar versucht, von der Bundesstelle für Volksaufklärung jene Flugschrift anzufordern, welche das Verhältnis zu den eigenen Gemütsbewegungen in der modernen Welt behandelt – in der Hoffnung, solch erleuchtende Unterrichtung werde ihr zum Wohle gereichen.

Aber auch das würde wohl nichts fruchten. Ganz abgesehen davon, daß sie Psychopathin war, entbehrte sie praktisch jeder Intelligenz und Bildung, und aller Wahrscheinlichkeit nach würde ihr somit einfach das notwendige Verständnis mangeln. Welche Tatbestände hier natürlich einmal ausgesprochen unglücklich zusammentrafen.

Aber ich hatte wichtigere Erwägungen anzustellen. Noch immer trug ich den Schlüssel zu ihrem Apartment in der Tasche – und dazu die unzweifelhafte Gewißheit, daß mein Geld an zweierlei Orten nur zu suchen war: entweder an ihr selbst – oder in ihrem Apartment.

Einem Wink meiner Ahnung zufolge nahm ich das letztere an.

Trotzdem veranstaltete ich noch vor Rückkehr zu ihrer Wohnung eine Testfahrt des mächtigen Imperial. Es war nun bereits nach elf Uhr (nachts), und so war die Route 707 relativ frei vom städtischen Verkehr. In knapp einer halben Stunde war ich wieder draußen, und los ging's.

Mensch! Hatte das Baby einen Zug! Ich meine, ich kam aus dem Dunstkreis der Stadt mit etwa 100 Sachen – ganz reizenden kleinen 100 Sachen –, dann trat ich durch und – wumm!

Gibt es irgendein Gefühl in der Welt, das über jenes geht, das der Besitz eines großen und machtvollen Wagens vermittelt – eines Wagens, der sich einem selber zu einer einzigen lodernden Flamme von schier blendender Geschwindigkeit anvermählt? Wenn es das geben sollte, so möchte ich's gern mal kennenlernen! Ich meine, welch ein Stück Maschinerie war dieser herrliche Imperial! Kaum konnte ich meinen Augen trauen! Die Tachometernadel stieg und stieg ohne Unterlaß und landete schließlich auf 190, und immer noch fühlte sich der Wagen an, als habe er seine Reserven nicht erschöpft!

Und bis zum heutigen Tage bin ich des Glaubens, daß ich sogar noch mehr aus ihm herausholte. Wieviel freilich, das werde ich wohl nie genau wissen, denn die Nadel stand. Sie kam auf 190 und – Gott sei's geklagt – *stand*!

Selbst als ich im Tempo wieder herunterging. Was ich wenige Minuten später tat, denn wenn wir (zu Hause) auch Tür an Tür mit einem Bundessenator wohnen, wünschte ich selbstredend nicht, von der Polizei angehalten und in Politik verwickelt zu werden, wodurch am Ende meine gegenwärtigen Umstände meiner Familie eröffnet worden wären. Ich meine, ich würde dann schauderhaft zu tun haben, Paps zu erklären, was ich draußen auf Route 707 in einem gangster-eigenen Imperial zu suchen gehabt hätte – nicht auszudenken!

So fuhr ich denn nach dieser kleinen Spritztour zurück und begab mich zu ihrem Apartment, um ihm eine gründliche und wissenschaftliche Untersuchung angedeihen zu lassen. Mein mich leitender Gedanke hierbei lautete: Nach allem, J. C., kannst du dieser kleinen farbigen Psychopathin fürdere psychologische Verstörungen ersparen, wenn deine Ahnung korrekt ist und du in der Lage bist, dein Geld an diesem Ort ans Tageslicht zu bringen, und dich somit der Notwendigkeit enthebst, für deinen allerletzten taktischen Plan das Gesetz von Angebot und Nachfrage zu beschwören.

# 16

Wie ich dann zu Madam hinkomm, fühl ich mich so blau, so mattschich hängerich, daß s mir gans wehtut. Sach ich zu mir selbs, du muß das jetzt vergessn, Görl, aber krich ich mich kaum soweit hin, daß ichs vergeß, weil ich doch so stopfvoll un fertich bin von all dem bummsboshaftign Weißleute Krampf un Kram, un hab ich doch solchen Brassel, daß ich bestimmt jetz krank *bin*! Ich hab so Schmerzn, daß ich mich fühl, wie wenn mein ganzes Pickaninchen inn un außn kaputt wär.

Zuersmal muß ich Madam sagn gehn, daß ich *nich* krank bin. Sach ich ihr, mir is nämlich besser geworn, nachdem daß ich sie angerufn hab. Die ganze Zeit, wo ich ihr das erzähl, fühl ich mich krank un immerimmer kränkerer.

Dann, wie ich zurück inne Gadrobe geh, sin schon die annern Kätzn alle da. Un wer ich gleich ganz zappelich, ob die Kätzn, als sie wech sin nacher Aabeit, wohl gesehn ham, daß Madam-Karre nich mehr da war? Weioweih! Ich krich da son Bammel von, daß mir der Bauch ganz krampfich wird.

Jackie, die kommt jetzt rüber nach mir hin, un sacht sie nich ein Wort, sie kuckst bloß. Sie un Madam, die sin doch meine einzige Familie, hab sons keine mehr. Die passn mir andauernd auf mein Schwatzaasch auf. Madam, die is bestimmt helle, wo sie doch immer die fettaaschigen Bücher liest. Un Jackie isses auch. Is meist entweder am lesn oder am rauchern oder tut sich hochspritzn. Wenn sie am lesn is, kenn ich das genau, weil kuckst sie dann halb lustich, halb gemein. Un wenn sie aber mit der Marianna zugange, denn kuckst sie fröhlich un ganz schummerich. Un wenn sie sich denn mal aufgespritzt hat, denn is sie gleich ganz wech vor Schummrichkeit. Jetz is sie am lesn gewesn, das kann ich auf Anhieb sehn.

Sie sach soso, da machs du also dein erstes Dauergeschäftchen, was?

Sach ich, wo n Teufel weiß du das denn her?

Sacht sie, sie war heut mal aufm Sprung, kurz bei meim Paatment reinzukucken, aber hat sie da drinnen n Weißmann gehört, un is sie da gleich wieder wech. Sie sacht, un außerdem hat Francine so allerhand von meim Kunden rumgeplappert. Francine hat gered, der täte aussehn, wie wenn er ganz schön bemoost wäre.

Ich sach ja-woll, Moos hat er, aber was er auch noch hat, er hat nich alle beisamm. Erzähl ich ihr denn, ich kann ihn nicht verstehn un er mich auch nich, un is er dammich doch fast abgehaun, ohne zu blechn. Ich sach ihr, aber zuletzt, da hab ich mir mein Hunnerter fürs Wiekend doch gekricht, ja-woll!

Da sacht sie pssssst! Sie sach, da sei man stille un laß

die andern Kätzn bloß nicks von hörn! Sie sach, du has gans recht gemacht, dein Hunnerter zu kriegn, aber halt jetz ja n Rand!

Dann sacht sie du, wie komm das, daß du heute nacht dann doch auf Aabeit bist im Kätznhaus, wo du dir doch n Wiekend aufziehn mußt?

Sach ich, das kommt von daß ich schon ganz durchnander bin. Ich kann ihr ja nich alles auf eimal erzähln, wo alles das von kommt. Ich sach ihr bloß, ich mach ers morgen weiter, un kriegn wir uns das Wiekend dann zu Ende. Ich sach, haupsächlich bin ich hier, weil is mir bange vor den annern Kätzn.

Un jetz bin ich doch bald so weit un tu Jackie erzähln, wie daß doch Jimmi in Madam-Karre wech is, aber sach ich zu mirselbs, das kann ich ihr später immer noch steckn. Tät jetz doch viel zu weit führn, wenn ich drüber red.

Denn rückt mir wieder diese gottverdammichte Francine aufe Pelle. Ja-woll! Sie johlt he Kitten, na wie isses denn? Was mach dein weißer Fieselfatzke?

Die Francine, die hat n großes Maul!

Francine, sacht Jackie, halt du bloß die Klappe! Du kümmers dich gefällichs um dein eignen dammichtn Murks un läß die annern in Ruhe.

Um Jackie un Francine, die legn los un pöbeln sich.

Doch da komm Madam rein, un husch is alles stille. Madam sacht, Kundn sin da.

Gehn wir denn alle raus un in n Salong, un Kührijeminee! Da ham wir den Salat – ne ganze Armeh von weißen Kollitsch-Heinis ham wir da! Sind glatt so viele, daß kein Platz mehr is zum sitzn. Geht alles gleich auf einmal rauf nach obn.

Oben, da red ich gansgans lieb zu meim weißn Kundn, bin ich aber gleichzeitich so ficksundfertig un so stopfvoll von Weißmensch Teevau Krawall un so verbibbert, von daß ich doch den ganzn Tach mit Jimmi rumgebalgt, daß bin ich drauf un dran un beiß den Kundn, statt Geschäft mit machn. Hat sich eins angesoffn, dieser Kerl, un kuckst er traurich un ganz vermurkst. Kuckst an mir lang, wie wenn ich aus irgendeim Buch wär, was er nich versteht. Dann red er, sacht eiei, du feines Mähchen, wie heiß du denn?

Er sach das, wie wenn er selbs nich glaubn kann, was er sacht.

Sach ich Mann, kuck doch mal bloß genauer hin! Sach Mann, ich bin nich fein. Bin schwaaatz!

Wie ich das raushab, kuckst er bloß gans blöde. Kuckst richtich-richtich blöd.

Weilelang kriegn wir uns dann nicks als wie Kollitsch-Heinis, un jeder von den Kaffern bringt mir das Teevau Bummbummsn un Großkotzgerede wieder hoch. Das einzige, das wo ich tun kann, daß ich n bischn Luft krich von meim Achunweh, is daß ich ihn ihre Spechte Rackeetn nenn. Ich sach loslos, komm Bebi, wir wolln die Rackeete mal zündn!

Da lachn sie dann drüber, die dämlichn Scheißer.

Ich sach zu mirselbs, eines Tages, sach ich, werd all ihr mondschusselign Scheißer aufwachn un findn, daß ihr nicks wie Rakeetnprietzel habt. Ja-woll! Un all eure weißn Zippn wern dann bloß ne stählerne Pussi ham, un da werd ihr euch nie mehr kein Spaaß von kriegn. Ja-ah-woll! Wir Pickaninchen, die wo kein feuchtn Pfiff gebn auf all euern gottverdammichtn mondsüchtign Raakeetnrummelsums, wir wern dann einzich un alleine übrich bleibn. Un dann gibts bloß noch faabichtn Spaaß un schwatzaasch Pickaninchen un so. Ja-woll! Das sach ich zu mirselbs.

Wie wir dann das Batteljohn Pupsmöpse endlich raus ham ausm Kätznhaus, da fühl ich mich so ab un tu ich mirselbs so leid, daß ich kaum weiß, was ich mach, daß ich nich flenn. Wir kriegn denn etwas Zeit, wo kein Geschäft mehr reinkommt, un ich geh inne Gadrobe un sitz da ne ganze Weile. Sitz da un fühl mich ganz mies.

Sieht glatt so aus, wie wenn den Samstach nacht hier jedes sons ne gute feine Zeit hat. Sogar Francine hat Spaaß, weil irndson Weißboy, der hat als Trinkgeld ihr ne Pulle springn lassn, un is sie jetz die ganze Zeit heimlich am süffeln un schert sich um die annern nich n feuchtn Dreck. Un Madam, die paßt auch nich grade auf, weil sie gut in Stimmung is, wo doch der Detecktief jetz reinkommt. Ja-ah-woll!

Nämlich der Detecktief, der hat vor langer Zeit mal für die Sitte gearbeit. Da komm das auch von, daß er un Madam so gute Freunde sin. Aber natürch is der Detecktief jetz lange schon nich mehr Detecktief fürs Gesetz. Jackie, die sacht, er is n *richtiger* Detecktief jetz. Er arbeit nich mehr fürs Gesetz, weil ham sie ihm n Aasch da rausgefeuert. Ja-ah! Jetz is er pleite un gaanich gut zuwege, is ficks un fertich, un Madam is die einzige, die wo ihn noch in Gang hält.

Manchmal gehn er un Madam nach obn, un denn bleibt er die ganze Nacht über da, un dann machn sie sich beide dran un lesn die fettaaschigen Bücher. Lesn die manchmal ganz laut. Eimal, sagn die annern Kätzen, is er mal gekomm un den ganzen Winter über dagebliebn.

Diesmal, wie der Detecktief reinkommt, kommt er un Madam ins Kalschn un Tuscheln un so. Sie sin so am redn, paa annere Kätzn tanzn zum Plattnplärrer, Francine, die süffelt ihrn Silvestersaft – ham alle ihrn Spaaß außer bloß ich.

Ich sitz man bloß alleine gans beiseite inner Gadrobe un frach mich, ob ich mich wohl je schon so gefühlt hab, wie ich –

Kührijesses!

Da hör ich dies große Gelärme un sach zu mirselbs Jeh-sus! Da komm das nächste Batteljohn Pupsmöpse an! Ich bin nah dran, daß ich ausser Hintertür renn un spring vonner Brücke. Ja-ah-woll! Ich bin so ab un aus un kaputt, von daß ich doch den ganzn langn Tach bei diesem dammlichn jumpichn Jimmi der Einbrecher gewesn bin, un komm ich dann auf Aabeit, find ich nicks als wie bloß immer diese ewign Teevau Kollitsch Heinis!

Denn hör ich diesn langn komischn lautn Heuler, den wo wer ausstößt, klingt wie he-ee-eeeh Kitten! Wo is denn meine hübsche lütte Kitty!

Harry! Ja-ah! Der haarige Harry!

Er un diese ganze Bande vonner Eisnbahn.

Un denn komm Leben in die alte Bude. Is ne gute

Sache, bloß daß ich nich weiß, wie ich die Samstach Nacht noch durchstehn soll.

Muß ersmal noch was über Harry erzähln. Der is so gut als wie mein Lieblingskunde. Tatzache, glaub ich schon, das is er wohl!

Er aabeit beier Eisnbahn, wohnt irndwo anners, inner annern Stadt. Er un die annern Eisnbahnmänner, die komm von Zeit zu Zeit immer her, un wenn sie ersmal dann im Haus sin – weioweioweih! Wie sie das erstemal gekomm sin, war ich grad erst eine Woche in Aabeit. Vorher hat Madam immer gesacht, ich bin viel zu jung. Der eine, der wo Harry hieß, der war so lustich, wie n Mensch bloß sein kann. Er hat mehr wibbeliges Haar an sich, als wie ich je gesehn hab. Erst hats mich gegruselt, wie ich so all das gottverdammichte Haar an ihm gesehn hab, aber mocht er mich gerne un wollt er mit mir rauf, un hab ich da gefundn, daß er ganz okeh zu mir war. Un jedesmal danach, wenn er denn wiederkam, is er bloß rauf mit mir.

Letzmal, wie er un die annern Eisnbahnmänner gekomm sin, war Harry kotzmäßich besoffn. Er pusselt so mit Madam rum un sacht, er will uns Kätzn all in einer Reihe anner Wand aufstelln un will er sich sein Weg quer durchaabeitn, durch von Ah bis Zett. Ham alle gelacht, wie als er das gesacht hat. Aber sacht er das nich bloß, er macht auch so, wie wenn. Ja-woll! Un wie wir alle lachn, sacht er Madam – un tut dabei, wie wenns er mich noch nie gesehn hat – sacht, was kost die kleine Lechel-Susie da?

Un Madam sach, die is nich zu verkaufn.

Un Harry tut so, wie wenns er sich ne Sekunde lang überlecht, dann springt er hoch un rennt nach mir rüber un grabsch sich mein Aasch un schieß die Treppe rauf un schleppt mich mit un johl dabei, er tut mich kittenneppn. Lachn sich alle n Ast, wie er das mach. Dann hat er damals drei Zehnerlappn geblecht un is den Rest der Nacht bei mir gebliebn.

Wie wir denn die Nacht so talkern, find ich raus, daß is er auch aufs Kollitsch gewesn, aber will er doch kein Kollitsch-Heini Weißeleute Job nich haben, un aabeit er denn füre Eisnbahn. Er kann richtig lieb redn un lieb spieln auch. Manchmal red er auch geschwollenes Zeuch, red aber nie kein Teevau Großkotzkrabbelbabbelkram. Un wenn ich ihm was sach, versteht er das.

Ich hab ihm mal erzählt, wie ich noch n kleinklein Pickaninchen Waisnkind gewesen bin, un hat da n depperter Weißmann mich gespuckt un hat mich totmachn wolln. Ja-woll! Das hat n altes Weißmensch gemacht! Der hatt da gar kein Grund für, bloß man meine Faabe. Un hätt er mich aufer Stelle gekillt, bloß wie er mich gespuckt hat, bin ich wechgerannt – huiii! Er tritt nach mir un trifft mich aber nich, un hauts ihn selber hin. Un dann steht er auf un fängt an, mich aam klein schwatzaasch Pickaninchen die Straße langjagn, un is er schon nah dran, daß er mich kricht un killt mich, aber komm da n annerer Weißmann lang un haut ihn, un ich tu nicks als wie man bloß um mein aam klein mutterlosiges Leben renn un immer weiter renn.

Wie ich Harry das erzähl, kricht er doch glatt das Heuln inne Augn. Ja-woll! Liech da, un schlubbern ihm die Tränen bloß man so die Backn lang un inne Ohrn rein.

Sach ich ihm Kührijesses, Harry, nee! Hat doch kein Zweck, daß du da drüber weins!

Aber ich hab nie kein annern Weißmann kenngelernt, außer bloß Harry, der wo verstehn kann, was schwatz sein heißt. Ich denk mir, Harry, der is bloß von außn weiß, hatt aber inn n waam fabichtes Herz drin. Ich denk, da komm das von, daß er verstehn kann.

Nachdem daß ich ihm über mirselbs erzählt hab, wie ich noch n winziches Dinkchen war, tut mir sein komisches Haar gar nich mehr störn, un fang ich an un nenn ihn den haarigen Harry. Un nächsmal, wie er mir die Schraube gedreht hat, bin ich fein in Fahrt gekomm. Komm jetz meist immer fein in Fahrt bei Harry, nachdem daß wir doch so gute Freunde sin.

Diesen Samstach nacht, wie ich ihn hör nach der lüttn Kitty johln, komm ich gleich ausser Gadrobe rausgerennt. Bin nie so froh gewesn, n Weißmann zu sehn in all meim schwatzaaschign Lebn.

Das einzich schlimme is bloß – um die Zeit, wie ich rausfliech ausser Gadrobe, komm dies neue weiße Bateljohn rein!

Jeh-sus! Kührijeminee! Da könnt ich mir doch fast die Haut wegflennen! Das sin die allertraurichstn Teevau Pupsmöpse, die wo ich je gesehn hab! Die kucksn so gottverdammich traurich ausser Wäsche, daß ich bestimmt weiß, die ham Rackeetnprietzel oder Kauboikoltprietzel oder Messerprietzel oder sowas! Weiß ich gans bestimmt!

Madam bring die Eisnbahner zum stille sein, um daß sie die traurichaaschign Kollitsch-Heinis nich wechjagn.

Aber ich, ich sitz bloß ärschlings in dem großn Stuhl un kucks so gemein, wie ich bloß kucksn kann. Die meistn Kollitscher, die wolln ja rauf mit Jackie, mit Carmie oder Ellie, un manchmal mit Francine, aber ich bin doch bange, daß eins die Nacht noch mich rauspickn tut. Und ich fühl mich verflickst un zugenäht so beißvoll böse aufe Weißleute, daß ich bange bin, so n Teevau Scheusal pickt mich raus. Dann werd ich noch mein Pickaninchen Köppchen verliern un kratsch ihm die Glaspatzen aus seim Teevau Kopp, statt daß ich brav bin.

Aber jetz, Harry un die annern vonner Eisnbahn, die sitzen bloß so rum, un die Kollitscher stehn Schlange nach Jackie un den annern Halbbluts. Da steht Harry auf un sacht – sach das richtich laut –, er sacht, piss auf die Halbbluts! Ich will n Görl direkt ausm Affrika Schungel! He Madam, is nich was da ausm Affrika Schungel?

Ja-woll! Das sacht er! Richtich lustich, wie er das so sacht.

Madam, die kuckst, als will sie sich vollmachen!

Aber da bin ich schon hoch un hin un sach, so laut wie ich kann, Mann du wills *mich*! Ich bin verflickst so weit her ausm Schungel, daß s schon gar nich mehr komisch is!

Madam, die kucks schon wieder, wie wenn sies nich halten kann. Die Eisnbahn, die bring das zum Lachn un Gröln, un die Kollitscher fang an, traurich rumzukucksn, aber ich hab kein Zeit mehr zu sehn, wie traurich die am Ende noch kucksn wern, weil ich un Harry, wir gehn rauf zusamm!

Feine Sache, daß er diesen Samstach nacht gekomm is, weil um die Zeit, wie er reinkommt, hab ich mich so grauslich gammlich grämelich geweint über diese lausichte weiße Welt, daß ich sumsdimsverdammichlich schon weiß, ich bin ausm Affrika Schungel. Den Weißleutn ihrm Affrika Schungel!

Ja-ah-woll!

Harry, der bleib die ganze Nacht. Erzähl ich ihm da vom meim Dauergeschäft, un wies doch gar nich leicht is, son Dauergeschäft machen, un sacht er mir, ich soll bloß mein Aasch in acht nehm, wenn ich so rummöhr mitm Geschäft.

Er sacht, klingt gaanich gut, daß Jimmi hat wolln wechgehn ohne blechn. Er sacht mir, ich soll mir doch Jackie rankriegn, um daß sie mir schaltn hilft. Sacht später, wenn ich ers fümfzehn bin, denn kann ich mir alles alleine schaltn. Aber jetz, jetz muß ich mir Jackie zu Hilfe kriegn.

Dann erzähl ich ihm von Jimmi, wie daß er doch in Madam-Karre wech is. Und Harry, der geht hoch! Geht hoch wie Waah, Hoh, Wuuuh, un sacht er Auajau! Un red er so ne ganze Weile lang, un denn sacht er mir, das soll ich lieber ja keim Mensch verratn, daß Jimmi in Madams Karre wech is, nichmal Jackie.

Er fracht, was für ne Karre?

Sach ich, Kreisler Perial.

Un sacht er Donnerschlach. Halb tut er lachn un macht Faltn un sieht er so aus, wie denkt er richtich schwierich nach. Er sacht Himmelnochmal! Sacht dann noch alles möchliche, was daß Jimmi wäre, un denn macht er los un talkert zu sichselbs.

Sach ich Harry, das hab ich nich gemeint, daß du da nu auch noch kribbelich drüber werdn solls. Ich sach Kührijeminee! Isses noch nich schlimm genuch, daß ich schon drinsteck im Schlammassel auch ohne daß noch du da masselich von wirs?

Er lacht. Er schnauft un schnieft un sacht, er hofft bestimmt, daß alles noch okeh wird. Sacht, er tät mir gerne helfn, wenn er könnte, aber er muß morgn früh schon gleich wieder ausser Stadt wech un kann sich sowieso nich denkn, was er machn soll. Er sacht naja, vielleich kommt alles noch vonselbs okeh.

Aber is er doch richtich in Sorge. Macht so bekümmrich rum, daß ich jetz merk, ich hab da was ganz furchbaa Dummes angestellt, indem daß ich Jimmi MadamKarre zu fahrn gegebn hab.

Dann sacht Harry, jetz is sowieso nicks zu machn, da könn wir uns ehmsogut n bischn aufs Ohr legn un das beste hoffn, un das tun wir denn. Ich bin so kreuzaasch hundemüde um die Zeit, daß ich nicks wie schlafn möcht, tief, wie wenn ich sterb.

Am Morgn weck mich Jackie.

Sie is am lachn, wie ich aufwach. Lacht un sacht he Schätzchen, du has n klein grün Schwanz gekricht!

Un find ich, daß Harry mir n Zehnerlappn direkt zwischn die Hinterbackn gesteckst hat.

# 17

Jetzt saß ich in der Klemme. Keine Wahl blieb mehr; mein Weg stand mir vorgezeichnet. Es war an der Zeit, die Sache gründlich ins reine zu bringen!

Aber lassen Sie mich mit dem Anfang beginnen.

Wie heißt es doch in der Bibel (oder irgendwo sonst): Feuer soll man mit Feuer bekämpfen! Ich meine, an diesem Satz ist, so wahr mir Gott helfe, nun wirklich nicht zu rütteln. Das ist Geschäft. Gütiger Himmel, das ist nicht nur Geschäft, das ist ein kaufmännisches Prinzip – auf lokaler sowohl wie auf internationaler Ebene (sprechen wir gar nicht erst von der Außenpolitik).

(Um eine sinnträchtige Parallele beizuziehen: Wo käme diese unsere große Nation wohl hin, wenn jedermann so selbstzufrieden wäre wie ein paar jener Burschen, welche ich mir als Kommilitonen gefallen lassen muß? Ich meine, wenn wir diesen dreckigen Russen nicht Schlag mit Schlag heimzahlten? Antwort: Wir würden unter dem schmutzigen Stiefel kommunistischer Diktatur leben! Nun, in einer ähnlichen Lage befand ich mich. Entweder gab ich auf und ließ ihr ohne fürdere Widerstände mein Geld – oder ich zeigte mein Banner und nahm den Kampf auf!) (Ich meine, wenn ich auch den Konsequenzen nicht ohne Besorgnis ins Auge sah – bedenkt man, daß ihre geistige Gesundheit nurmehr an einem dünnen Faden hing –, so hatte ich doch einen Punkt erreicht, an dem ich einfach gezwungen war, das Gesetz von Angebot und Nachfrage zu beschwören.)

Ich dachte: J. C., mein Freund, nicht länger kannst du wählen. Du mußt ihr das Angebot der Rückgabe ihres Gangster-Imperial machen (wodurch du *ihre* Nachfrage erfüllst) und umgekehrt ein Angebot ihrerseits anfordern, dir das gestohlene Geld zurückzugeben (womit *deiner* Nachfrage Genüge getan würde).

Tja, so einfach war das.

(Oh, es ist mir durchaus nicht verborgen, daß wohl so mancher Wicht und Salongeck solches Verhalten als Erpressung bezeichnen würde. Aber zugleich bin ich zuversichtlich, daß jeder intelligente, steuerzahlende, kirchgängige Nicht-Kommunist meine Situation richtig einzuschätzen vermag und bereitwillig mit mir eins sein wird, daß ich mehr denn gerechtfertigt war, wenn ich jenes Objekt in meine Berechnungen einbezog [ich spreche von ‹Adams Karre›], als eine letzte Zuflucht zur Möglichkeit einer Wiedervergeltung, welche – menschenfreundlich angewendet – eher noch als eine erweiterte Form der Überredung gelten müßte denn als gewalttätige Nötigung per se.)

(Hinzufügen sollte ich, um die oben aufgestellte Analogie noch einen Schritt weiter zu treiben, die schlichte Frage: Was wären die USA zum Beispiel ohne den

SAC?! Es liegt auf der Hand: wir würden einfach auf den Hund kommen, würden zum Spielball der kommunistischen Partei werden, den jede Weltmacht nach Belieben herumstoßen könnte.) (Ich meine, ganz wie im römischen Reich würde es unsern Niedergang und Fall bedeuten. Wir würden unsere Stärke verlieren, das Mark in den Knochen würde uns schwinden, jawohl!) (Meingott, sehn Sie sich doch die Engländer an!) (Und nicht nur das, denken Sie auch an all jene brillanten Wissenschaftler, die ihrer Arbeit verlustig gehen würden und nach dem Almosen der Arbeitslosenunterstützung anstehen müßten!)

Aber wieder einmal bin ich – wie in jener geschickten Zigarettenreklame – vom Thema abgekommen.

Zurück zum Problem der Stunde: Es war nicht da!

(Mein Geld, meine ich.) Ich blickte nach oben und nach unten. Ich untersuchte jedwedes Schubfach und jedwede Versteckmöglichkeit in jedem Schrank oder sonstigen Behältnis, das sie besaß. Ich leerte ihr gesamtes Badekabinett und durchstöberte ihre Küchenschränke. Ich zerrte Kleidungsstücke aus Fächern und Laden und schüttelte sie. Ich nahm das Bettzeug herunter und hob die Matratzen aus dem Rahmen. Ich schraubte den Entlüftungsventilator in ihrer Küche ab und überprüfte den äußeren Luftschacht; insgleichen verfuhr ich mit jenem im Bad.

Nichts.

Ich zog die vage Möglichkeit in Erwägung, daß ihre Schläue und Gerissenheit doch beträchtlicher sein möchte, als ihr ungelehrtes Wesen es anzeigte, und suchte mir vorzustellen, wo *ich* das Geld verstecken würde, wenn ich solches einem Burschen aus Unterweltskreisen gestohlen hätte. Wenn ich in ihrer Haut steckte, meine ich (bildlich gesprochen). Sogleich räumte ich abermals ihre Küchenschränke aus, entnahm Teller, Tassen und Untertassen, aber diesmal sah ich *zwischen* den einzelnen Stücken nach. (Von welchen sie wirklich jede Menge besaß.) Im Badezimmer lüftete ich den Deckel über der Spülung ihres Wasserklosetts (oder wie man das Ding nennt) und schraubte von jeder der Deckenleuchten die Glaskuppel ab. Zoll für Zoll griff ich an ihren Fenstervorhängen entlang, Zoll für Zoll fühlte ich zwischen den Ritzen der Couchpolster nach –

Nichts.

Dann beförderte ich jegliches Ding wieder an seinen Platz, so daß sie nicht bemerken würde, daß ich dagewesen war. Ich wünschte das Element der Überraschung auf meiner Seite zu halten. Und sodann – immer noch kühn und unverzagt – fuhr ich zum Studentenheim zurück, holte mir den Franzosen aus dem Keller, begab mich wieder an Ort und Stelle und machte mich über die Rohrverschlüsse unter den beiden Waschbecken sowie der Badewanne her. (Was dem bleichen Laien als simple Aufgabe erscheinen mag – doch war es gut und gern nach 5 Uhr früh, als ich die Leitungen endlich wieder zusammen hatte, der Fliesenbelag wieder an seinem Platz und die ganze allgemeine Schweinerei aufgewischt war.

Und noch immer nichts.

So hatte ich denn den erwähnten Punkt erreicht. Ich

stand am Scheidewege. Ich saß in der Klemme; meine Brücken brannten; es gab kein Zurück. Es war an der Zeit, die Sache gründlich ins reine zu bringen, Zeit, das Gesetz von Angebot und Nachfrage zu beschwören, Zeit, den geplanten und so wohleingeleiteten harten Handel zur Ausführung gelangen zu lassen.

Ach ja, es war doch gut, daß ich den taktischen Plan meines allgemeinen Vorgehens so flexibel gehalten hatte. So war ich wenigstens in der Lage gewesen, alle Mittel voll auszuschöpfen, bevor ich meine Zuflucht bei einer Methode suchte, welche – ob sie schon realistisch und logisch ist in den Augen der legitimen Gesellschaft – von dieser doch nicht völlig gebilligt werden könnte. Noch weniger gar verstanden. Ich meine, ich fürchtete, sie möchte vielleicht von Kitten mißdeutet, falsch ausgelegt werden können, nachdem es ihr nun einmal – wie die Dinge lagen – derart an geschulter Bildung gebrach.

Gleichwohl war jetzt nicht die Zeit, sich weichlichem Nachdenken über ihre möglichen Reaktionen hinzugeben, mochten diese am Ende nun aussehen, wie sie wollten. Für Ihren sehr ergebenen J. C. lautete jetzt einzig die Devise: Vorwärts, auf, und frisch ans Werk – ans Werk der Suche nach dem verlorenen Geld!

# 18

Ich und Jackie, wie wir heimfahren in ihrer Fordkarre, frächt sie mich alles über Jimmi aus.

Erzähl ich ihr, wie daß er versucht hat wechzulaufn ohne blechn, un wie ich dann hab renn müssen un mir n Messer herkriegn, vor daß er berappt hat.

Wie ich auch versucht hab, daß ich ihn abhalt von daß er ins Schlaafzimmer geht nach sein Klamottn, da erzähl ich ihr nicks von, weil hätt ich ihr müssen dann auch von mir erzähln, wie als ich gedacht hab, wie boshaftich Weißleute doch sein könn zu eim fabichtn Görl, das wo doch bloß versucht, sein Aasch aufer Erde zu haltn. Wie ich das gedacht hab, bin ich doch ins Flenn un Stöhn gekomm, un is mir der Aasch abgesackt. Hab doch die ganze Zeit man immer bloß gemeint, er weiß s vielleich nich besser. Vielleich is er so blöd, daß kann ers nu mal nich besser wissn. Aber Scheiß! Da is er plötzlich auf un rennt mich übern Haufn un lecht er los un fährt in seine Klamottn, um daß er einfach abhaut. Da hab ich mir denn n Messer hergekricht un bin rumgesaust un hab mir seine Hosn gegriffen un mich selbs bezahlt.

Neenee, das sach ich Jackie nich, wie daß ich mir das Messer hergekricht hab.

Sie sacht Kitten, wo n Teufel has du diesn Weißboy getroffn?

Sach ich im Kätznhaus. Un erzähl ihr da drüber. Erzähl ihr, wie daß er mir hat weismachn wolln, er is n weißaaschiger Einbrecher, un tut die Pollizei nach ihm lucksn. Erzähl ihr, ich hab ihm den Kwatsch nich abgenomm, aber hab mir vermutet, er will sich n Wiekend aufziehn, weil wo er doch sacht, er bräuchte sich n Versteck.

Ich wer mich schwer hüten un Jackie erzähln, daß ich dem dämlichn Weißboy mein Schlüssel gesteckt hab. Wenn ich ihr das sach, denn pißt sie sich doch gleich die Hosn voll. Bestimmt!

Ich sach Jackie, manchmal is er scheints gar nich so schlimm. Ich sach, er *will* ja lieb sein. Weiß bloß nich, wie. Das is alles.

Sacht sie, na das wolln wir mal sehn.

Ich sach Jackie, er is dumm. Weioweih! Er is so kotzblöde!

Kuckst sie mich an un sacht – genauso – sacht sie, *er* is dumm?! Himmelnochmal! Sacht sie Kitten, hat Madam denn nich dauernd gesacht, ers blechn – dann stechn?

Sach ich ja-ah, das hat Madam gesacht, un hätt ichs ja auch besser wissn könn, aber das hier, das war doch Dauergeschäft. Ich sach, ich hab doch wolln auf Gib un Nimm machn, statt bloß auf Nimm un später ers auf Gib.

Sacht Jackie, Kitten, du muß lern, daß du niemand nich traust. Besonders nich den Kollitschern, un noch besonderers denen, die wo so masseln wie dieser Fatzke.

Ich überlech, was Jackie sacht, un überlech ich auch, wie daß Jimmi doch in Madam-Karre fährt, un Kührijeminee! Ich hab den bammelichstn Bammel, da überhaupt weiter drüber zu überlegn.

Sach ich Jackie, find ich das aber nich richtich, daß man niemand nich traun soll. Ich sach Jeh-sus, Mensch! *Dir* trau ich doch!

Da sacht sie, du mußt wissen, wem du übern Wech traun kanns un wie weit.

Sach ich, aber Jackie, grad du has mir doch beigelernt, wie daß Dauergeschäft is Gib un Nimm, Gib un Nimm.

Sacht sie, ja aber ich hab doch wohl auch gesacht, daß du ganz sicher sein mußt aufs Nimm, vor daß du auf Gib anfängs.

Denn lecht sie los un red über Madam un sacht, Madam hat mich dammich viel zu früh auf Arbeit rangekricht. Sacht, Madam hätt dir ersmal was Orntliches lern solln.

Sach ich, aber Madam hat ja versucht, daß sie mir lesn lernt.

Ja-ah! Hat Madam gemacht! Wie ich noch n klitzekleines winzichtes Pickaninchen war, da hab ich bei eim großn nettn komischn fabichtn Mann gewohnt, un der war lieb zu mir. Denn is er aber geschnappt worn un hat müssn ins Kittchen, un bin ich ganz alleine übrichgebliebn. Da hat Madam mich gefundn. Jawoll! Sie find mich, wie ich da nah beim Haus vonner Pollizei so rumlungern tu un flenn nach meim Mann, den wo sie doch wechgeholt ham. Kommt Madam grad so rausspaziert ausm Pollizeihaus un sieht mich, un da kricht sie mich beim Aasch un bringt mich nachm Kätznhaus. Madam nennt mich Kitten, un wohn ich bei ihr, bis ich in mein Paatment umzieh.

Inzwischen sacht Madam, will sie mir lesn un schreibn lern un so, un werd ich da ganz aufgerecht un scharf drauf. Sie sacht mir, wenn ich lesn kann, denn kann ich mir Bescheid kriegn über alle möchlichn Sachn, wie so Affrika un die Weißleute un Abraham Linkel un sowas alles. Aber ich werd so wuttelköppich scharf un lucksich aufs lesn könn, daß ich da anfang mit, währnd daß sie mal nich hinkuckst, un komm ich da denn so gottverdammich bei durchnander, daß ich ganz kraus un kruselich werd, weil kann ich doch patuh nich rauskriegn, was in die fettaaschign Büchern drinsteht. Un denn erwischt mich Madam, un gibt sie mir n klein winzich komisches Buch, un krich ichs gelernt, da n bischen drin lesn. Aber das dammichte kleine Buch, wie ich denn eimal so weit bin, daß ich drin lesn kann, da sacht es überhaupt gaanicks als wie immer man bloß, wie daß Hänsel hat dies gemacht un Gretel mach das, un Jehsus! ich geb nich ein einzign ficksn Furz auf was die gemacht ham, wo sie doch bloß son dümmeliches Zeuch machn!

Denn hab ich wieder weitergemacht un versuch, daß ich Madam ihre dickn fettaaschign Bücher les, un frach ich sie, was dies Wort is un das Wort is, un sacht sie mir, son Wort da, das bedeut n ganz anneres Wort. Jaah-woll! Ein Wort bedeut n anneres Wort. Oh-weih!

Un denn komm ich an dies eine dicke Wort, das wo fickn heißt. Ja-ah! Ich komm zu dem Wort, un weiß ich genau, das muß doch sowas ähnliches heißn wie fickn, aber überlech ich mir denn, daß muß es ja doch nich dasselbe heißn.

Aber Madam, die sach, das heißt was es heißt. Sie sach, dies Wort, da sacht man Geh-schlecks-verkehrt für, un bedeutn tut es fickn.

Ich wer dies luderige Wort nie vergessn, solang wie mein Schwatzaasch noch am Lebn is! Geh-schlecks-verkehrt! Kührijesses! Ich wer so gottverdammich kribbelkramslich über diesn Wortmich, daß mir der Denkste anne Decke geht.

Ich sach Madam, heißt es denn nich sons noch irndwas außer man bloß fickn?

Sacht sie nein.

Sach ich Madam, wenn es doch fickn heiß, warum *sacht* man denn nich auch einfach fickn?

Sacht sie, fickn is n böses Wort.

Ja-ah! Das sacht sie! Kührijesses-nee! Andaurnd sach doch allewelt rund um das verflickste Kätznhaus man nix wie ficknficknfickn, un da komm Madam un sacht mir, dies Fickwort is böse. Weioweioweih!

Ich sach Madam, wie komm das, daß es böse is?

Sacht sie, das is wie Weiß un Schwatz. Sacht, is so, Geh-schlecks-verkehrt is wie Weiß, un fickn is wie Schwatz. Sacht, Geh-schlecks-verkehrt, das is wenn man reich is un vornehm, un fickn, das is aus un vorbei un pleite.

Sach ich Madam, wie komm das, daß es pleite geht?

Sacht sie, geht ja gar nich, is ja schon pleite!

Wie ich denn noch so weitermach mit fragn, wie das alles kommt, wird Madam doch ganz rapplich un fängt an, mich klein arm Pickaninchen zu schimpfn. Sie sacht, ich hab kein Verstand nich für lesn. Sacht, bin da viel zu dumm zu. Sacht, das bedeut nich gleich, daß ich gans un gar dumm bin, bloß zu dumm für lesn.

Muß ich denn jetz gleich wieder an den muckrign Jimmi denkn. Der is zu dumm für nachdenkn, un ich bin zu dumm für lesn. Er kann die dickaaschign Bücher wohl alle lesn, denk ich, aber richtich zu Verstand komm un schaltn, das kann er nich.

Madam sacht mir doch andaurnd, ich hab n helles Köppchen für schaltn, aber werd ich nie richtich zu Benehm komm, weil wo ich doch in einer Tuhr so dammliche Fragn frage. Gibts Madam denn dran, mir was lern.

Ich mach immer so weiter mit dammliche Fragn fragn, un wie dann Dolly hier wechezogn is, stehts Madam so zum Hals, mir zu lustern, daß sie mich raustut ausm Kätznhaus un läßt mich höllewas in das Paatment umziehn. Ja-ah!

Helles Köppchen für schaltn! Jeh-sus!

Wenn Madam rauskricht, daß ich hab Jimmi den großn schwatzaaschign Kreisler Perial lassn fahrn letzte Nacht, denn werd ich baldich überhaup kein Köppchen nich mehr ham!

Jackie fährt, un red sie über daß man niemand nich traun soll, un sacht sie, is er in deim Paatment jetz?

Sach ich ja-ah.

Sacht sie, was has du mit deim Hunnerter gemacht?

Sach ich, is unterm Sofa gesteckt.

Un sacht sie Himmelnochmal! Sach, das has du fein gemacht! Dieser Bleichkopp in deim Paatment – un der Hunnerter unterm Sofa!

Sach ich ja-ah.

Und fühl mich gans mies.

Schüttelt Jackie den Kopp un lechelt. Sie sacht naja, haut jeder mal daneben.

Dann kuckst sie wieder mich an, sach du Kitten, wenn die noch dasin, deine hunnert Dollah, wenns du hinkomms, dann kann dein klein komisches Schwatzaasch aber bestimmt von Glück sagn.

Sach ich ja-ah.

Un fühl mich immer mieser.

Ich erzähl ihr nicks von daß Francine da reingeplatzt is. Is doch alles schon vermurkst genuch, was soll ich ihr da extra noch von Francine erzähln?

Sie sacht Kitten, du muß lern! Sacht Himmelnochmal! Un schüttel dann bloß n Kopp un fährt so weiter längs, un fühl ich mich so immer bibbriger mies, daß ich kaum stillsitzn kann.

Wie wir denn hinkomm, frächt sie, ob ich will, daß sie mit in mein Paatment reinkommt.

Sach ich nein. Ich sach, ich will mir ersmal kurz alleine linsn. Wenn irndwas schief geht, ruf ich bei dir an.

So sagn wir uns bis dann, un geh ich weiter in mein Paatment. Da find ich ersmal, Jimmi is nich da.

Jetz bin ich fertich. Bin doch fast so weit un hock mich inner Mitte vom Wohnzimmer hin un flenn un heul, was mein klein Köppchen noch hergibt, bis daß s trockn is. Ich sach zu mirselbs, Görl, jetz isses alle mit dir, jetz kanns du dir man gleich dein dammliches Schwatzaasch von n Kuh-Klucksern am Baum aufhäng lassn!

Denn muß ich an den Hunnerter denkn, un schieß ich rüber un hin un – ja-ah-woll! Liecht immer noch unter meim Sofa.

Pfffff!

Ich sach zu mirselbs, Görl, dieser Hunnerter is nu hier die ganze Nacht sicher gelegn, da kanns du n jetz auch da liegn lassn. Kann mir im Moment gar kein sichern Platz denkn.

Denn lins ich ausm Fenster – un du heilige Minna weioweioweih! Jeh-sus! Mein schlimmster Albtraum is passiert! Madam ihre Karre is nich da! Nee-eeh!

Ich sach na klar, vielleich hat er sie irndwo sons geparkt.

Aber n Teufel eins, da glaub ich selbs kaum dran. Is bloß noch eins zu machn. Ich muß wech von hier un los un muß nach Madams Karre suchn laufn. Ich bin doch glatt so weit un spring gleich ausm Fenster, statt schön mitm Aufzieher zu fahrn.

Also wieder rein in meine Schuhe un rein in mein Rock, un hab ich die schwatze Patsche schon aufm Türknopp –

Klingelingelink! Da geh das Tellefon!

Saus ich ins Schlaafzimmer un grabsch mir das klingelingelige Dink un sach – wie wenn mir wer n Aasch in Brand gesteck hätt, sach ich HA-ALLO-O-OH?!

Er isses. Is dieser verflickste pupsmöpsige weiße

Fackskopp von Einbrecher. Er sacht, hier … schpricht … Jim.

Sach ich, n Scheißdreck schprich da! Wo bis du?

Sacht er, is egaal, wo er is. Er sacht, er hat den Kreisler Perial, un bringt er n mir bloß her, wenn er sich sein einen Hunnerter wiederkricht.

Sach ich waaaaaa?

Der Furzfratz von Weißaasch is bestimmt übergeschnappt! Jeh-sus! Jetzt will er noch Pollizei spieln! Hat jetzt nich mehr genuch dran, daß er n Einbrecher spielt, will jetz noch anfang, Pollizei zu spieln!

Ich sach Schatz! Ich sach das so lieb, wie ich man bloß kann. Ich sach zu mirselbs, Görl, jetz man bloß miter Ruhe un geh die Sache hübsch langsam an, daß du rausfinds, wo dieser weiße rappelaaschige mondsüchtige Sumskopp drauf aus is.

Sach ich Schatz, wo bis du denn jetz? Bloß diesmal sach ich das ganz süß un schmusig.

Un sacht er, Enten-Hain.

Enten-Hain! Ich hab kein Dunst, was das nu wieder is, aber sach ich – wie wenn ich ganz gut weiß, was los is, sach ich, ja un wo is das, Bebi?

Sacht er, is egal, wo das is.

Ich sach du, wie komm das, daß du bei diesem Enten-Hain bist, wie komm das, daß du nich hier bis bei mir in mein Paatment?

Sacht er, aber hat er doch grad gesacht, wie das kommt. Er hat den Kreisler Perial, ich hab sein einen Hunnerter. Er sacht, er hat den Kreisler Perial genomm, weil wo doch ich sein Hunnerter genomm hab.

Genomm! Ja-ah! Das sacht er! Sacht, hab *sein* ein Hunnerter genomm!

Da bin ich doch platt! Aber ich bleib dran. Ich sach, wie komm das, Bebi, daß du so gemein sein wills zu eim arm klein fabichten Görl, das wo doch so lieb zu dir war?

Un dann wills mir fast die Ohren zerreißn. Er sacht – richtich laut sacht er, AAAARM?! Er sacht das so gottverdammt laut, daß mir doch fast der Horcher außer Hand huppt. Denn lecht er los un rattert auf mich ein un sacht, nich *ich* bin aam, er isses, un wern wir jetz n klein Handel schließn.

Diese kotzerbärmliche Welt wird immer verrückster.

Er sacht, wie kanns du behauptn, du bis aam, wo du doch so n dolles Paatment hast un mein ein Hunnerter noch außerdem!

Sach ich bloß, aber Bebi, klar hab ich dein ein Hunnerter. Was n Teufel bilds du dir denn ein? Du has was von mir gekricht un ich was von dir. Wie komm das, daß du da so dideldidimsverdammich wegen hochgehs?

Sacht er, ich *brauch* doch den Hunnerter.

Kührijesses-nee! *Er* bräucht ihn! Ich bin nah dran un schrei los un hör nich wieder auf, aber nehm ich mich denn doch nochmal zusamm. Ich tu mir was schaltn, so gut, wies eben gehn will unter den Umständn.

Dann sach ich Bebi, du wills den Hunnerter?

Sacht er ja-ah, das will er.

Sach ich okeh. Ich sach, dann brings du Madams Karre wieder her un parks sie genau da, wo ich sie wechgeholt hab, un denn komms du rauf zu mir, un tun wir uns n bischen unterhaltn.

Sacht er nicks da! Sacht, keine Unterhaltunk! Wir schließn n Geschäft, er bring die Karre, kricht sein Hunnerter.

Ich kenn mich gaanich mehr aus, was dies Weißjung jetz als nächstes noch alles redn wird, wo er doch schon so himmelweit aufm Mond is, daß er vielleich gar nich mehr wieder runterkommt, un kann ich man jetzt nicks anders mehr machn, als wie daß ich okeh sach, Bebi, du schaffs die Karre wieder her un krichs dein Hunnerter.

Da beruhicht er sich n bischen, un sacht er Kitten, ich hab gedacht, wie ich nach dein Paatment gekomm bin, das wär nich für Geld. Jeh-sus! Ja-woll! Das sacht er!

Also jetz könnt ich doch glatt verdammt dreistocktief in n Boden fahrn, ficksverflickstnochmal! Ich habs schon aufer Zunge, diesem heillosn Dammelkopp mal ganz genau die Meinung zu geign, aber reiß ich mich denn doch nochmal zusamm.

Ich denk, ich werd ihn mal fragn, wie er sich das eintlich vorstellt, wie ich mir mein Schwatzaasch ausm Kittchen raushaltn soll, wenn ich umsons mach. Bloß, is er so verblödet, daß er mir noch ganz durche Lappen geht, wenn ich das frach. Sobald wie ich bloß mein großn Mund aufmach, kricht er gleich wieder ne neue, ne wieder dideldidammeliche Ideh, un dann geht womöchlich der Wabbelkopp gleich so mit ihm durch, daß ich n überhaup nie mehr wiederfind.

Ich sach – richtich schmusich sach ich, ach nee, Herrzchen, das has du gedacht?

Sacht er ja-ah, das hat er. Und denn will er wissn, glaubs du mir etwa nich, daß ich n Einbrecher bin?

Un sach ich – richtich schmusich sach ich nee, mein Lieber, das glaub ich nich. Ich denk mir halt, du has das gesacht, vonwegen weil du nach mein Paatment hinkomm wollts.

Sacht er in eimfort ach du liebes Kriskinnchen!

Ich sach mein süßes Schätzchen, da ham wir uns bloß n klein komisch Mißverständnis gehabt.

Sacht er ja-ah, n Mißverständnis, das stimmt haargenau!

Sach ich ja-woll, n ganz sumsdummeliches Mißverständnis für hunnert Dollah.

Sacht er ja-ah! Kost ganze hunnert Dollah. Er sacht, un ich hier hab die ganze Zeit gedacht, du mags mich, Kitten, un hätts du mir deswegn dein Schlüssel gegebn.

Sach ich aber Bebi, ich mag dich ja auch! Bestimmt! Ich sach, ich hatt mir doch vorgenomm, daß ich auf Gib un Nimm mit dir mach, mein Häschen, bis daß du denn so furchbar mit mir umgespringert bist!

Sacht er waaa? Was is denn das nu wieder, Gib un Nimm?

Sach ich, das is Dauergeschäft, mein Zuckerchen. Du solltst mein Dauergeschäft wern. Ich wollt dir Spaaß gebn, all den nettn Spaaß, den wo du dir kanns holn, sooft wie dir nach is, un sollts du mir dafür was gebn, um daß meine Zeit auf ihre Kosten kommt.

Sacht er – wie wenn er überhaup nicks kapiert, sacht er, aber du has mir doch dein Schlüssel gegebn!

Ich sach, klaa hab ich dir mein Schlüssel gegebn. Wie n Teufel eins hätts du sons denn wohl reinkomm wolln, wenns du kein Schlüssel hatts?

Sacht er, also alles bloß Geschäft.

Sach ich ja-ah, mein Süßer, das isses.

Un er lacht. Sacht ach du liebes Kriskinnchen! Un sach, die ganze Zeit wollts du also bloß mein Geld! Alles was du wills, is Geld!

Sach ich Kührijeminee, Jimmi, aber klaa will ich Geld. Ja glaubs du denn, ich will Flöhe?

Un denn gehts doch tatzächlich wieder ganz von vorne los, das Gekwatsche um diesen verflickstn Hunnerter, weil er wissn will, wieso daß ich ihm denn sein Geld wechgenomm hab?

Wechgenomm! Oh-weioweioweih!

Sach ich – schmusich un lieb sach ich, aber Bebi, Dauergeschäft, das muß doch langsam un mit Weile ingang komm. Wie du das erstemal ran bis, hab ich doch gar nich gewußt, daß du wirs mein Dauergeschäft wern, un mußt ich dich doch bloß für n Wiekend-Kunden haltn, bis daß wir rein ins Dauergeschäft komm un ich was geb un du was gibs un alles un so. Dann sach ich, aber Bebi, da wolln wir doch jetz nich drüber redn. Ich sach Honichhase, du komms jetz wieder zu Kitten, un setzn wir uns n bischen zusamm un –

– un krich ich mein Hunnerter wieder?

Sach ich ja-doch! Ja-ah ja-ah ja-ah! Du krichs dein, *dein* Hunnerter wieder. Ja-ah-ja-ah-woll! Ich sach, aber ersmal muß du hier raufkomm, um daß ich n dir gebn kann.

Sacht er okeh, er is schon unterwechs.

Un häng wir ein.

Weioweioweioweioweih!

Ich krich mir gleich wieder das Tellefon un ruf ich Jackie an.

Sach Jackie, dieser pupsmöpsige Einbrecher hat sich in ein Pollizeikopp verwandelt. Hat grad angerufn, un hat er mich derart aufe Palme gebracht, daß ich nich weiß, wie ich da je wieder runterkomm soll.

Sacht sie, wo is er denn?

Sach ich, irndwo bei irndein Enten-Hain, sacht er, mit Madam-Karre.

Sacht sie waaa? Mit Madams Karre?

Un sach ich jetz überhaup nicks mehr.

Da sacht sie, bin gleich drübn.

Un häng wir ein.

Un denn, schon inner nächsen Minute, kommt Jackie zur Tür reingeplatzt. Ich erzähl ihr, er kommt her mit Madams Karre, aber will er sein Hunnerter wiederkriegn oder er behält den großn dickn Kreisler Perial.

Sacht sie Himmelnochmal! Erpressunk!

Ich sach ja-ah, wie beier Pollizei.

Madam is nämlich andauernd am redn, wie daß doch die Bullen sie immer erpressen tun. Un hier soll ich nu gottverdammich gans un gar für mich alleine erpreßt wern!

Aber Jackie, die tut sich was schaltn. Sie wandert auf mein Teppich hin un her un schaltet. Is alles ja ganz schön, bloß hat sie da die Schuhe noch bei an.

Sach ich Jackie, vor daß du noch mehr schalts, wie wärs, wenn du die Schuhe da austäts?

Sacht sie, tut mir leid, natürch. Un slipt sie ab. Un denn macht sie weiter un wandert un schaltet.

Sach ich, vielleich solln wir Bennie reinholn.

Sacht sie nein, auf kein Fall. Nein. Sacht, wenn bloß ein Mensch rauskricht, daß Jimmi sich den Kreisler Perial untern Nagel gerissn hat, dann has du dein Aasch inner Tinte! Sie sacht, wie komm das, daß du den Schlüssel nich besser verwahrt hast?

Sach ich Jackie, ich hab ihm doch den Schlüssel zu Madams Karre selbs gegebn.

Un halt ich die Luft an.

Jackie, die is platt. Ich habs ja gewußt, das wird sie, wenn ich ihr erzähl, wie Jimmi den Karrenschlüssel gekricht hat. Sie grabscht sich ihrn Kopp mit beidn Händn, un denn macht sie oh-oh-oooh! Richtich laut! Un sieht aus, wie wenn sie kurz vorm Überschnappn wär. Dann kricht sie das Schütteln un haut lang auf mein Sofa hin.

Dann holt sie gans tief Luft, un sieht sie jetz wieder bischen besser aus. Un da hol ich mir auch ganz tief Luft.

Sacht sie, wie heiß dieser miese Mops?

Ich sach Jimmi.

Sacht sie Himmelnochmal!

Sacht immer bloß in einer Tuhr Himmelnochmal!

Sacht Jimmi *was*?!

Sach ich, bloß Jimmi, mehr weiß ich nich.

Da kuckst sie, wie wenn ihr übel wär.

Denn sacht sie, du weißt, wo das is, wo er von angerufn hat?

Sach ich nein. Er hat bloß Enten-Hain gesacht, un weiß ich nich, wo das verflickst bloß is.

Sacht sie, *Heim*, nich Hain!

Sach ich oh, Enten-Heim.

Sacht sie ach was, son Kwatsch, Tut-en-ten-Heim!

Sach ich okeh-doch, Tut-enten-Heim.

Sacht sie Pfffff!

Denn macht sie sich wieder ans Schaltn.

Sie sacht, also es gibt bloß zwei Möchlichkeitn. Entweder könn wir diesem Bummskopp eins draufgebn, oder wir führn uns ganz zümftich auf. Sie sacht, wenn wir ihm mal kurz die Luft ablassn, denn krich ders fertich un hetz die Polente auf uns!

Kührijesses!

Ich sach, was kann der Klumpkopp schon beier Pollizei? Ich sach, nach all dem, was er doch angestellt hat, kann er sich da doch gar nich blickn lassn.

Sacht sie, dieser Weißjung kann die Pollizei so oft anrufn, wie er verdammich da Lust drauf hat. Sie sacht, er kann denen erzähln, du hast ihm sein Geld wechgenomm, un schon sitzn wir mitm Aasch drin im Kittchen.

Sach ich Jeh-sus! Wieso kann er das?

Sacht sie, is Gesetz.

Ich sach weioweioweih! Sieht so aus, wie wenn ich wohl nie kapiern werd, wie dies Gesetzdinks funksioniert.

Jackie, die kuckst richtich eklich.

Dann sach ich, kein Wunder, daß er immer so gerne das Teevau luckst. Wo das da doch bloß so wimmelt von diesen Kauboi-Schehriffs mit sechs Beinen un Ohrn am Aasch.

Un sie lacht. Sie sacht, jednfalls isses besser, wir machn auf zümftich.

Sach ich, wie geh denn das?

Sacht sie, er kommt hier rauf, dann sind wir hier, wir gebn ihm sein Hunnerter, un denn kriegn wir n uns zurück.

Sach ich Jeh-sus! Ich sach, ich hab den verdammichtn Hunnerter doch schon wieder. Jetz soll ich nochmal gans von vorne machn un soll n mir nochmal verdien?

Sacht sie ja-ah! Genau das muß du machn. Bloß, diesmal wern wir Kätzn beide ihm sein Müll abkutschiern, un wern wir ihm den so weit wechkarrn, daß er n überhaup nie wiederfindn kann.

Klinkt gut. Ich hab zwar gar kein Schimmer, wo sie n Teufel eintlich drüber red, aber klinkts gut, wie sie so red.

Sie sacht, vor daß wir irndwas machn, müssn wir den Schlüssel wiederkriegn.

Sach ich ja-ah, das müssn wir.

Sacht sie – sie schnippt so mitn Fingern un sacht, ich hab n Plaan. Un aufer Stelle is sie auf un wech un wieder rüber nach ihrm Paatment.

Dann is sie wieder da, un hat sie die kleine Schachtel bei. Sie sacht, jetz, Kitten, lech mal los un erzähl mir alles, was du weißt über diesen Einbrecher Jimmi, was er gerne hat un was nich un so.

# 19

Ich darf Sie mit der Versicherung beruhigen, daß ich durchaus auf eine Prellerei gefaßt war. (Freilich nicht auf die schnöde, niedrige, ja unsittliche Form von Prellerei, die mich ereilte.) So führte ich denn meine getreue Zweiunddreißiger Spezial bei mir; sie paßt herrlich in die Innentasche meiner Anzugsjacke. Meine Berechnung zielte darauf ab, sie im Fall einer brenzligen Entwicklung der Dinge einfach zu ziehen und vorzuzeigen – das würde wohl genügen. Ich meine, ich hatte gewiß nicht die Absicht, jemanden zu erschießen. Gütiger Himmel! Denken Sie sich doch den Skandal!

Welchselben (den Skandal) zu vermeiden mir gelang. Wenigstens das. Wie sich herausstellte, kam es lediglich zum Ziehen.

Aber ich greife meinem Bericht vor. Noch ehe ich überhaupt am Tatort eintraf, hatte ich mittels des Telefons mit meinem ‹Opfer› Verbindung aufgenommen und – nach Überwindung des erwarteten Widerstandes – den Handel festgemacht. Was denn doch lindernder Balsam für meine geplagten schlaflosen Nerven war. Nichtsdestotrotz war ich grimmig entschlossen, keinerlei Risiko einzugehen – das wäre ja noch schöner! Ich meine, ich dachte nicht daran, sie etwa zu unterschätzen. Daher die Kanone. Und Vorsicht ganz groß geschrieben.

Als ich denn die Tür ihres Apartments erreichte, zögerte ich voller Umsicht. Ich schöpfte tief Atem, schnallte meinen Gürtel enger, zog den Bauch ein, schob die Brust heraus, warf die Schultern zurück und kniff die Hinterbacken zusammen, durch welche Maßnahmen ich eine militärische Haltung von Kampfbereitschaft erzielte. Und bei Gott, ich war auch wirklich bereit. War gefaßt auf schlechterdings fast alles. (Alles außer der hinterhältigen, subversiven Art Verbrechen, mit der man sich an mir verging.)

Ich läutete die Türglocke, und die Antwort war eine Überraschung.

*Zwei* weibliche Stimmen, in lebhaftem Unisono, sangen «Herein!» Recht heiter und melodisch, aber *zwei*!

Und als ich dann die Tür öffnete, fand ich, mitten auf dem Fußboden, zwei farbige Mädchen (nackt) (alle beide) (ohne einen Fetzen an), die mich um alles in der Welt an zwei sehr lebendige Figuren direkt aus einem Roman von Mickey Spillane gemahnten (abgesehen natürlich von ihrer Hautfarbe). Ich meine, da war einmal Kitten – von purster Schokoladenfarbe – und sodann diese andere Puppe, zu deren Farbbezeichnung ich mich eher des Gleichnisses der Milchschokolade bedienen möchte. Und wenn ich Puppe sage, so meine ich das wörtlich. (Später verstand sie sich zu mancherlei sehr hinterlistigen und verführerischen Bewegungen, für deren Beschreibung ich kein Vermögen in mir fühle, soll ich meinen hohen literarischen Grundsätzen treu bleiben.)

Bliebe nur zu sagen – Wau!

Wie dem aber auch sei, selbstverständlich war ich voll und ganz Geschäft. Und überdies *wußte* ich praktisch, daß die Tatsache ihrer doppelten (zudem nackten) Anwesenheit kein blinder Zufall war. Ich meine, ich witterte Unheil; ich argwöhnte Listen und Ränke. Und darauf war ich, wie im vorigen bereits dargetan, hinlänglich gefaßt!

(Ihre Nacktheit, das möchte hier angemerkt werden, ließ mich selbstverständlich nicht in Anfechtung fallen oder gar meiner kühlen Beherrschung verlustig gehen. Ich dachte: J. C., mein teurer Freund, jetzt ist nicht Zeit für Romantik.) (Oder für funktional-anthropologische Studien andererseits.)

Und ich dachte auch noch ein weiteres: Sei auf der Hut, J. C.! Denn siehe, Arges sinnen die Sirenen! (Womit ich absolut richtig lag.) (O wie richtig!)

Mit Ruhe, zugleich aber voll starker Entschlossenheit, sprach ich: «Kitten, mein Geld ist der Anlaß meines Kommens. Hier wäre der Wagenschlüssel; wo ist mein Geld?» Und wartete – des Schlimmsten gewärtig. Ich meine, für einen Augenblick enthielt sie sich jeglicher Bewegung. Keine von beiden regte sich. Sie saßen einfach da, lächelten, musterten mich, lächelten.

Dann – und dies ist die Überraschung, welche mich, aus der Rückschau betrachtet, regelrecht umwarf – langte Kitten mit der Hand hinter sich und zog mein Geld hervor!

Genau so und nicht anders! Langte hinter sich, und da war es!

Nun denn, sie hielt es mir zwar schlicht hin, aber dazu war ich denn doch viel zu gerissen. Einfach zuzugreifen, meine ich. Ich dachte ja gar nicht daran, mich jenen beiden zu nähern und ihnen Gelegenheit zu geben, mich zu ergreifen oder so. Ich sprach lediglich: «Wirf es von dir, vor dich hin.»

Das tat sie.

Dann zog ich die Kanone. Ich meine, die Leichtigkeit, mit der sie ihrem Raube entsagte, war ja doch zu auffällig. Nach all dem wilden Furiengeschrei und wahnwitzigen Gebaren, das sie zur Durchführung des Diebstahls veranstaltet hatte (ganz zu schweigen von jenem abscheulichen Messertanz), erwartete ich nicht, daß sie es mir so einfach mit einem Lächeln im Gesicht aushändigen würde – sei Gott selbst mein Zeuge!

Aber sie tat es. Sie beugte sich meinem Willen. Und ich, die Kanone auf sie gerichtet, beide unablässig im Auge behaltend, rückte verstohlen Zoll für Zoll vor und griff mir mein Eigentum.

Da hob doch die andere zu sprechen an. «He, mein Schatz», so ließ sie sich vernehmen, «hättest du etwas dagegen einzuwenden, die Tür zu schließen? Es macht Zug, weißt du. Und außerdem möchte es unerwünschte Späher geben.»

Ich war förmlich überrascht! Ich meine, nicht eigentlich nur über die Tatsache, daß sie so angelegentlich das Wort genommen hatte (das auch), sondern vielmehr darüber, daß ihr eine derart vorzügliche Diktion eigen war.

Ich meine, *vorzüglich* für eine Neger-Prostituierte. Ich mutmaßte, daß es ihr – hierin ganz unähnlich Kitten – nicht vollkommen an Bildung gebrach.

Aber ich war nicht gewillt, meiner Verwunderung die Herrschaft über mich einzuräumen. Mitnichten!

Ich versetzte: «Gut, ich werde die Tür schließen. Ich werde sie schließen, indem ich mich von hier entferne.» Und mit diesen Worten, denen ich den Ton endgültiger Entscheidung zu geben wußte, wandte ich mich zurück zur Tür – die Kanone natürlich noch immer sorgfältig in Ziellinie.

Dann – gleichsam als wälze sie sich eines müßigen Sonntags morgens aus dem Bett – wickelte sich jene andere (deren Name, wie sich herausstellte, Jackie lautete) (welchen sie, wie die andern auch, sich selber wohl zugelegt haben mußte; zweifellos war er nicht wirklich legal der ihre) – also sie wickelte sich lässig auseinander, wenn ich einmal so sagen darf, und erhob sich. Ich meine, sie stand einfach auf – und das im Angesicht meiner Roscoe! Und indem sie dieses tat, sprach sie: «He, Hübscher, du hast etwas vergessen.» Der reinste Singsang – wenn Sie verstehen, was ich meine, haha.

Nun, ungeachtet ihres freundlichen Tones – ich war wachsam. Ich entsicherte meine Zweiunddreißiger – ganz gemächlich und so nachlässig, wie man es sich nur wünschen kann. Und erwiderte: «Was sollte ich vergessen haben?»

Und sie sagte, sagte mit einem wahrhaft aufreizenden Wispern (geschlechtlich aufreizend, meine ich – ist das noch zu fassen?): «Den Wagenschlüssel.»

Was – ein hartes nacktes Faktum – exakt der Fall war.

Aber ich meine, die Art, wie sie es unternahm, mich auf mein Versehen aufmerksam zu machen – *das* war die Sache! Ich meine, sie tat es so beiläufig, so – nunja, *feinfühlig* – gestatten Sie den Ausdruck.

Schließlich – Geschäft ist Geschäft, und wenn bei einem solchen Handel, und sei's für einen Augenblick, die eine Partei säumt, ihr Teil zu erfüllen, so hat die andere nun wirklich jedes Recht, anders denn feinfühlig zu reagieren, Himmel ja! Oder nicht?

Aber sie war gar nicht etwa beunruhigt. So schien es jedenfalls. Es schien, als sei ihr ein jeglicher Schlüssel der Erde wirklich völlig schnuppe, als sei sie gleichermaßen wie ich darüber froh, daß ich mein Geld zurückerhalten hatte, und habe mich des Schlüssels wegen lediglich angehalten, um ihre Figur ins Licht meiner Aufmerksamkeit zu bringen. (Worauf ich nicht des Näheren eingehen will.)

Jedenfalls sprach ich ihr eilig mein Bedauern aus; ein bloßes Versehen, eine kleine Vergeßlichkeit liege hier vor; es bestehe meinerseits nicht die Absicht, diese Stätte mit dem Schlüssel zu verlassen; ein Dieb sei ich nicht – Gott bewahre, und den Schlüssel hätte ich die ganze Zeit über genau hier in meiner Tasche getragen. Was alles präzise den Tatsachen entsprach.

So fischte ich denn, sie beide fortwährend mit der Kanone auf Distanz haltend, den Wagenschlüssel heraus und warf ihn auf den Boden vor Jackie hin, welche – ist das zu begreifen – ihm aber nicht einmal einen Blick gönnte. Im Gegenteil, sie bewegte sich vielmehr auf mich zu, als sei ich so etwas wie Mike Hammer persönlich. Aber ich bin nicht Mike Hammer, und so bemächtigte sich meiner (ich will es einräumen) ein gelindes Erschrekken. Ich rief: «Halt! Keinen Schritt weiter! Bleiben Sie, wo Sie sind!»

Und das tat sie. Sie verhielt. Und dann flüsterte sie mit dieser schier Übelkeit erregenden süßlichen Stimme: «Aber Jimmy!» (Ohne Zweifel hatte Kitten ihr meinen Namen mitgeteilt.) (Das heißt, den Namen, den meinerseits wieder ich Kitten angegeben hatte – und der nicht meinem wirklichen entspricht, wie ich früher bereits ausgeführt habe.) «Jimmy», girrte sie, «jetzt hast du dein Geld, und wir haben unsern Schlüssel. Was gibt's denn nun noch für Kummer?»

«Kummer? Nicht den mindesten!» versicherte ich ihr hastig.

«Dann reg dich doch ab, Junge», gab sie zurück.

Doch ich meine, dafür nahm die ganze Sache allmählich viel zu sehr die Züge einer wilden Mordgeschichte an.

Schon rüstete ich mich, abrupt kehrtzumachen, zur Tür hinaus und im Galopp unten durch die Halle zu verschwinden, als sie – so kühl, wie man nur will, und der mörderischen Waffe zum Trotz, die ich in der Hand hielt – zu mir herangeschlendert kam, mit einem regelrecht bekümmerten Ausdruck im Gesicht, und mir mit dem Zeigefinger einen Wink gab, daß sie mir etwas ins Ohr zu flüstern wünsche.

Das Blut erstarrte mir in den Adern! (Ich meine, ich

empfand nicht eigentlich Furcht. Vielmehr ließ meine Beunruhigung sogar nach, das ist ein hartes nacktes Faktum. Was konnte sie schon anstellen? Das Spiel war aus; ich hatte mein Geld, sie hatten ihren Schlüssel zum Wagen dieses ‹Adam›. Ich dachte: Dem Augenschein nach, J. C., ist sie waffenlos. Was kann schon Schlimmes daran sein?)

So neigte ich denn mein Ohr zu ihr nieder.

Und indem ich dieses tat, erhob sich Kitten und begab sich gemächlich auf einen Gang nach der Küche, wobei sie mir über die Schulter einen flüchtigen Blick zuwarf und das ihr eigene stupide Lächeln zeigte.

Nunja, also Jackie wisperte: «Wenn man Kitten Glauben schenken darf, habe ich hier so allerlei verpaßt, was?»

Ich kicherte.

Worauf sie fortfuhr: «Ich hätte nicht übel Lust, das herauszufinden.»

(Aha, das also war des Pudels Kern – bzw. der ihrer Rede!)

Ich suchte mir den Anschein zu geben, als sei mir gänzlich unverständlich, worauf ihre Worte abzielten, doch lächelte sie nur und blinzelte mich an, und so neigte ich denn abermals mein Haupt, so daß sie erneut wispern konnte. «Apartment 622», sagte sie.

Da lachte ich aber doch und erwiderte: «O nein. Besten Dank, mir langt es.»

Und sie sprach: «Pssst! Nicht so laut!» Und warf einen beziehungsreichen verstohlenen Blick nach der Küche. Dann flüsterte sie: «Schaff dein Geld jetzt nach Hause und komm später wieder her. Heute nacht. Aber bring um Gottes willen keinerlei Geld mit; ich könnte in Versuchung geraten.»

Darauf zuckte sie die Achseln, und zwar irgendwie ausdrucksvoll. Ich meine, sie krümmte die Schultern nach vorn – aber immer noch richtig schüchtern und, natürlich, ganz und gar Lächeln.

Nunjanunja, der ganz kleine Vorgang machte auf Ihren sehr ergebenen schier den Eindruck des Unglaublichen. Ich meine, sie schien einfach nicht ernst sein zu können. Sie schien mir wie Kitten, als ich dieser zum erstenmal in jenem Hause von üblem Ruf begegnete – unernst und voller verlogener Zärtlichkeiten. Ich muß aber zugeben, irgendwie war ich doch recht angetan von der Idee, welche sie (so indirekt und diskret, haha) in Vorschlag gebracht hatte.

Ich teilte ihr mit, ich würde darüber nachsinnen und wandte mich zum Gehen, aber da hielt sie mich am Arm fest – dem bewaffneten Arm! Ich meine, sie hielt mich sanft und mit Anmut; nicht griff sie roh und ungestüm danach, noch konnte man ihr Verhalten als einen Versuch zu meiner Entwaffnung deuten. So wehrte ich ihr nicht.

Sie sprach, und zwar diesmal mit lauter Stimme: «Also, Jimmy, mein Name ist Jackie. Und nun, da der Zwischenfall mit den hundert Dollar erledigt ist – warum bleibst du nicht noch etwas und trinkst einen Kaffee mit uns?»

Und bevor ich mich zu einer Antwort verstehen konnte, rief sie auch schon Kitten zu: «Wäre dies in deinem Sinne, Süße?»

Und Kitten steckte den Kopf aus der Küchentür und versetzte, ja, es sei ihr recht, sie werde drei Tassen bereiten.

Darauf geleitete mich Jackie zur Couch, wobei sie – und zwar ganz beiläufig – ununterbrochen redete, wie doch nichts über eine gute Tasse Kaffee gehe, um die Stimmung zu heben, besonders am Morgen. Und so nickte ich denn Gewährung. (Wie hätte ich auch je die Abgründe ahnen können, zu welchen sich diese Frauen zu erniedrigen gedachten!) Mitnichten ließ ich von meiner Wachsamkeit, doch steckte ich die Kanone in die Tasche und folgte ihr. Ich dachte: Zum Kuckuck, James Cartwright Holland, du hast doch ganz offensichtlich jetzt die Oberhand! (Was, wie sich herausstellte, nicht gerade vollkommen dem Tatbestand entsprach.) Diese Mädchen sind doch jetzt von ausschließlich freundlichem Gebaren. (Die Duckmäuserinnen!) Es gibt keinen Grund, weshalb du nicht momentan eine kleine Pause einlegen könntest – solange sie so gute Miene zum bösen Spiel machen.

Was sie jedoch, auch dies stellte sich heraus, keineswegs taten. Nein, ganz und gar nicht!

Aber ohne weitere Umschweife: als nächstes fand ich mich, auf der Couch sitzend, damit beschäftigt, mit diesen beiden Damen von üblem Ruf Kaffee zu schlürfen. Der Tisch stand zwischen uns. *Das* dachte der alte J. C., ist genau so, wie es sein soll. Ich saß auf der Couch und sie auf dem Fußboden, auf der anderen Seite des Kaffeetisches. Wir hatten eine freundschaftliche kleine Diskussion, Jackie und ich, und zwar erstens über Kittens tobsüchtige Vernichtung des Fernsehgerätes, welches selbst jetzt noch genau da lag, wo sie es gelassen, und zweitens über die Eroberung des Weltraums. Ich fühlte ein gelindes Bedauern für Kitten; ich meine, Jackie und ich bestritten doch die gesamte Unterhaltung, und sie war völlig davon ausgeschlossen, besonders als wir tief in das Weltraumproblem gerieten. Arme Kitten, dachte ich, wie sie so dasaß und in ihre Tasse starrte.

Aber diese Jackie war doch ziemlich eindrucksvoll! (Ich meine, so dachte ich wenigstens zu jenem Zeitpunkt; inzwischen habe ich freilich meine Ansicht radikal geändert.)

Also bitte, geneigter Leser, hier ist das Bild: Ich (bekleidet, die Hand am Griff meiner treuen Zweiunddreißiger) (bekleidet übrigens mit demselben Anzug, den ich zuvor während der Nacht getragen bzw. zeitweilig nicht getragen hatte) (jedoch mit frisch gewechselter Unterwäsche, einem reinen Hemd; Geldbörse und Wertpapiere in der Tasche) und diese beiden Frauen (farbig und unbekleidet) auf der entgegengesetzten Seite des Kaffeetisches... wie sagte ich – also wir sitzen da und unterhalten uns, das heißt Jackie und ich, recht angeregt und durchaus unter Berührung intellektueller Gedankenbezirke (wobei freilich Kitten schweigsam blieb und ein bißchen traurig – verständlicherweise, wie ich dachte). So weit gut.

So weit *scheinbar* gut!

Denn im nächsten Augenblick – Ach du liebes Christkindchen!

Derartig schnell! Es passierte derartig schnell! Ich meine, in dieser Minute noch war ich bestens beisammen, und in der nächsten schon war ich einfach nicht mehr da!

Und wenn ich diesmal Peng sage, so meine ich wortwörtlich P-E-N-G, Peng!

Lichter aus! Zappenduster!

Das nächste, was mir überhaupt leidlich zu Bewußtsein kam, war Bewegung. Jawohl, Bewegung. Eine Bewegung meiner Person. Halb schleifte man mich, halb wankte ich dahin, und zwar unten durch die Halle (wobei ich schrittweise die Entdeckung machte, daß es die Halle des Apartmenthauses war), geleitet von einem Kerl (in welchem ich, wiederum erst nach und nach, jenes knopfäugige Individuum erkannte, das mir bei Beginn meiner Exkursion den Weg zu jenem übelberüchtigten Hause gewiesen hatte). Dann gelangten wir an den Aufzug, und ich sank wieder in Schlaf. Ich meine, ich döste im Aufzug so dahin, nur um dann erneut wachgerüttelt zu werden und durch diverse Nebel hindurch wahrzunehmen, daß dieses erwähnte Individuum mich über den großen Teppich durch die Wandelhalle zum Ausgang geleitete.

Indem ich nun einige tiefe Atemzüge frischer Luft nahm, gewann mein Hirn gerade so weit seine Funktion wieder, daß ich erfassen konnte: sie hatten mir irgend etwas in den Kaffee geschüttet! Aber das war für den Moment denn auch alles.

Trotzdem nahm ich noch ein weiteres wahr, nämlich daß dort, einen Halbkreis bildend, ein Haufe farbigen Volkes stand und mich anstarrte. Und lachte! Ich meine, in meinem benommenen Zustand vermochte ich grad eben nur ihre negroiden Gesichter und Gebisse zu erkennen, und alles, was mein Gehör erreichte, war Gelächter. Ich war aber zu weit weg, um mich noch sonderlich dafür zu interessieren, was eigentlich der Gegenstand ihres Lachens war.

Welchselber, wie ich bald entdecken sollte, nichts anderes war denn mein äußerer Adam. Denn im nächsten Augenblick – oder so schien es jedenfalls – befand ich mich allein im Rücksitz eines Taxis. Ich nahm, um exakt zu sein, dortselbst eine liegende Haltung ein, verstand es sodann jedoch einzurichten, daß ich wieder in die Senkrechte kam, mich umblickte und entdeckte, daß ich mich in eben einem Taxi befand.

Und überdies sah, wie ich angezogen war. (Beziehungsweise nicht angezogen.) Was bedeutet: Keine Unterwäsche! Keine Socken! Weder Hemd noch Krawatte! Nichts als meine Schuhe (ungeschnürt) und mein Anzug (dieser völlig umgewendet, das Innere nach außen).

Ich meine, da war ich nun also, Opfer zweier Frauen von üblem Ruf, welche sich so weit vergessen hatten, mittels des Mißbrauchs von Drogen selbst vor der niedrigstmöglichen Sorte nichtswürdigen Betrugs nicht zurückzubeben, ja diesem ihrem Verbrechen noch den blanken Hohn hinzuzufügen, indem sie mich meiner gesamten Kleidung beraubten – mit Ausnahme lediglich, wie erwähnt, des (von innen nach außen gewendeten) Anzugs.

Nun, da ging ich denn doch in die Knie. Ich meine, ich konnte es einfach nicht verhindern – in diesem Zustand drogenbedingter Betäubung und praktisch unbekleidet –, konnte nicht hindern, daß ich wieder in Schlaf sank beziehungsweise in einen unwiderstehlichen halbsiechen Zustand von Bewußtlosigkeit. Ich sank in mich zusammen und schlief und erwachte erst wieder vor dem Portal des Studentenheims mit der Wahrnehmung, daß das Gesicht des Taxifahrers über dem meinen schwebte und eine dringliche Mahnung nach Geld von sich gab. Geld, um Gottes willen.

Nun, ich versuchte meine Taschen zu überprüfen, war jedoch – da der ganze Anzug umgekrempelt war – in meinem gegenwärtigen schlafbenommenen Zustand unfähig, mit dieser Durchsuchung ein nennenswertes Ergebnis zu erzielen, außer der Erkenntnis, daß sie mir nun auch noch meine Zweiunddreißiger gestohlen hatten. So ließ ich den Fahrer wissen, er werde ein Weilchen zu warten haben, so daß ich mich ins Studentenheim begeben und etwas Geld auftreiben könnte.

Glücklicherweise zeigte er sich jedoch erbötig, mir stattdessen bei meinem Gang ins Haus Hilfestellung zu leisten. Glücklicherweise darum, weil ich kaum glaube, daß ich es allein hätte schaffen können. Schön, also er half mir in den zweiten Stock hinauf und in mein Zimmer, bei welchem Vorgang sich zu meinem Leidwesen eine heulende Rotte von Kommilitonen um uns sammelte. Sie fanden das alles natürlich furchtbar witzig und wünschten Auskunft über das Geschehene.

Ich freilich wiederum vermochte in der Situation nicht viel Humoristisches zu erblicken – besonders zu jenem Zeitpunkt – und befand mich ganz und gar nicht in Konversationslaune.

Ich schlief. Als ich in mein Zimmer gelangt war, brach ich augenblicklich auf meinem Bett zusammen und schlief.

Und als ich dann wieder zu mir kam, mußte ich feststellen, daß ich immer noch mit meinem so schnöde umgewendeten Anzug bekleidet war (ausschließlich), und über mich beugte sich Hank mit dem ihm eigenen hämischen Grinsen und machte mir die Mitteilung, daß ich ihm Geld für meine Taxifuhre schulde.

Ich ignorierte ihn. Ich ignorierte ebenfalls alle Kommilitonen, die förmlich hereingeflutet kamen und Auskunft über des Ereignisses Ursache heischten. Gleichwohl, als ich mich leidlich wieder erholt hatte, war ich durchaus fähig einzusehen – ohne noch freilich genauere Kenntnis der niederträchtigen, sträflich verbrecherischen Details –, daß mein Anblick wohl geeignet war, manchem zur Belustigung zu gereichen. (In Sonderheit wurde die Tatsache für spaßig befunden, daß mein Studentenausweis auf dem Rücken meines umgewendeten Anzugs befestigt worden war und irgend jemand genau darunter auf einem gesonderten großen Stück Papier mit Bleistift die Inschrift angebracht hatte: «Festbestellung. Bitte abliefern.»)

Die Kommilitonen haben mir seither eine Menge Fragen gestellt und insgleichen versucht, die spekulativsten Mutmaßungen hinsichtlich der allgemeinen Frage anzubringen: Wie geriet J. C. Holland in eine so bizarre Lage, und welcher Natur war exakt die Lage, in die er solchermaßen geriet?

Ich habe mich taub gestellt, habe mein Ohr vor jeglicher Frage dieser Art verschlossen und alle diejenigen

Spekulationen ignoriert, die im genannten Sinne von diversen Wichten in Umlauf gebracht wurden. Sie haben nicht abgelassen, weiter zu spekulieren, und ich bin nach wie vor bei meinem Schweigen bezüglich des Gegenstandes geblieben.

Einerseits bin ich nicht sicher, daß meine eventuellen Auskünfte ihnen zur Zufriedenheit gereicht hätten. Zum anderen bin ich hart an der Arbeit, meine Schlappe in den Fächern Biologie, Psychologie, Französisch wettzumachen. (Und erfreulicherweise darf ich berichten, daß ich mich hierin auf dem Wege zur Vervollkommnung befinde. Jawohl, bereits in diesem Halbsemester zeigen meine Zeugnisse einen hervorragenden Fortschritt dieserhalb an.) Ich meine, wenn jenes phantastische und finanziell so tragisch ausgegangene Wochenende mir auch anders nichts eingebracht hätte (was es ja doch tat), so vermittelte es mir doch eine unschätzbare Erkenntnis, nämlich: Ich weiß nunmehr, wo das Übel meiner bisherigen Studientätigkeit lag – ich bin den Lehren des Unterrichts nicht hinreichend gefolgt. Jedenfalls nicht so, wie es hätte sein sollen, meine ich. Da liegt das Geheimnis, und indem ich es entdeckte, habe ich schließlich den geraden Weg zu den Schätzen der höheren Bildung gefunden. Heute zolle ich der letzteren ungeteilte Aufmerksamkeit und folge ihren Lehren, und dies gerät mir denn auch vortrefflich. (Mit welchem Satz ich mich wahrlich nicht über Gebühr zu rühmen gedenke; aber es ist nun einmal so.)

Und... nunja, das ist eigentlich schon alles, was zu berichten wäre. Gleichwohl, nur zur Abrundung, sollte ich vielleicht anfügen, daß ich eine schreckliche Zeit durchgemacht habe bei dem Versuch, während der Periode bis zum Eintreffen meines nächsten Schecks meine finanzielle Verlegenheit geheimzuhalten, eine Zeit, während welcher die bittere Not bei mir Einkehr hielt. Während welcher zu allem Überfluß auch Barbara sich bemüßigt fühlte, die vorhandene nagende Unbill und Verlegenheit noch dadurch zu vermehren, daß sie unser beider Theaterkarten bezahlte, damit sich unsere Verabredung überhaupt aufrechterhalten ließe. (Und damit nicht genug – es ist ihr leider auch einiges über mein umgekrempeltes Äußere zu Ohren gekommen, das meinen Anblick bei der Rückkehr am Sonntag kennzeichnete, und in ihrer eigenen neugierigen Weise hat sie versucht, den Vorfall zu ergründen.) (Mit dem Ausdruck ‹neugierig› will ich andeuten, daß sie unlängst eine ebenso ungewöhnliche wie kühle Aufmerksamkeit an den Tag legte – eine Entwicklung in unserer Beziehung, die geeignet ist, mir leichte Sorge zu machen.)

Ich habe auch durchaus daran gedacht, zu Kittens Wohnung zurückzugehen, um einen erneuten Versuch zur Rückforderung meines gestohlenen Vermögens zu machen, doch gibt die furchtbare finanzielle (wie auch persönliche) Notlage, die sich mit dem Gedanken an jenes Wochenende mahnend verbindet, Anlaß zu bedenkenschwerem Zögern. –

# 20

Jackie ihr Dauergeschäft, der is Pauker am Kollitsch. Wie als er Jackie is besuchn gekomm, tut sie n mit nach mein Paatment runterbring, un erzähln wir ihm, was wir alles mit Jimmi gemacht ham.

Er lacht, sacht, geschieht Jimmi gans recht.

Ich mag das ja gaanich, wie daß wir Jimmi ham fertichmachn müssn. Ich lach nich mit.

Wie wir das gemacht ham – wir hamn paa von Jackie ihrn Pilln genomm un in n Kaffee getan, un ham wir Jimmi rangekricht, daß er den Kaffee austrinkt. Das hat ihn denn gleich umgehaun, un isser eingepennt. Nehm wir ihm denn sein Geld wech un das Dink, wo er andauernd mit rumgefuchtelt hat, un krich ich mir mein Paatmentschlüssel wieder, un drehn wir denn seim Anzuch n Aasch nach außen un steckn ihn rein un pickn ihm hintn n Zettel an, un denn tun wir Bennie holn, um daß er n runterschafft un tut ihn in n Taxi rein.

Jackie sacht, wir wern ihn so fertichmachn, daß ihm gründlich die Lust vergeht, solche Zickn nochmal zu probiern.

Un denk ich, das ham wir ihm auch besorcht.

Ich sach Jackie, ich mag nich so gemein sein, selbs nich zu som dammlichn Jimmi der Einbrecher.

Sacht sie Kitten, wir müssn gemein sein, geht gaanich anners.

Jackie ihr Dauergeschäft, der sacht ja-ah, so is das nu mal inner Welt, da muß man gemein sein, sons hat man selber dauernd Scheiße am Bein.

Sieht trotzdem nich aus, wie wenns richtich wär. Nämlich Jackie un ihr Dauergeschäft, die machn doch immer fein auf Gib un Nimm. Er bringt ihr alle möchlichn Geschenke, un tut er andauernd Geld in ihrm Paatment versteckn. Sie lachn un tanzn un spieln Karrussell.

So n Scheiß! Ich wer da doch richtich traurich von, wenns ich dran denk. Bloß Jimmi, wenn der n bischen besser bei Verstand gewesn wär un nich so gottverdammich gemein, denn hättn wir beide uns doch so ne nette Zeit könn machn. Ich kann mir nich helfn, ich muß immer bloß denkn, daß ich vielleich doch was Falsches gemacht hab. Vielleich hätt ichs doch so könn hinkriegn, daß wir uns besser verstehn un wär ich nich so rappelich in Raasche gekomm wegn dem kotzbeschissenen Hunnerter.

Jedenfalls Jackie ihr Schatz, der hat von dem Kollitsch hier erzählt, wo sie eim lesn lern. Ja-ah! Er sacht, sie könn eim da lesn lern, indem daß sie eim Filme zeign oder so.

Weioweih!

Sach ich, wenn nu n schwatzaasch Pickaninchen Kätz wie ich da lesn lern will?

Sacht er, denn kanns du hingehn aufs Kollitsch.

Un denn will er wissn, was ich denk, daß ich machn will, wenn ich mal richtich orntlich sollte lesn könn.

Ich sachs ihm. Sach – grad vor Jackie sach ich, ich würd dann rausfindn wolln, wie daß s komm, daß kein Mensch keim annern nich traun kann in dieser verflickstn dammelichn Scheißwelt, un wie daß s komm, daß jedes un jedes Mensch sich so gemein benehm muß. Ich will wissn, wies komm, daß ich Schwatzaasch nich nett auf Gib un Nimm machn kann, Gib un Nimm, wie er un Jackie doch tun. Wies komm, daß ich in einer Tuhr man immer bloß auf Nimm un Nimm un Nimm machn muß, wie n fieseliger Einbrecher.

Un da fang er un Jackie beide auf einmal an zu kakeln un zu kalschn. Denn macht Jackie die Backn dicht un läßt ihr Weißboy redn, un sacht er, is ne gute Frage, Kitten. Sacht, ham schon alle möchlichn Leute versucht, da ne Antwort für rauszukriegn seit hunnert un hunnert Jahrn.

Sacht Jackie aber Kitten, das ham wir doch alles schon bekalscht, un hab ich dir gesacht, du mußt vorher ganz sicher sein, daß du auch dein Teil krichst, vor daß du auf Gib anfängs.

Aber sieht das auch nich aus, wie wenns richtich wär. Wie soll ich denn bloß rausfindn, ob ich sicher sein kann, ich krich mein Teil, wenn ich nich vorher auf Gib mach?

Was n dusselstußliches Durchnander das! Jeh-sus!

Jackie ihr Dauergeschäft, der is auch der Meinung. Er sacht, er will mal zusehn, daß ich lesn lern, um daß ich mir n paa Antworten kriegn kann.

Un das klink ziemlich gut, bloß dann, wie ich n dann

frach, in welchn Büchern daß die Antwortn denn drinstehn, sacht er, gibt gaakeins, wo orntliche Antwortn drin sin.

Wie n Teufel eins soll ich denn da wohl Antwortn findn, wo doch die Bücher gar keine ham!

Wie er denn wech is, sacht Jackie, sobald wie das Kätznhaus zugemacht wird wegn den Stättischen Wahlen, wern sie un Madam mich weit wechschickn nach diesem gottverlassnen Lese-Kollitsch, un wenn ich wiederkomm, wer ich Schwatzaasch lesn könn bis auf n Mond un zurück!

Sach ich ne-eh-eeeh! Is nicks für mich, son facksiges Lese-Kollitsch! Ich sach, wenn ich mir keine Antwortn findn kann in die dickn fettaaschign Büchen, denn schert mich das ganze Lesn n Dreck. Außerdem, wenn ich das Lesn ersmal kapiert hab, dann bin ich bange, ich wer da noch ganz närrisch von wern. Ja-woll! Ich sach Jackie, anstatt lesn will ich lieber das mit den Pilln lern, das will ich! Weil so, wenn man da mal son dammlichen Jimmi Weißboy hat, un kann man n nich verstehn un er ein auch nich, denn sin die Pilln grad das Richtige, was wo er verpaßt kriegn muß. Ja-woll! Sin doch am bestn, die Pilln.

Sacht Jackie, sie kann mir das gans okeh zeign mit den Pilln, un kann ich denn doch auch noch lesn lern.

Sach ich nee, lesn is nicks für mich. Ne-eh! Ich sach, was ich bin, ich denk ja gaanich dran, auf so n weitweches Kollitsch zu gehn, weil diese ganzen Jimmi Weißboys die wern mir so bange machn, daß s mir noch den Aasch verklemmt.

Sie überlecht, was ich ihr sach, un will sie mit Madam

dadrüber redn, un denn sacht Jackie zu mir, wir tun uns verabredn. Sie sacht, na – gehn wir doch zusamm! Jawoll! Sie sacht, sie will sich sowieso noch selbs was mehr dazulern, da könn doch ich un sie zusamm aufs Kollitsch gehn.

Ich hab ihrn Vorschlach überlecht. Hab überlecht, daß wenn ich mir n Messer krich, komm ich da doch vielleich mit gut zurande. Tatzache, aber was ich vielleich lieber machn sollt, ich sollt mir mein großes Pickaninchen Grinsn nehm un denn noch n ganzn Brassel Pilln. Anstatt von dem Messer.

Ja-ah! Mit den Pilln, da brauch ich kein Messer nich!

Wenn ich mir bloß mein Grinsn hab un hab meine Pilln, wenn mal so n pupsmöpsiger weißer Kollitsch-Heini n fanntastischn Einfall kricht un will auf Nimm un Nimm machn bei mir aam klein schwatzaasch Pikkaninchen, denn kann ich mir vielleich doch alles wiederkriegn, un ich kann mir dann n bischn die weioweih dickign fettaaschign Bücher lesn un vielleich rausfindn, was eintlich los is mit diesen Teevau schrecklichn bummbummbummsendn Weißleutn, daß sie nich auf Gib un Nimm machn könn un müssn dauernd so gemein tun.

Trotzdem, ich denk mir, ich un Jackie, wir wern da hingehn. Mein ein Hunnerter un den andern Jakob, den wo ich von Jimmi hab, hat sie bei Bennie auf mein Bankonto getan. Sie sach, das is für daß ich aufs Lese-Kollitsch gehn kann.

Wenn denn die Wahln jetz komm un das Kätznhaus wird zugemacht für ne Weile, denn glaub ich, wern wir gehn. Bis dann lernt Jackie mir das mit den Pilln.

Caroline Muhr

# Freundinnen

Ullstein Buch 26006

Literatur heute

Das eindrucksvolle Porträt zweier Frauen, ehemals Jugendfreundinnen, die vergeblich nach Selbstverwirklichung streben.
Edda, verheiratet gebliebene Oberstudienrätin, fühlt sich als Alleinstehende nicht anerkannt, und auch Ruth, wohlhabend, verheiratet, vier Kinder, hat ihr Leben nicht glücklich in den Griff bekommen. Beide geben der Männerwelt die Schuld und suchen den Ausweg in ihrer neu entstehenden Freundschaft.

# Harold Robbins

Die Unersättlichen
Ullstein Buch 2615

Die Moralisten
Ullstein Buch 2659

Die Traumfabrik
Ullstein Buch 2709

Die Manager
Ullstein Buch 2723

Die Playboys
Ullstein Buch 2824

Die Wilden
Ullstein Buch 2885

Die Profis
Ullstein Buch 2946

Die Bosse
Ullstein Buch 3100

Der Clan
Ullstein Buch 3198

Der Pirat
Ullstein Buch 3494

Sehnsucht
Ullstein Buch 20080

Träume
Ullstein Buch 20114

ein Ullstein Buch

»Harold Robbins' Romane sind eine Anatomie unserer Gesellschaft.«
Books